~ Pessoas ~
como nós

MARGARIDA REBELO PINTO

~ PESSOAS ~ COMO NÓS

EDITORA RECORD
RIO DE JANEIRO • SÃO PAULO
2009

CIP-BRASIL. CATALOGAÇÃO-NA-FONTE
SINDICATO NACIONAL DOS EDITORES DE LIVROS, RJ

Pinto, Margarida Rebelo, 1965-
P726p Pessoas como nós / Margarida Rebelo Pinto. – Rio de Janeiro: Record, 2009.

ISBN 978-85-01-08493-4

1. Romance português. I. Título.

CDD: 869.3
09-1250 CDU: 821.134.3-3

Capa: Carolina Vaz

Direitos exclusivos desta edição reservados pela
EDITORA RECORD LTDA.
Rua Argentina 171, Rio de Janeiro, RJ – 20921-380 – Tel.: 2585-2000

Impresso no Brasil

ISBN 978-85-01-08493-4

PEDIDOS PELO REEMBOLSO POSTAL
Caixa Postal 23.052 – Rio de Janeiro, RJ – 20922-970

Aos meus pais

Ao Carlos, Clarinha e Julieta,
a minha família alternativa

Ao Gonçalinho, pela mesma razão

Ao Lourenço, como sempre

"There are no secrets except the secrets that keep themselves"

George Bernard Shaw, in Back to Methuselah

"I said to my soul, be still, and wait without hope
For hope would be hope for the wrong thing"

T.S. Eliot, in East Coker

1

Preciso de um herói. Estou farta de brincar às mães perfeitas, às mulheres de sucesso, às atrizes de talento, às pessoas *boazinhas e queridas* que têm sempre tempo para ouvir os outros e os ajudar, às bombeiras profissionais que arranjam empregos para toda a gente. Madre Teresa, chamava-me a Verónica, quando me queixava. Andas sempre a pensar nos outros para não pensares em ti, não é? Puta, acerta sempre.

Há quase vinte anos que me ouve, me atura, me trava as inseguranças, me acalma os nervos, me limpa as lágrimas e me lambe as feridas. Conhece-me como ninguém, talvez melhor do que eu me conheço. Tenho saudades dela. É como se tivesse a resposta certa para tudo. Habituei-me a não dar um passo na vida sem lhe perguntar, mesmo que depois faça tudo ao contrário. Como fiz com o Zé Pedro, com o Gabriel e agora com o Gonçalo.

Há dezessete anos, quando o Zé Pedro me pediu em casamento no restaurante do Hotel Albatroz, de joelhos, muito atrapalhado com um anel piroso* a chamar por mim dentro de uma minúscula caixa de veludo ainda mais pirosa e me derreti como um gelado em cima de um radiador porque era a primeira vez que alguém me pedia em casamento, a Verónica disse *tem cuidado, ele está velho e cansado, vai-te sugar a juventude, a beleza e o talento*. Encolhi os ombros e achei que não podia ser assim tão mau. O Zé Pedro não estava assim tão velho para quarenta e quatro anos, a vida ao lado dele ia ser uma aventura, uma emoção, um filme, embora mais animado do que os que ele realizava.

O Zé Pedro e o seu inconfundível estilo contestatário-esquerda-chique com pretensões a esquerda-caviar, que se gabava de ter sido perseguido pela PIDE, que a seguir ao 25 de Abril passeou o nome nas listas políticas de partidos marxistas, depois socialistas, depois verdes, quase tão verdes como ele, com aquele look à Serge Gainsbourg, suado, porco e mal lavado, a achar-se irresistível. E eu, a Jane Birkin nacional, apaixonada pela maturidade, pela experiência, pelo charme do senhor realizador que via em mim uma estrela.

Vamos construir o mundo, dizia-me ele. *Tu és a minha diva, a minha deusa, a minha Tágide, vou fazer muitos filmes por ti e para*

*A editora optou por manter as palavras, expressões ou gírias portuguesas, pouco usadas ou conhecidas no português do Brasil, como são utilizadas em Portugal. Ao final do livro, o leitor encontra um glossário com os significados.

ti. O restaurante todo em suspenso, as tias de Cascais a escorrer bacalhau com natas dos garfos em *freeze* entre o prato e a boca, os empregados perfilados como soldados de chumbo e o Zé Pedro, muito cinéfilo, a prometer-me o mundo e o futuro, como se fosse tudo verdade, como se tudo fosse possível. Ele era um realizador premiado e eu uma miúda acabada de sair do conservatório. Já fizera uma peça de teatro e não me tinha saído mal, mas não conhecia nada da vida. Não tinha tanto medo como agora, tinha era pavor de continuar em casa dos meus pais, com a minha mãe sempre encharcada em calmantes e o meu pai que nunca era a mesma pessoa.

Aos vinte anos achava que o mundo devia ser um lugar melhor do que aquele rés do chão onde crescera, entalada entre o medo do dia seguinte e o cheiro a lixívia, quando a minha mãe saía do seu habitual torpor e lhe dava para ter ataques de limpeza.

Mas isso são histórias muito antigas, nem me lembro bem da casa, quis esquecer tudo. Tudo. O cheiro entranhado a refogado nos sofás da sala escura e estreita a dar para as traseiras, um pátio sempre sujo por causa dos pombos do meu pai, o sorriso cínico da Maria do Carmo a ver quando é que eu deixava cair alguma coisa ou fazia uma nódoa para dizer logo, muito alto e com muita clareza, numa voz de menina de colégio particular, adocicada de veneno:

— Está a ver, mãe, como ela é desastrada?

E depois passar por mim, já gorda para a idade, com mamas de Luperca, a encolher os ombros e a rosnar:

— Tão magra e desajeitada, não há de haver homem que te pegue.

Eu calada, sempre calada, sem lhe conseguir responder, com vontade de a cortar às fatias e montar uma fábrica de presuntos, Presuntos Maria do Carmo, linguiça de primeira.

Mais pequena, com quatro ou cinco anos, adorava-a. Era a minha irmã mais velha, bem comportada e boa aluna, com dez anos já sabia bordar e cozinhar. Nos anos 70 ainda se aprendiam essas coisas e a Maria do Carmo aprendeu tudo muito bem, foi sempre a melhor da aula e a minha mãe venerava-a. Juntas, pareciam uma só, de avental, na cozinha, cobertas de farinha e untadas de manteiga, nas fases ativas-obsessivas dos bolos, quando a minha mãe ainda vivia neste mundo.

Queria ser amiga dela. Nunca consegui. Mal me respondia quando lhe dirigia a palavra, não me contava nada das amigas do colégio, nunca me deixou entrar no quarto quando a Berta vinha lanchar lá a casa, nunca se ofereceu para me ajudar nas contas de dividir que me enervavam porque não as percebia, enquanto ela fazia tudo de cabeça.

A Maria do Carmo nunca se interessou por mim e sei muito bem porquê. Ciúmes do meu pai. Ciúmes que a corroíam como uma erva daninha, que lhe devem ter provocado a bulimia que a transformou numa lontra aos catorze anos, que a entrincheiraram, a ela e à minha mãe, do outro lado da família. Ciúmes das entradas triunfais do meu pai, a chegar do "serviço", como lhe chamava, a atirar com a pasta e o sobretudo ao chão para me agarrar e me levantar como uma pena:

— Como está a minha princesa linda?

E a lambuzar-me de beijos, ignorando a minha mãe, baça com os calmantes, e a Maria do Carmo, a torcer a ponta da saia da farda do colégio e a espumar de raiva. E depois, como se nada fosse, ele largava-me, passava por elas como quem tem de se desviar de um cego e perguntava:

— O que é que fizeste para o jantar, Mena?

Era para isso que a minha mãe servia. Para encher o prato de comida, manter as camisas engomadas, a casa limpa e os sapatos engraxados, as miúdas asseadas e penteadas, pouco mais. O pouco mais podia ser um pesadelo, porque de um momento para o outro armava uma discussão, batia-lhe à nossa frente e depois batia na Maria do Carmo porque ela se punha no meio, enquanto eu, apavorada, me encolhia e pedia a Deus que nunca me deixasse crescer muito, para ele não se lembrar de me bater.

No dia seguinte entrava em casa com um ramo de rosas e uma caixa de bombons, entregava as flores à minha mãe com um casto e respeitoso beijo na testa e os bombons à Maria do Carmo para selar a cena com falso arrependimento e esperar que nós, as mulheres da casa, meras escravas da sua vontade e do seu temperamento lábil, engolíssemos aquele momento como apenas mais um episódio que faz parte da vida de uma família normal.

Nem sempre era assim. Houve fases mais calmas, em que o via abraçar a minha mãe e segredar-lhe ordinarices facilmente perceptíveis. Lembro-me da minha mãe a rir-se, dos olhos da minha mãe a brilhar, mas se calhar sou eu a imaginar como é que gostava que a minha infância tivesse sido. Todos os atores são assim, por tudo e por nada entramos num filme dentro da nossa cabeça e depois torna-se muito difícil distinguir a ficção da realidade.

Mas eu nunca quis ser atriz. Como todas as crianças, sonhava ser cantora, depois bailarina, depois professora, depois médica pediatra. O Conservatório foi ideia do meu pai, dizia-me que eu tinha estofo de estrela de cinema, sorriso de estrela de cinema, pose de estrela de cinema e que um dia ia ser muito importante. Coitado do meu pai, que fora figurante em filmes e sonhara com o estrelato, amarrado atrás de uma secretária sebosa da repartição, onde, vim a descobrir anos mais tarde, conseguiu dormir com quase todas as mulheres do edifício e subiu nas letras da função pública à conta do seu irresistível charme de ator falhado. Deve ter sido por nunca ter pisado um palco que decidiu fazer da sua vida uma encenação permanente, daí os desequilíbrios, as mudanças de personalidade, os desvios, os ataques de loucura. Só que, naquela época, a loucura era uma doença de mulheres, aos homens tudo era permitido e nada era recriminado. Eram as mulheres que ficavam doidas, os homens sempre gozaram de uma imensa impunidade neste país de machos latinos que lhes granjeou liberdade para fazerem tudo o que quisessem sem que nunca ninguém lhes apontasse o dedo, enquanto as mulheres, à mínima manifestação de diferença, eram segregadas, apontadas como loucas ou desequilibradas e marginalizadas pela própria família, pelas falsas amigas e pela sociedade.

O meu pai podia ter internado a minha mãe, se quisesse. Hoje olho para trás e tenho a certeza de que isso lhe passou algumas vezes pela cabeça. Não suportava a presença física dela, torpe e desajeitada. Mas foi sempre um fraco, sempre precisou dos cozinhados, dos vincos nas calças, do jeito que ela tinha para cerzir as meias e para vender bolos quando não andava encharcada em calmantes, porque era preciso poupar, poupar, poupar, para as meninas andarem no colégio das

Doroteias e pagar os extras: a música, o *ballet*, a carrinha. E depois, cá fora, o curso de inglês para sermos umas *raparigas modernas*, como ele gostava de dizer, enquanto fulminava a minha mãe com o olhar, desprezando as suas saias escuras e travadas, um paralelepípedo calçado com sapatos redondos de salto baixo que lhe engordavam ainda mais as pernas inchadas, que morriam no tronco para ressuscitar nos braços flácidos e cheios, que teimava em cruzar para se fechar e se proteger da sua infelicidade o melhor que sabia.

Ainda hoje são assim, ele falador e cheio de charme, convencido que ainda é novo, que ainda é bonito e que tudo ainda pode ser dele, e ela, calada e submissa, quase inexistente. Ele a tresandar a perfume e ela apagada, toda só de uma cor, baça e bege, a pele bege, a boca bege, os olhos mergulhados numa aguadilha clara, quase incolor, e o cabelo triste, de um louro descolorado sem remédio.

O meu pai e a minha mãe estão iguais. Apesar dos anos, apesar das tareias, apesar dos calmantes e das discussões, apesar da erosão do tempo. Talvez a violência quotidiana tenha tomado o lugar do cansaço dos dias e dessa forma os tenha preservado melhor do que as pessoas normais que têm uma vida menos sobressaltada. Como a família da Verónica. Ali, tudo bate certo, ninguém fala alto, a mãe nunca levantou um dedo para dar um tabefe a nenhum dos filhos, o pai nunca chegou bêbado a casa nem tarde para jantar, nunca ninguém deu um arroto à mesa ou disse uma inconveniência.

Quando fui a primeira vez a casa dos pais da Verónica, senti-me um peixe fora de água e, no entanto, tudo me parecia tão acolhedor, tão ordenado, tão deliciosamente familiar... A mãe da Verónica, magra e elegante, vestida de cores claras, tudo a cheirar a muito caro, as pratas no louceiro a dormir como um batalhão em férias, terrinas, jarros, pratos marcadores e sei lá mais o quê, o piano de meia cauda que mais ninguém abriu depois da morte do Salvador, as gravatas de seda do pai, o cheiro a alfazema no ar. E molduras, muitas molduras de prata espalhadas por todo o lado com fotografias dos avós da Verónica, do casamento dos pais, do batizado dela e do Salvador, os dois vestidos de cueiros de renda com mais de um metro de comprimento, e a tia Luísa muito chique, de *tailleur* e chapéu cor-de-rosa *à la* Jackie Kennedy, com óculos escuros e tudo.

A casa dos pais da Verónica é o símbolo do status que a família tem na sociedade; aristocrática, rica mas sóbria, sem a mínima falha de mau gosto ou novo-riquismo. Na sala de jantar, num dos cantos por cima do aparador, o brasão discretamente emoldurado, com o pergaminho comido por séculos e as cores já desmaiadas, o mesmo desenho incrustado no anel no dedo mindinho da mão direita do tio Eduardo, talvez o único traço de exuberância que sempre ostentou.

A tia Luísa, que sempre se divertiu com o formalismo quase vitoriano do marido, nunca usou nenhum brasão, nem o do marido nem aquele a que tinha direito, por morte do irmão mais velho desaparecido numa caçada em África.

Sempre foi uma mulher à frente do seu tempo. A seguir ao 25 de abril, ainda a Verónica e o Salvador eram pequenos, começou a escrever para jornais e a entrevistar políticos e ganhou vários prêmios antes dos trinta anos. Numa época em que poucas mulheres da chamada alta sociedade sobressaíam, a tia Luísa ganhou uma posição de destaque que conserva até hoje, sendo respeitada e admirada por todos.

A primeira vez que a Verónica me convidou para almoçar com os pais, há muitos anos, eu tinha acabado de me casar com o Zé Pedro numa das salas do Castelo de S. Jorge. O meu pai pediu dinheiro emprestado ao banco para pagar o casamento (o Zé Pedro nunca se ofereceu para pagar o que quer que fosse) e tivemos uma festa para duzentas pessoas, com uma pequena orquestra e tudo. Talvez tivesse preferido uma celebração mais descontraída, mas a minha mãe quis assim, aquilo era o seu maior sonho, algo que ela achava que podia ser o acontecimento mais requintado de toda a sua existência, até porque a Maria do Carmo continuava solteira, apesar de já ter feito vinte e seis anos, o que, nos anos 80, ainda era visto com desconfiança.

O Zé Pedro apanhou uma bebedeira descomunal e foi encontrado na casa de banho aos linguados com uma atriz muito alta, morena, com cara de cavalo, de quem eu tinha medo, por ser tão alta, tão antipática comigo e tão viscosa com o Zé Pedro.

Quem os apanhou foi a Verónica, mas não me contou logo, só uns meses depois, quando comecei a ter problemas com o Zé Pedro e ela achou que era bom eu conhecer a mãe dela e ouvir os seus sábios conselhos. Eu já tinha visto fotografias da tia Luísa em festas, no tempo em que só apareciam pessoas com apelidos conhecidos nas revistas sociais, e assistira a entrevistas conduzidas por ela na televisão. Achava-a uma das mulheres mais elegantes de Portugal, por isso, quando chegou o momento de a conhecer pessoalmente, estava muito nervosa. Mas a tia Luísa possui aquele à-vontade das pessoas muito bem educadas, habituadas a falar com todo o tipo de gente, que sabem encenar uma simpatia desarmante porque é quase sincera. Abriu-me os braços com um sorriso imenso e acolhedor, enquanto murmurava, com aquela voz grave e envolvente, típica das tias, *que bom conhecê-la finalmente, minha querida, é de fato muito bonita, a Verónica fala muito de si*, e eu senti-me instantaneamente em casa, como se a Verónica me tivesse emprestado a família e, por alguns momentos, eu também fosse filha dela.

Passados todos estes anos, ainda guardo nítida a memória dessa primeira visita à casa do Monte Estoril, onde a Verónica sempre viveu até ir estudar para Londres e para onde foge aos fins de semana quando se sente mais sozinha e não quer reconhecer que está triste.

No fundo a Verónica é muito parecida com a tia Luísa, por mais que o negue. Sabe como ninguém calar as mágoas e trancar as lágrimas, seguindo o seu caminho como se nada lhe custasse e tudo fosse fácil. *Aprendi com a minha mãe*, costuma dizer com um sorriso de circunstância que dura exatamente três segundos, e depois engole em seco e ajeita o cabelo, num gesto de encantadora *coquetterie*, tão chique como a mãe dela, mas ainda mais bonita, porque é mais alta e herdou do tio Eduardo os olhos grandes e a boca bem desenhada, toques exóticos que lhe dão um ar ao mesmo tempo sensual e misterioso, que contrasta com os traços esguios, o nariz direito e o cabelo loiro angelical.

Não sei o que mais admiro — ou invejo — na Verónica. Não sei se é o imperturbável ar de menina de boas famílias, o tom de voz, mais claro do que o da mãe e quase sem modulações, melhor colocado do que o da maior parte das atrizes que conheço. Ou aprendizes de atrizes, tipo aprendizes de feiticeiras, que nos últimos anos se têm multiplicado como cogumelos e andam por aí a fazer telenovelas em série, qual fábrica de atum enlatado *Ramirez*, que exporta para trinta e sete países mais de 150 mil latas por dia.

Não sei se é a calma dela, praticamente impossível de perturbar, e se isto fosse um diálogo numa cena, eu tinha que acentuar o *praticamente* para deixar no ar que, afinal, existem algumas coisas que a conseguem irritar, por exemplo, quando se fala do Gustavo e do dia em que ele a trocou por uma holandesa com mais um palmo do que ela. Mas, tirando o desgosto de amor com o Gustavo e a morte do Salvador, da qual raramente falamos por pudor, a verdade é que muito poucas coisas conseguem tirar a Verónica do sério.

Já eu, que sou de lágrima fácil, choro tão espontaneamente e com tanto fervor que nunca precisei de repetir uma cena dramática. Até chega a ser pornográfico. Quase todos os dias me passo um bocado e como já estou habituada a uma cena por dia, sabe-me bem. Sobretudo se não estiver a trabalhar, porque em vez de passear, ir ao cinema, fazer compras, ir ao cabeleireiro ou fazer uma massagem, fico aqui fechada em casa, a fumar e a fazer ricochete contra as paredes, em frente à televisão, como uma couve. E quando dou por mim, já passou uma semana e eu não fiz nada senão queixar-me da minha vida ao telefone, esperar pelo Duarte, arrumar os armários e as gavetas, dar ordens inúteis à Asunción, inúteis porque nunca soube dar ordens e porque ela nunca faz o que eu mando, a consumir-me em nicotina que nem uma camela enquanto a

Verónica pintou dois quadros, deu três entrevistas, foi ao ginásio todos os dias e ainda arranjou tempo para passar por cá a dar-me um beijinho e a tentar animar-me.

Mas isso foi antes daquela merda com o Gabriel. Desde então nunca mais falamos. Eu sei que sou uma besta, que foi tudo um mal-entendido, mas o tempo foi passando e agora já não tenho coragem, porque sou uma atrasada mental. Se fosse ao contrário, ela já tinha resolvido isto, porque não é como eu, não deixa pontas soltas nem pedras no sapato.

A Verónica é uma mulher segura, feliz, focada no que quer e no que sonha, uma mulher com sorte. Devia ter mais amigas assim, normais e equilibradas, em vez do bando de doidas que gravita à minha volta, fufas de 1,47m, melífluas e transparentes, que ressuscitaram quase de repente, mais ou menos ao mesmo tempo em que comecei a ter a merda do sucesso por causa da merda da série de televisão onde faço de professora cega, e comecei a ganhar a merda do dinheiro que me fez pensar que ia ser rica e me pus a comprar esta merda de casa imensa, perdida no meio desta quinta úmida desta merda da Serra de Sintra onde o verão passa mais ou menos dez dias por ano e nunca se sabe em que mês do calendário.

Achei que uma quinta em Sintra era do mais chique que há para uma atriz de sucesso que vive sozinha com um filho adolescente e uma empregada sul-americana que desliga automaticamente ao som da voz humana, vagamente assessorada pelo senhor Abel, um motorista vesgo reformado da Carris que me apareceu à porta a pedir emprego, e eu, feita parva, aceitei os serviços dele por 350 euros por mês.

O tio Eduardo disse-me que o lorde Byron adorava Sintra, mas está-se mesmo a ver que o cabrão do Byron nunca viveu cá, porque é úmido, invernoso, deserto aos dias de semana e insuportável aos sábados e domingos por causa dos turistas. Além disso, está povoado de casais disfuncionais de estrangeiros geriátricos. A afamada e romântica Serra de Sintra também podia vir no mapa como serra da geriatria, isto é a maior casa de repouso da Europa. E do mundo, depois da Flórida.

O meu nome, também ele de heroína romântica, deve ter a ver com o estado de alienação em que a minha mãe já andava, presa por arames, como até hoje, entre o Xanax e o Unisedil, que alterna com Saridons para aliviar as dores de cabeça.

Parece que o meu pai lhe começou a bater tinha a Maria do Carmo dois anos. Quando engravidou de mim, entre uma tareia e outra, já vivia no mundo da lua, ou em Marte, numa realidade alternativa, quase sempre ausente, esquecida das filhas e de si própria. Uma vez, enganou-se a mudar-me as fraldas, e em lugar de Lauroderme, usou um tubo de cola Cisne, porque eram parecidos, ambos brancos com letras verdes. Fiquei com o rabo assado durante duas semanas. Deve ter sido na fase em que começou a beber, no tempo do jurássico, há mais de trinta anos. Agora está melhor, vai de vez em quando às reuniões dos Alcoólicos Anônimos e nas festas de família bebe Água das Pedras e ginger ale.

Quando éramos miúdas, passou por uma fase muito complicada, com direito a ressacas que lhe provocavam tremuras pelo corpo. Uma vez até me deixou cair, devia ter eu menos de dois anos e foi quando o meu pai decidiu contratar a

Guilhermina porque a minha mãe não estava em estado de tomar conta de nós.

No dia em que fiz oito anos, a Guilhermina foi despedida à pressa e emigrou para o Canadá, onde se casou com um açoriano e nunca mais soubemos dela. Tenho a certeza absoluta que ela foi amante do meu pai, mas esse assunto sempre foi evitado pela minha mãe e pela Maria do Carmo e, com o tempo, esqueci-me dele. Até me dá vontade de vomitar só de imaginar o meu pai em cima daquela mulher que cheirava a ranço, um perfume vomitivo que respondia pelo nome de Madeiras do Oriente, muito ordinário, comprado ao litro no Grandella.

A minha mãe odiava a Guilhermina, tinha medo dela, porque nessa altura já tinha medo de tudo, sobretudo da sua própria sombra. Mas a Guilhermina era incansável conosco, fazia tudo o que o meu pai lhe pedia. E, justiça lhe seja feita, nunca abusou da fraqueza de espírito da minha mãe para nada, sempre teve por ela uma pena imensa e foi talvez quem mais a ajudou a deixar de beber.

Dava-me jeito agora ter a Guilhermina por perto a dar ordens a estes parasitas e a ajudar-me a educar o Duarte, que só sabe vestir calças a cair pelo rabo abaixo, usar a franja de um lado ao outro a tapar a testa e rosnar baixinho tipo cão raivoso.

Como vegeto horas infinitas em frente da caixinha mágica, vejo as coisas mais extraordinárias. É o caso da reportagem da couve gigante com 1,5 de altura e 2 de diâmetro que nunca para de crescer e vai obviamente entrar para o *Guiness*.

Claro que a couve não é um produto nacional, se fosse um bocado mais pequena até podia ser aquilo a que se chama um fenômeno do Entroncamento, mas com esta dimensão é *made in USA* e, claro, como aquilo é uma terra de gente perturbada, até punham música a tocar para a couve não parar de crescer. Com tantas criancinhas a morrer à fome e tantos grupos terroristas a planear atentados e aqueles imperialistas de merda todos contentes com a couve.

Só papo estes números surrealistas porque passo dias colada à televisão tipo pastilha elástica. O absurdo da realidade a que vou assistindo acaba por me anestesiar, e com um gin tonic por companhia fica tudo mais fácil, mais suave, mais azul, e é então que o Duarte entra em casa com a trunfa a tapar-lhe a vergonha do acne, a vergonha das primeiras ereções, das fífias na voz, mas sobretudo a vergonha de ser filho daquela atriz que dá tesão de borla aos pais dos amigos do colégio porque já fez três vezes de prostituta em longas-metragens, graças ao gênio do ex-marido, que conseguiu realizar sempre o mesmo filme, com a mesma história, sem nunca ninguém ter reparado, e que, por isso, é hoje considerado *uma referência obrigatória no panorama do cinema português.*

No primeiro fiz de puta ingênua do campo, no segundo de puta de multinacional, ao melhor estilo frio e calculista, e no terceiro de puta heroica, mãe solteira, filha de pai alcoólico e com companheiro toxicodependente, não marido nem namorado, mas *companheiro*, porque era parva mas não maluca suficiente para se ter casado. Isto era o que me dizia o Zé Pedro quando eu protestei com um diálogo entre a Celina, a minha personagem, e a assistente social, essa sim, uma grande puta, não a personagem mas a atriz, que nunca deixou de se enfiar debaixo do Zé Pedro.

Irritei-me com o diálogo porque achei a expressão *compa-*

nheiro terrível, fatal, foleira e vulgar, o suficiente para tirar o tesão a qualquer macho, homem ou cavalo. O Zé Pedro, muito calmo e didático, explanou-se numa profundíssima dissertação sobre o contexto sociocultural da Celina que, vinda de uma barraca da Reboleira, não podia ter um namorado em vez de companheiro, porque as putas não têm namorados nem maridos, só têm *companheiros*. O que ele não sabe é que as putas nem amigos têm, o que têm é um homem, o homem que as manda para a rua, que lhes guarda a casa, que lhes saca o que elas ganham e que lhes bate de vez em quando para elas saberem quem é que manda. Tão inútil como explicar-lhe que é horrível tratar as pessoas com quem se trabalha como *colegas*, porque isso é o que as putas chamam umas às outras e até pode ser por simpatia ou carinho, mas que cai mal, isso cai.

O que é mais extraordinário é como a crítica o foi enaltecendo de filme para filme, quando o único decente foi o primeiro, *A gata escondida*, onde eu fazia de puta ingênua, uma campônia de faces rosadas, um dramalhão, mas com alguns toques de humor, ainda longe das mensagens políticas e sociais do último filme que rodamos juntos, o tal da Celina e do respectivo companheiro.

A grande ironia de tudo isto é que a puta da história sempre foi o Zé Pedro, uma autêntica puta na minha vida. Durante mais de dez anos conseguiu sacar os subsídios porque toda a gente sabia que a atriz principal era eu, e que por isso os filmes iam ter audiência. E ele sempre muito paternal, muito protetor, *eu vou fazer de ti a maior atriz deste país, eu vou-te dar o mercado português*.

E eu muito estúpida, muito ingênua, a achar que tinha

tido imensa sorte porque o senhor realizador, o nome mais importante do cinema nacional, me tinha escolhido para sua diva, sua musa, sua fonte de inspiração, que era ele que me tinha dado tudo, até mesmo o talento que, por acaso, nasceu comigo. Como se pelo fato de me ter dado a oportunidade de ser uma estrela, fosse obrigada a engolir as fúrias do mau vinho, os esquemas com todas a gajas do *plateau*, da *script* às maquiadoras, passando pelo guarda-roupa e pela produção, sem nunca falhar uma estagiária, sempre que lhe apetecia, sem escolher dia nem hora. Nem no dia do meu casamento me poupou, apanhado na casa de banho com a puta da atriz que fez de assistente social no filme, com quem resolveu bisar e finalizar na noite em que o Duarte nasceu, para festejar a paternidade tardia.

Coitado do Zé Pedro. Sempre foi o vilão, o mau da fita, o anti-herói da minha vida. Hoje, tudo o que mais odeio num homem está vivo nele. Depois da separação, ainda tentou dizer mal de mim aos jornalistas, mas com pouco sucesso porque eu já era a namoradinha de Portugal e o seu mau perder, misturado com os dentes estragados e o hálito insuportável a álcool, afastou-o das pessoas e do sucesso.

Nunca mais ganhou nenhum subsídio nem conseguiu arranjar uma mulher decente. Anda por aí, aos caídos, nos bares dos intelectuais, a queixar-se da sua triste sina a quem tiver paciência para o ouvir, de me ter lançado no estrelato e de o ter escorraçado da minha vida, enquanto me chama puta entre dentes.

Mas a culpa é minha, foi sempre minha, porque quem não quer ser puta também não lhe veste a pele.

2

O Fred acabou tudo há mais de uma semana, na terça-feira passada. Não contei a ninguém, a não ser ao Pirolito. Nem sequer à minha mãe, que sabe sempre todas as vitórias ou desgraças da minha vida antes de qualquer outra pessoa, porque não quero que ninguém saiba. Ainda não.

Não foi nada de que não estivesse à espera. Há mais de um mês que andávamos a embirrar um com o outro, como quem cava trincheiras que nem o tempo conseguirá apagar do mapa. Mas nunca pensei que fosse já, que fosse assim, com esta rapidez, esta secura, esta limpeza.

Ele é implacável, costumava dizer a minha mãe, *gosta de viver só para si, por isso dali não esperes muito*. Eu respondi que não, que ele me adorava, que ao contrário da porcaria que por aí andava, ele tinha a cabeça arrumada e sabia o que queria, que não tinha complexos de macho latino nem pregos na cabeça e que ia dar tudo certo.

Não deu. E, de um dia para o outro, eu perdi o que de mais precioso tinha na minha vida: a minha relação com o Fred.

Claro que para quem está de fora foi apenas mais um caso que não resultou. Mais um entre vários, ao qual se seguirão outros, numa sucessão interminável a que as pessoas que me são mais próximas já se habituaram.

Fui, ao longo dos anos, colecionando namorados que, à partida, pareciam perfeitos, mas que, por uma razão ou por outra, acabaram por se revelar insuportáveis, ou impossíveis, ou que, sem qualquer motivo aparente, se afastaram de mim.

Vivi assim até aos trinta anos e toda a gente achava normal, incluindo eu. Apaixonei-me perdidamente pelo Gustavo, com quem vivi dois anos, mergulhada num caos permanente e indescritível de brigas, cenas e separações constantes. E quando tudo acabou, exausta com as cenas de ciúmes dele e trocada por uma holandesa, nunca mais tinha encontrado um tipo decente, com miolos, tomates e coração.

Até conhecer o Fred.

Pelo meio fui tendo as minhas histórias. Poucas aventuras, apenas algumas ligações que chegaram a durar meses. Nunca fui de relações fugazes. Faz-me impressão ir para a cama com pessoas que não só não conheço como o mais provável é que nunca venha a conhecer. Nunca percebi porque é que as pessoas se afastam depois de terem dormido juntas, não gosto de andar aos encontrões, nunca gostei.

A partir de uma certa idade, ou se é uma senhora, ou se é uma doida. Parece um preconceito estúpido e horrível do tempo das avós, mas é mesmo o que sinto. Uma queca nunca é só uma queca, acaba por ser sempre mais qualquer coisa. Pelo menos no meu caso, que tenho o inexplicável dom de criar laços com as pessoas de uma forma rápida, intensa e incisiva, e que muitas vezes se prolongam ao longo dos anos.

Quando conheci o Pirolito andava a sair com o Tiago, um dentista simpático e muito burro que se passeava de descapotável, escrevia atrás com *z* e sem acento no *a*, que não sabia o que era uma maiúscula nem uma minúscula e era consumidor social de coca, do tipo *só cheiro ao fim de semana e por isso não estou agarrado*.

Nunca estive apaixonada, mas a sua persistência levou-me à certa, isto é, pelo ego e pelo sexo; adorava os meus quadros, era bom na cama e passava a vida a dizer que era louco por mim. Eu estava carente e sabia que não gostava dele, que nunca poderia gostar dele, porque um homem para me foder bem tem que começar pela cabeça.

Não era o caso do Tiago. No que respeita a livros, só tinha lido o *Código da estrada* e pensava que Banana Republic era um ilha ao largo da República Dominicana. Eu sabia de antemão que não havia a menor hipótese de me interessar por um tipo tão superficial, mas soube-me bem toda a dedicação que manifestava por mim e deixei-me ir.

Tal como seria de esperar, ao fim de algumas semanas já estava farta dele, até porque quando cheirava na sexta-feira à noite, durante inocente saída com os amigos, o que quase sempre acabava por acontecer, ficava o fim de semana inteiro a ressacar. E eu pendurada, a pensar porque é que me sujeitava a ter uma relação com um palerma que não fazia a mínima ideia de quem era o Paul Auster e dizia *devia de*, só por causa de umas quecas.

Uma noite, conheci o Pirolito numa festa de lançamento de uma revista. Um miúdo alto e magro, giríssimo, com uns olhos absolutamente extraordinários e uma boca desenhada a *rotring*. Aproximou-se com um sorriso rasgado e disse:

— Olá, eu sou o André e sou seu fã.

— A sério? — comentei com desconfiança, pensando que se estava a fazer de engraçado e não sabia quem eu era.

— A minha mãe e eu temos um quadro seu na sala. Todos os dias olho para ele e penso que um dia a vou conhecer. E esse dia é hoje.

Baixou a cabeça para acender um cigarro e depois deu-me outra vez um sorriso iluminado, desenhado ao milímetro, tipo estrela de cinema, enquanto atirava o fumo para o ar e o sacudia com a outra mão, para não me incomodar.

Gostei logo dele. Percebi que era muito esperto, divertido e bem educado. E além disso, era gay, o que significava à partida uma ótima companhia. Conversamos horas a fio e trocamos telefones. No dia seguinte fomos almoçar às Amoreiras e, a partir desse dia, nunca mais nos largamos. Ele contou-me a sua infância no Norte, criado pela avó pintora, a relação difícil com a mãe e a eterna paixão pelo primeiro namorado, o Manuel Amaro.

Mesmo enquanto andei com o Fred estava muitas vezes com o Pirolito. Naquela altura foi uma pessoa fundamental na minha vida. Pela primeira vez percebi que era muito melhor ter um amigo que me fizesse companhia do que um palerma para dar umas voltas. E, para espanto de tudo e todos, despachei o Tiago a duzentos à hora no seu descapotável, e "adotei" o André, a quem passei de imediato a chamar Pirolito porque me fazia lembrar as garrafas de refrigerante da minha infância com uma pastilha elástica no fundo. E o Pirolito entrou para a minha rotina com a seriedade de quem brinca e nunca mais deixou de fazer parte dela.

Claro que o Tiago não passou de uma vírgula na minha vida (será que ele sabe o que é uma vírgula?), sem qualquer relevância. Tinha servido para me distrair, porque eu estava de ressaca de uma relação que me tinha corrido muito mal; um caso com um ator discreto e muito bonito, que me tinha prometido o mundo até desaparecer de um dia para o outro e de mudar de número de telemóvel. Vim a saber semanas mais tarde, pelas revistas, que engravidara a ex-namorada, que afinal nunca tinha deixado de o ser. A história do Erro de Casting, como lhe passei a chamar, incomodou-me tanto e fez-me sentir tão ridícula que dei graças a Deus por ter sido mais uma vez discreta e quase ninguém ter sabido da ocorrência. O que me custou mais foi ter de engolir a mentira e deixar que um idiota me fizesse passar por estúpida durante quatro meses. E ainda por cima, descobrir tudo através de uma página impressa, uma fofoca numa revista de quinta categoria.

Nunca andamos escondidos, fazíamos aqueles programas típicos de namorados-que-fingem-que-estão-apaixonados; ir à praia, jantar a dois, ou passar fins de semana ao Algarve, mas também nunca me pus a jeito para aparecer com ele em antestreias, coquetéis, prêmios de televisão ou outro tipo de eventos em que os fotógrafos e as jornalistas das chamadas revistas cor-de-rosa apanham os pares da moda a jeito para fazer páginas parvas a especular sobre possíveis relações.

Gosto de preservar a minha vida privada como muito privada, ao contrário da Julieta, que cada vez que encrava uma unha, convoca a imprensa. Fui educada assim, a manter as aparências, custe o que custar, porque, por mais difícil que seja a realidade, é muito mais fácil se esta não for ampliada e expiada perante os olhos do mundo. E não tem nada a ver com ser ou não púdica, tem a ver com bom senso. Os meus pais sempre foram discretos e contidos, foram eles que me ensinaram a defender-me do mundo exterior.

Vivemos sempre assim, mesmo nos momentos mais complicados. Quando o Salvador morreu com um aneurisma que o levou em menos de quarenta e oito horas, naquela terça-feira estupidamente quente de setembro, a minha mãe, que estava no auge da sua carreira como jornalista e entrevistadora, pediu a todos os amigos na comunicação social para a notícia não ser divulgada.

Talvez naquele tempo as coisas fossem mais fáceis, estávamos no final dos anos 70, o meio era muito mais pequeno, todos se conheciam e a palavra de honra ainda existia. O que é certo é que a minha mãe interrompeu o programa semanal de entrevistas que tinha na televisão em horário nobre com a desculpa de ter que acompanhar o meu pai, há dois anos colocado em Madrid como embaixador. Nunca ninguém pôs em questão a decisão dela, até porque continuou a colaborar regularmente na imprensa, como correspondente em Espanha.

Quando voltamos, um ano depois, a minha mãe, aparentemente refeita da morte do Salvador, recomeçou a sua vida. Regressou à televisão com o seu penteado curto e impecável, a sua pele lisa e clara, o seu olhar penetrante e a sua voz bem modulada, como a de uma locutora de rádio dos anos 50 e ninguém questionou o que se passara entretanto. Ninguém. Nem sequer nós, o meu pai e eu, que vivemos em silêncio a morte do meu irmão gêmeo.

Eu tinha dez anos, por isso não sei exatamente se o que me lembro corresponde à verdade dos fatos vividos, ou se o tempo e a imaginação tomaram conta da realidade e aquilo que hoje assumo como verdade não é pouco mais do que um filme que mistura alguma realidade com muita fantasia. Lembro-me de brincar aos índios e aos cowboys com o Salvador no jardim do Monte Estoril, era sempre ele que me apanhava, vou-te esfolar, *skaw* de uma figa, gritava enquanto me atava a uma árvore. Lembro-me das amonas na piscina que ele me dava no verão, lembro-me dele ter escondido uma lagartixa na cama e de ter cortado algumas madeixas do meu cabelo no dia em que fazíamos nove anos porque o bolo tinha o meu nome escrito a açúcar maior do que o dele.

Lembro-me de o ouvir tocar piano, era um sobredotado que não se levava a sério, lembro-me da sua gargalhada terrífica, qual gato da *Alice no País das Maravilhas*, do cabelo encaracolado e despenteado como o de um querubim, a boca perfeita e redonda que teria sido igual à minha e à do meu pai se não tivesse morrido. Lembro-me do cheiro dele, um cheiro a leite, a iogurte, que ainda hoje procuro na pele dos outros homens.

Lembro-me do toque suave da sua pele, quando à noite se escapulia do seu quarto e se enfiava na minha cama, enquanto me tapava a boca para eu não gritar.

Não gritaria nunca, porque não tinha medo dele, sabia que quando ele aparecia no meu quarto à noite não era o meu irmão Metralha que vinha fazer-me partidas, era o meu irmão Principezinho, que vinha contar-me histórias e enroscar-se a mim como um gato selvagem que decide brincar aos animais domésticos.

O Salvador foi o meu primeiro amor. Não apenas o amor platônico, mas o amor carnal, que nunca foi concretizado porque naquele tempo ainda não havia canais pornográficos e o sexo era mesmo um tabu. Nunca tocamos um no outro onde sabíamos que não devíamos, mas passávamos muito tempo a mostrar ao outro o que era proibido. E eu aprendi a desejar aquele corpo magro e estreito, as pernas brancas e os braços finos, o sexo pequeno e sem penugem, as mãos lisas, o cabelo encaracolado, a pele de criança.

O meu irmão foi mesmo o meu primeiro amor, como tantas vezes acontece em tantas famílias tidas como normais, porque eu não acredito que haja famílias normais, dentro daquilo que foi estabelecido pelos usos e costumes, e ainda menos hoje em dia, quando as pessoas se separam e se voltam a juntar como quem manda para trás um salada num restaurante porque tinha uma minhoca como brinde.

O Salvador teria sido um homem muito belo, um Adonis, um diabo com cara de anjo, um perigo para todas as raparigas da minha geração. Não o consigo imaginar adulto, não o consigo imaginar o pianista brilhante que provavelmente teria sido, porque é impossível imaginar aquilo que nunca se viveu. A imagem que projeto dele é a do rapazinho que passava a vida pendurado nas árvores, convencido que era o Tarzan, a mandar pedras aos pássaros com uma fisga clandestina que a minha mãe confiscou repetidas vezes sem sucesso.

Durante quase toda a minha infância o meu pai esteve fora. Era sucessivamente colocado em postos cada vez mais importantes e chegou a embaixador muito mais cedo do que é habitual. Fora nomeado há dois anos, estava em Madrid quando o Salvador caiu de repente à piscina e foi salvo pela minha mãe e por mim. Era um domingo e a minha mãe tinha dado folga à Judite e ao senhor Neto, que viviam lá em casa e que ainda hoje vivem, ele já na cadeira de rodas, sempre enfiado na casa deles, ao fundo do jardim, e ela muito velhinha, mas ainda com energia para mandar nas empregadas novas como se fosse a dona da casa.

Estávamos a fazer concursos de mergulhos, *agora à pato, agora à golfinho, agora à parafuso, um, dois, três, não podes ir primeiro senão é batota, ó mãe, veja lá quem é que faz melhor, olha que eu vou mais fundo do que tu, não vais nada, eu é que sei fazer*, quando o Salvador caiu de repente, mergulhando sem aviso do lado fundo da piscina. Dei um grito de terror e a minha mãe só teve tempo de tirar os óculos de ler ao perto que tinha encavalitados na ponta do nariz e de se atirar à água para o ir buscar. Quando o tiramos da piscina estava inconsciente, pensamos que tinha engolido água, mas a minha mãe mandou-me vestir e fomos para o hospital.

Já não saiu de lá.

Nunca mais fui a mesma. Ou talvez fosse mais correto dizer que nunca fui a pessoa que podia ter sido, porque com dez anos somos só um potencial, uma possibilidade. A personalidade está já definida mas não nos conhecemos, não pensamos nisso, estamos demasiado absorvidos em viver para poder pensar, o tempo divide-se entre o verão e o inverno, o dia e a noite, a semana a ir para a escola e o fim de semana a brincar, e só os acontecimentos especiais nos fazem sentir a passagem dos dias; o Natal em que o *Foxtrot* apareceu como uma bola de pelo dentro de um embrulho, a primeira audição do Salvador na festa de Natal do colégio, o dia da primeira comunhão com os meninos todos a cantar e o Salvador, perdido de riso, a segredar-me ao ouvido, *isto é tudo ridículo*, o dia em que o meu pai comprou o MG encarnado à minha mãe quando ela fez anos e a levou a jantar fora, ela de lenço na cabeça para não ficar despenteada, o dia em que o *Foxtrot* mordeu a Judite, que teve um ataque de nervos e disse que se ia embora.

E o dia em que o Salvador caiu à piscina. E dois dias a seguir, quando morreu no hospital.

Já adolescente, quando comecei a fumar os primeiros charros, fechava-me no quarto da casa do Monte Estoril. Um quarto imenso, que, com os anos, foi parecendo cada vez maior. O meu irmão gêmeo, príncipe dos meus sonhos e rei do meu coração, nunca mais iria entrar pela porta para se enroscar no meu corpo e encostar a sua respiração ao meu pescoço.

Eu fumava e ouvia os U2 aos gritos, cantando vezes sem conta, até ficar rouca, “Sunday Bloody Sunday”, e depois começar a chorar, a soluçar, a arranhar a cara, o pescoço, os braços e as pernas e a gritar pelo meu irmão querido, a desejar entrar na máquina do tempo, se existisse uma, e regressar ao sábado antes do domingo, atada à árvore como uma condenada, o Salvador em círculos infernais mergulhado num delírio de guerreiro Apache, os mergulhos na piscina com o *Foxtrot* a ladrar cá fora como um louco, *agora vais tu, agora vou eu, olha como eu faço bem à golfinho, não vale dar amonas, não vale ser parvo, ó mãe, olhe ele, ó mãe, eu não fiz nada, ela é que é uma pieguinhas, piegas és tu, palerma, tu não me chames palerma senão levas outra amona, não levo nada que a mãe não deixa, a mãe está a ler e tu és a minha* skaw *e eu vou-te torturar, não vais nada, olha eu a fazer de golfinho, olha eu a fazer de parafuso, olha para mim, olha, olha...*

Olho para dentro e não vejo nada. Não encontro o Salvador nem o amor que tinha pelo Fred. Dizia muitas vezes ao Fred que ele cheirava a leite, que me deliciava com o tom de pele dele porque era clara, que o que mais gostava no fim da noite, depois da sedução, do sexo e da separação inevitável dos corpos, era sentir-lhe a respiração junto ao meu pescoço, que ele tinha olhar de querubim e às vezes também se ria como o gato da Alice. Nunca lhe disse que amava tudo isso nele porque me fazia lembrar o Salvador. Não em aspecto, porque o Salvador teria seguramente o porte aristocrático do meu pai, embora sem a pose de embaixador. Gosto de o imaginar sarcástico e rápido como a minha mãe. E o meu melhor amigo.

Tenho que ir um dia destes ao Estoril jantar com os meus pais e contar-lhes que ainda não é desta vez que *acertei*, como costuma dizer o meu pai, abanando a cabeça, num misto de pena e ternura. Sei que ambos gostariam de ter netos, que imaginaram outra vida para mim, que o sucesso que tenho como pintora lhes sabe a pouco porque sucesso nunca faltou nesta família, que me aceitam e me amam como sou, um bocadinho instável mas sensata, um bocadinho carente mas equilibrada, um bocadinho mimada mas sem nunca perder a razão. Sou a única filha e sei que, mesmo de forma inconsciente, eles depositam todos os sonhos em mim, como se o que sou e o que faço fosse o futuro deles.

Talvez por isso tenha sido sempre tão perfeita, tão exemplar, tão boa aluna no colégio e depois na universidade, tão bem disposta e risonha, tão completa. Sempre quis compensálos pela morte do meu irmão, por isso fiz tudo para que tivessem um orgulho desmedido em mim, esperando que, de alguma forma, se sentissem recompensados.

Mas também o fiz por mim, porque eu sou duas pessoas. Tenho um menino que vive dentro de mim e que nunca cresceu, sou metade homem metade mulher, sou um rapaz de cabelos loiros e caracóis que brincava aos índios e metia lagartixas dentro da minha cama.

O Salvador vive dentro de mim, como vivem e viverão para sempre dentro de cada um de nós aqueles que amamos e já perdemos. Uma parte de mim é dele, o que eu sonho que ele gostaria de ser. E a outra parte, aquilo que eu imagino que ele desejaria que eu fosse. Se calhar é por isso que tantas vezes me comportei como homem nas relações, que, antes dos trinta, descartava os homens, consumia-os e despachava-os como eles fazem às mulheres e raramente me envolvia, embora encenasse paixões violentas e arrebatadoras, com dotes dignos de nomeação para Oscar.

A Julieta passava a vida a dizer que eu devia ser atriz, porque não me falta talento nem versatilidade, mas ser atriz iria obrigar-me a uma exposição que não gosto, não me interessa e que não faz parte de mim.

Prefiro o meu ateliê tranquilo ao lado da garagem, virado para o jardim no rés do chão do prédio da Lapa que comprei há dois anos com a ajuda dos meus pais. Três andares com vista para o rio, seis meses de obras e dores de cabeça para ter uma casa de sonho, um ateliê de sonho e uma vida perfeita. Como nos filmes, que é o que as pessoas pensam que eu tenho, sem fazer a menor ideia do que já passei ou já sofri.

Quem sabe se é por ter uma imagem tão segura e serena que os homens se irritam e, de uma forma ou de outra, acabam por se afastar. Nenhum aguenta uma mulher nova, solteira, com dinheiro, berço e sucesso, a não ser que tenha também todas estas coisas. Falta sempre uma. Ao Gabriel, que tinha o talento, e que é hoje o ortopedista mais bem sucedido da minha geração, faltou o dinheiro e o berço. Ao Gustavo, que tinha berço e dinheiro, faltou-lhe o sucesso e foi o meu que lhe destruiu a autoestima e rebentou com a nossa relação. Ao Fred, pensei eu, não faltava nada. Pensando bem, faltava ali alguma coisa.

Aos homens, falta-lhe sempre uma peça, diz a minha mãe. *Ao pai também? Ao pai também*, responde invariavelmente, com o seu clássico e perfeito sorriso dos três segundos. *Mas eu habituei-me a viver sem isso*, conclui. E, sem dar mais azo a conversas, muda sempre de assunto, desta vez para me falar do novo projeto que tem em mãos, um livro com as melhores entrevistas que fez a seguir ao 25 de abril, com os políticos mais importantes da década de 70.

Aos homens falta-lhe sempre uma peça. Pelo menos até aos trinta anos. Primeiro, porque não fazem a mínima ideia do que é o amor. Depois, quando o descobrem, não fazem a mínima ideia do que fazer com ele.

Pensei que o Fred fosse diferente. Soube amar-me, proteger-me e cuidar de mim. A minha relação com o Fred foi a mais completa, porque nunca respeitara tanto um homem, ponto final. Nem o meu pai. Mas respeitei o Fred, adorei-o, mimei-o, idolatrei-o como a nenhum outro homem.

A não ser o Salvador. Porém, com o meu irmão, aos dez anos de idade, nada disso foi consciente. Só agora, quando olho para trás e tento perceber como resisti estoicamente à morte dele, percebo que vi na atitude da minha mãe a salvação possível para todos os problemas. Devo ter interiorizado que, se a imitasse, estaria para sempre protegida.

O meu primeiro amor foi um amor impossível, primeiro porque ele era meu irmão, e depois porque ele morreu. A impossibilidade entrou na minha vida e nunca mais saiu.

Dai-me um ponto de apoio e levantarei o mundo, disse Arquimedes. Dai-me a memória do meu irmão e um sonho para oferecer aos meus pais, e eu serei a pintora melhor sucedida da minha geração. Continuarei a pintar meninos loiros de caracóis que caem à piscina, que escorregam de um precipício, que rebolam de bicicleta por uma valeta, porque ainda não aceito a morte do Salvador, e por isso imagino que foi um acidente, que a culpa foi da bicicleta e não de uma veia que lhe rebentou na cabeça quando brincava aos golfinhos comigo.

O meu ponto de apoio são as minhas memórias, a minha educação, o nome de família, o porte aristocrático e intocável do meu pai, a inteligência e prestígio da minha mãe. O sangue que me corre nas veias é sangue deles e tenho de fazer tudo para que eles se sintam orgulhosos. Serei uma pessoa normal. Ser normal não é sobreviver, é perceber que a alma não passa de uma respiração do corpo e que a alma do Salvador vive em mim e viverá, um dia, nos filhos que eu tiver. Se ainda os tiver.

É pouco provável que consiga voltar a engravidar, depois do que aconteceu com o Gabriel. Mas talvez a realidade mude, a realidade é uma coisa evolutiva, o que é verdade hoje é mentira amanhã, e talvez o meu corpo me surpreenda, talvez a minha vontade seja mais forte do que as sequelas daquele aborto feito aos dezoito anos por uma parteira da margem sul que me esfrangalhou o útero e deixou lesões irreparáveis.

Já passaram vinte anos, quem sabe o meu organismo não se reconstruiu, quem sabe não terei um golpe de sorte e a minha vida dê uma volta. Nunca se sabe, tenho de pensar que tudo é possível, que tudo pode acontecer.

Ao Fred faltava uma peça fundamental, que nunca consegui aceitar.

É normal os homens não quererem filhos antes dos trinta, ou antes deles nascerem. Mas já não é tão normal que se recusem a considerar essa possibilidade quando acham que encontraram aquilo a que eles tanto gostam de chamar "a mulher da minha vida", que era o que o Fred dizia que eu era.

Com o Gabriel não foi assim. Quando soube que estava à espera de bebê, ainda pensamos continuar em frente, contra tudo e contra todos. Mas eu tinha dezoito anos, estava de malas feitas a caminho Londres para estudar pintura, o Gabriel acabara de entrar na Faculdade de Medicina e não tinha onde cair morto. O meu pai torcia o nariz cada vez que se cruzava com ele na sala, embirrava com o ar trapalhão, muito irlandês, com o brinco na orelha e as t-shirts pretas, pingonas e sempre amarrotadas, mas sobretudo com o fato do Gabriel ser tão alto como ele. Ninguém podia ser mais alto do que o senhor embaixador, nem mais inteligente. O Gabriel era tudo isso e muito mais, mas ninguém dava nada por ele. A não ser eu.

Como sempre acontece, a ironia do destino revelou-se ao longo do tempo e mostrou-me o que nunca quis ver, o que poderia ter sido a minha vida com ele.

Hoje o Gabriel é o ortopedista mais notável da minha geração. Está mais bonito do que nunca, tirou o brinco e ganhou corpo, poliu-se e tornou-se um dos homens mais requintados que conheço. Cada vez que estamos juntos, encho-me de saudades do tempo em que éramos miúdos e dormíamos no anexo da casa dos pais em Cascais, e inunda-me uma tristeza surda que me dá vontade de voltar atrás.

Se pudesse escolher, não teria conhecido o Gabriel roto e quase sem teto aos dezoito anos, mas aos vinte e três ou vinte e quatro, quando, já no fim do curso, trabalhava como modelo e tinha um apartamento a meias com o George, um gay encantador que era professor de sapateado.

O Gabriel é o meu *back-up*, a escolha que não fiz, o amor que desperdicei, a minha mais intensa e doce relação, o primeiro homem com quem passei fins de semana inteiros na cama a fazer amor e a ler Alexandre O'Neill e Sophia de Mello

Breyner entre jantares de *corn flakes* e tostas mistas, enquanto realizava as minhas primeiras fantasias sexuais, e com quem imaginei que poderia fugir para qualquer parte do mundo.

O medo venceu-me com as suas convenções, com as chamadas opções de vida que os meus pais me convenceram que eram as melhores, um curso em Londres com um apartamento delicioso em Knigthsbridge, tudo pago para a menina ter um futuro brilhante e perfeito, próprio de filha de embaixador. Tudo menos ser mãe solteira aos dezoito anos, porque para os meus pais nem lhes passava pela cabeça que eu me casasse com um irlandês de segunda que tinha conhecido no Coconut's, filho do dono de um pub sebento atrás do cassino e de uma portuguesa chamada Olinda.

Claro que tudo isto foi pensado, arquitetado e conversado com a minha mãe e com o acordo tácito do meu pai, que, sem nunca mostrar que sabia o que se passava, ia deixando cair nas conversas ao jantar a sorte que eu tinha em poder ir estudar para Londres com tudo pago e ser livre para me realizar como pintora. E a minha mãe, imperturbável, anuía com a cabeça, de forma ritmada e contundente, a reforçar as escolhas mais "sensatas", que me iriam preparar para o futuro e proporcionar-me mais tarde todo o bem-estar e sucesso a que tinha direito.

Quando, numa daquelas noites mágicas em que conseguimos abrir o coração e revelar os nossos segredos mais inconfessáveis, contei ao Fred a morte do Salvador e a minha história com o Gabriel, ele agarrou-me a cabeça com cuidado, trocou o olhar com o meu como se tivesse entrado na minha cabeça e disse-me uma das coisas mais queridas e belas que alguma vez ouvi, *meu amor, o que tu precisas é de uma transfusão emocional.*

Graças a ele, estive dois anos em hemodiálise afetiva, por isso é que agora não sei o que fazer sem o seu amor a alimentar-me os dias, o seu sorriso aberto ao fim da tarde a entrar-me pelo ateliê e pelo coração, não sei como é que chego ao fim do dia sem que ele esteja enroscado no sofá a ver filmes ou a ler um livro.

À noite, na cama vazia, agarro-me à almofada que era dele, procurando ainda e sempre o seu cheiro, e entre soluços infantis e o ranger contínuo dos dentes, acabo por adormecer exausta, com a t-shirt com que ele dormia e que teimo em não pôr para lavar.

Já é tarde e o rio iniciou a sua dança das cores. A partir das cinco, e até a luz do dia desaparecer, a cidade assiste indiferente ao desfilar sucessivo e sutil de mil azuis diferentes, os barcos vão e vêm, as buzinas assinalam o regresso a casa. Pessoas sós como eu, mas com menos sorte, porque não são donas do seu tempo nem do seu trabalho, não nasceram com um dom ou não o souberam desenvolver, já não têm os pais vivos ou um amigo tão querido e próximo como o Pirolito, com quem vou jantar ao japonês, encharcar-me de saquê e divertir-me com as suas histórias.

Riso e esquecimento. O riso para disfarçar as rugas pequenas mas fundas que já vou tendo na cara, e esquecimento de tudo o que me pesa, de um passado que nunca esteve tão presente, o acordar moribundo da anestesia mal dada, a parteira aos gritos comigo, *calma, menina, tenha calma*, o Gabriel na sala da casa da bruxa a levar-me ao colo para fora daquele lugar sinistro que cheirava a manteiga rançosa, os olhos rasos de lágrimas a segredar-me ao ouvido *so sorry, my little bunny, so sorry*, o barulho do corpo do Salvador a cair na água enquanto brincávamos aos golfinhos, *agora és tu, agora sou eu, está quieta senão dou-te uma amona, ó mãe, olhe ele, ó mãe, eu não fiz nada, olha para mim, agora à pato, agora à parafuso, olha para mim, olha, olha.*

3

Todas as semanas teimo em pesar-me e todas as semanas me apetece partir a balança, atirá-la pela janela fora ou escondê-la na arrecadação. Sessenta e oito quilos de tristeza, gordura e frustração. Há mais de quarenta anos que me sinto um paquiderme e odeio profundamente o meu corpo e a minha vida.

Aprendi a odiar desde muito cedo. A primeira pessoa que odiei foi o meu pai, por ser um monstro. Depois a minha mãe, por não se saber defender dele. E depois a Julieta, por ser magra, por ser tão bonita e por ser minha irmã. O ódio aguça o espírito e alimenta o corpo. O ódio faz-nos companhia quando não temos mais nada, quando as outras meninas da turma troçam da nossa figura com risinhos parvos, quando a dar o salto no cavalo de arção nos desequilibramos por causa do peso excessivo e da falta de agilidade e a turma inteira nos fita, em êxtase, abanando a cabeça num ato de fingida compaixão, quando até as freiras que, por amar a Deus deviam ser piedosas, encolhem os ombros à nossa frente como se não tivéssemos remédio.

Sou gorda porque nasci gorda. Sou igual à minha mãe, que também nasceu gorda, igual à minha avó Idalina, que era uma baleia. É um carma, ou não me chamasse Maria do Carmo, está-me nos genes, não há nada a fazer.

Em criança já tinha uma tendência incontrolável para me encher de bolos e biscoitos e chegava a comer um pacote inteiro de papa Cerelac em menos de três dias, por isso, aos oito ou nove anos, quando se espera que as raparigas, mesmo as gordas, comecem a espigar, em vez disso, expandi-me até ficar um pão de ló gigante, do dobro do tamanho que tinha um ano antes.

Aos treze era um elefante. Além de obesa, era mais alta do que a turma inteira, e aos dezoito, quando comecei a fazer dieta porque era a única da minha turma da faculdade que nunca tinha tido um namorado, consegui, a muito custo, chegar aos sessenta e três.

Foi no primeiro ano de Farmácia, quando conheci o Marcelo, que deve ter considerado a hipótese de sair comigo, porque além de ser feio e usar óculos, também já era gordo para a idade e nenhuma rapariga no seu perfeito juízo olharia para ele.

O Marcelo ficou comigo porque não lhe sobrou mais ninguém e eu com ele, pela mesma razão. Somos os restos um do outro. E foi o único homem com quem dormi, se calhar é por isso que odeio sexo. Odeio o peso dele a esmagar-me o peito e a barriga, o arfar asmático e os olhos inexpressivos e desfocados a piscar como lâmpadas fundidas, odeio os movimentos torpes e desajeitados e, acima de tudo, odeio que ele me penetre. Tê-lo dentro de mim é como se me estivessem a enfiar um ferro em brasa, o sexo dele queima-me por dentro, por isso aperto as paredes da vagina para o expulsar, mas ele insiste até se vir, num espasmo interminável e repulsivo que o faz gritar como um porco, revirar os olhos e, finalmente, sair de cima de mim e atirar-se para o outro lado da cama qual porco depois de correr a minimaratona.

Então, como um animal castigado e ferido, refugio-me no outro canto da cama, o mais longe dele que me é possível, e respiro fundo, antes de me levantar e fugir para debaixo do duche, onde fico escondida durante meia hora, com a água a escaldar, cheia de espuma da cabeça aos pés, a esfregar-me que nem uma escrava condenada, comprada por novos donos, cuja pele não vê água há mais de três semanas.

O sexo sempre foi uma experiência traumática. Sempre odiei o cheiro dos homens, o seu hálito pesado a cigarros e álcool, o fedor acre e intenso da sua pele, grossa e áspera como a de um camelo, as mãos peludas e os pés grandes. Sempre achei os homens seres toscos e inacabados, com as barrigas proeminentes depois dos quarenta, a assinalar a prosperidade financeira, rematada com pelos a sair do nariz e das orelhas.

O meu pai também era assim pouco depois dos trinta, mas nunca saiu da cepa torta da repartição pública onde sempre trabalhou. Se não fossem as vendas de bolos para fora da minha mãe, provavelmente nem sequer teríamos aguentado mais de dois anos nas Doroteias, onde as betinhas nos olhavam de lado, primeiro a mim, porque era gorda, e depois à Julieta, porque era magra e bonita.

Nem sempre a minha mãe tinha predisposição para fazer bolos, passava a maior parte do tempo drogada com antidepressivos. A carreira promissora de venda de bolos para pastelarias e festas de aniversários acabou quase sem ter começado, e fui eu quem mais tarde a retomou para ajudar às despesas do curso de Farmácia.

Antigamente, os homens quase nunca estavam em casa, viviam na guerra ou tinham de ir caçar, e tenho a certeza que as mulheres eram muito mais felizes. Hoje, passam a vida em casa, trocaram a espada pela promoção profissional e os troféus pelo prêmio anual, a honra pelas marcas dos carros e transformaram-se em animais domésticos.

Como se não bastasse, para que a minha vida fosse ainda mais difícil, Deus enviou-me não um filho homem, mas dois, gêmeos, o David e o Filipe, duas lontras que criei com instinto maternal até aos dez anos e que agora só sabem andar à bulha, devastar o frigorífico todas as tardes quando chegam do colégio e dar-me problemas porque são mal comportados, roubam as lancheiras dos outros miúdos, batem nas meninas e respondem-me torto. O Marcelo diz que a culpa é toda minha, que eu sou uma fraca como a minha mãe, que nunca consegui impor-lhes regras nem respeito. Se ele estivesse mais tempo em casa para me ajudar, talvez tivesse conseguido educá-los melhor. Mas não. Em vez disso, critica tudo o que faço, está sempre a deitar-me abaixo como se eu fosse um saco de boxe e leva os miúdos ao futebol um domingo por mês, para sentir que até nem é mau pai.

O Marcelo não é bom nem mau tipo, simplesmente é como o meu pai: não presta para nada. E os miúdos são uma mistura do meu pai com o pai deles, por isso não tenho qualquer esperança de algum dia me vir a entender com eles. Mesmo assim, crio-os como posso, alimento-os bem e compro-lhe os skates de último modelo e todos os jogos de PlayStation que saem, porque ao menos assim ficam fechados no quarto e não me moem a paciência quando chegam do colégio, todos transpirados, nojentos, a cheirar a gente, com as unhas encardidas e a testa às riscas do suor marcadas como ferros em brasa.

Às vezes penso que me interessei pelo Marcelo não só porque era o único rapaz acessível, mas porque era amiga da irmã dele, a Kika, e porque é um fraco como o meu pai, com a agravante de nem sequer ter o charme barato de um vendedor de automóveis que o meu pai jorrava, tipo fonte luminosa, para cima de todas as mulheres que conhecia. É um fraco, convencido que é importante, só porque, num golpe de sorte, lhe morreu o sócio do laboratório e herdou um império de marcas que o outro tinha conseguido representar à custa de conhecimentos da família. O Henrique, solteiro e filho único, cuja família estava há duas gerações nisto dos medicamentos, morreu estupidamente num despiste típico de sábado à noite, depois de uma farra de copos. E graças a ele, o Marcelo é hoje o senhor diretor geral da empresa, muda de carro todos os anos, nunca se consegue decidir se é melhor ter um Mercedes ou um *BMW* e deve tentar ir para a cama com todas as secretárias e recepcionistas que pode, ou se calhar nem isso, porque com a idade e o peso os homens perdem a ponta. Pelo menos é o que ouço as outras mulheres dizerem no cabeleireiro.

Pela parte que me toca, até prefiro que despeje com as Sónias e as Cátias que lhe aparecerem no gabinete, muito decotadas, a mostrarem o material todo, e com voz de amorosas a dizerem, entre sorrisos parvos, *o doutor Marcelo quer um café, o doutor Marcelo deseja quantos* prints *deste relatório, o doutor Marcelo pode-me dar boleia até casa*, e todas essas manhas que as mulheres gostam de usar e abusar para seduzir os homens.

Estou-me nas tintas. Ele não se pode separar de mim porque, quando casamos, nenhum de nós imaginou que ele podia um dia ficar rico, e por isso foi com regime normal, que é comunhão de adquiridos, e se o Marcelo agora me quiser pôr a andar, vai ter que me dar metade do que vale o laboratório, e é evidente que não está para isso.

Também não me quero separar dele. Ainda não. Tinha que viver de uma mesada e eu não gosto de mesadas, gosto de ter uma conta conjunta e gastar o dinheiro que me apetece. Posso ser gorda e feia, posso ter envelhecido cedo por causa das pestes dos meus filhos, posso não ter amigas porque sou antipática, posso até ser a irmã feia e má da namoradinha de Portugal, mas tenho dinheiro para comprar tudo o que me apetece e tempo de sobra para inventar em que é que posso gastar o dinheiro.

Outro dia, comprei uma coleção de bonecas antigas numa feira de antiguidades. Eram mais de vinte, todas de porcelana, cheias de vestidos e chapéus, algumas até tinham sombrinhas penduradas nos braços gordos. Fui ver a feira com a minha cunhada Kika, que é uma solitária como eu, nunca se casou nem quer ouvir falar em homens. Vimos a coleção inteira, muito bem exposta numa vitrine. Perguntei quanto é que custavam as bonecas todas, vitrine incluída. A senhora do stand, uma antiquária daquelas muito loiras e míopes, até se engasgou. Disse que não sabia quanto é que era tudo, porque as bonecas estavam marcadas com preços individuais. Coitada, nunca pensou que chegasse lá uma pessoa e quisesse comprar a coleção inteira, precisava de falar com o marido que estava a chegar, e depois dizia-me o preço.

— E não se esqueça da vitrine — rematei com ar triunfante.

A Kika ficou mesmo impressionada. Eu gosto da Kika. É uma sobrevivente como eu. Também se apaixonou pela coleção das bonecas. Sei que é um disparate uma mulher com mais de quarenta anos comprar uma coleção de bonecas, mas quando olho para a minha vida e vejo como a minha existência foi um equívoco e um absurdo, é uma sorte não ter dado em drunfada ou em alcoólica como a minha mãe. Ela diz que já está boa do álcool, mas eu topo-a a distância, nas festas de família, a deitar disfarçadamente a vodca na água tônica. Como todos os alcoólicos profissionais, sabe que a vodca não deixa hálito. Tenho pena dela. Pena por ter apanhado tanto do meu pai e raiva por nunca ter conseguido virar-se a ele.

Quando era miúda, tentei várias vezes defendê-la e acabei sempre por apanhar. Até ao dia em que o meu pai, farto de me ver armada em Joana d'Arc, me agarrou pelos cabelos e bateu-me com a cabeça contra a porta do frigorífico. Perdi os sentidos e só acordei na ambulância com a minha mãe a olhar para mim e e morder a boca, como quem pede *não digas nada, não digas nada, por favor*. Quando cheguei às urgências e o médico de serviço perguntou o que me tinha acontecido, inventei que me tinha caído em cima uma prateleira de livros, mal presa à parede, mesmo por cima da minha secretária. Não sei se o médico acreditou ou não, mas com a minha mãe do lado a anuir com a cabeça a reforçar a minha versão da realidade, talvez tenha pensado que fora assim que eu conquistara um traumatismo craniano.

Com nove anos já sabia mentir. Já sabia que a maior parte das vezes é melhor camuflar a verdade com o acaso do que assumir o horror da realidade. Mas a partir desse dia nunca mais me meti no meio das cenas canalhas, até porque a Guilhermina aprendera com o tempo a exercer sobre o meu pai um domínio inexplicável e as brigas quase desapareceram. A Guilhermina foi mais minha mãe do que a minha própria mãe, e além disso embirrava com a Julieta. Eu era a preferida.

— O seu paizinho até parece que fica cego quando vê o raio da catraia, parece bruxedo — queixava-se a Guilhermina, que, como é típico das mulheres do povo, se dedicou de alma e coração ao homem que lhe pagava o ordenado e que agora, pensando bem, talvez dormisse com ela de vez em quando, senão por que razão terá ela ficado lá em casa durante quase dez anos? E porque é que, quase de um dia para o outro, arranjou um noivo açoriano e foi viver para o Canadá, ela que era tão apegada à casa, que ajudou a minha mãe a largar o álcool, que durante anos viveu para nós?

Nunca mais soube da Guilhermina. Em casa dos meus pais não se voltou a tocar nesse assunto porque a minha mãe odiava-a. Por tudo o que ela era e a minha mãe não conseguia ser: determinada, enérgica, forte, corajosa e com pulso no meu pai.

Só havia outra pessoa capaz de acalmar o meu pai, nessas noites imprevisíveis de fúrias descontroladas. Mas essa pessoa era uma covarde, uma medrosa, que preferia esconder-se atrás dos cortinados e chorar como um bezerro desmamado. Essa pessoa, hoje uma atriz famosa, bajulada e adorada por todos, é a parva da minha irmã Julieta, que sempre se achou uma princesa quando era miúda e que a vida, num golpe de sorte, transformou numa diva, se é que é possível haver divas num país tão pequeno e mesquinho como o nosso.

Ela sabia perfeitamente que, se saísse detrás dos cortinados e pedisse ao meu pai para parar de sovar a minha mãe, que ele lhe obedeceria, como lhe obedecia em tudo, quando ela queria comprar coroas, pulseiras e tiaras para se armar em princesa, um par de botas à cowboy ou ir de férias para o sul de Espanha com as parvas das amigas do liceu. A sonsa da Julieta sabia que mandava nele. Apesar disso, nunca teve coragem para defender a nossa mãe, sempre teve medo de tudo, até da Guilhermina e de mim, que nunca a tratei mal, embora não me faltasse vontade de pregar um par de tabefes naquela cara de anjinho desprotegido que ainda hoje tem, um misto de boa rapariga e bomba sexual.

É verdade que em criança não a deixava entrar no nosso quarto quando a Berta vinha estudar comigo, e também é verdade que nunca a ajudei nos trabalhos de casa, mas porque haveria eu de ajudar o raio da miúda que nasceu com tudo o que sempre me faltou: beleza, graça, elegância e o amor do meu pai?

Por causa dela o meu pai nunca olhou para mim nem para a minha mãe, por causa dela éramos tratadas mais como criadas do que a própria criada, por causa dela é que acumulei esta raiva surda que se transformou em bulimia e fez de mim um ser disforme e imenso. Se ela nunca tivesse nascido talvez o meu pai não se tivesse tornado num homem tão desequilibrado, talvez tivesse brincado comigo, me tivesse sentado ao seu colo e cantado "Atirei o pau ao gato", enquanto me fazia cócegas na barriga, como fazia com ela. Se fôssemos só os três e ele não tivesse "a sua princesinha", talvez tivesse reparado na sua única filha e talvez me tivesse amado.

Mas não. Aquela estúpida teve que nascer seis anos depois de mim, bonita como uma rainha, com uma voz capaz de encantar um exército, com um corpo perfeito e ainda por cima talentosa. Dizem que Deus sabe o que faz quando distribui defeitos e qualidades nos homens. Lá em casa foi o que se viu; eu nasci gorda, frustrada e apagada como a minha mãe, com jeito para levar na tromba e fazer bolos, e a outra puta nasceu uma estrela. E o que mais me irrita é que a gaja ainda não engordou, porque é uma depressiva, uma problemática de merda que só se sabe queixar da vida e dos outros, quando tem uma carreira consagrada, um filho magro e bonito como ela, e amigas que se preocupam com ela, como a Verónica, que é outra convencida de merda, só porque é filha de embaixador e a mãe é famosa.

A Kika também embirra imenso com a Verónica, acha que ela é uma menina bem, armada em intelectual, sem metade da pinta da mãe, que só vende quadros e tem sucesso por causa dos conhecimentos do pai embaixador e do prestígio intocável da mãe. Havia ela de ter nascido na Ajuda como nós, ter sido criada por uma mãe afogada em comprimidos e um pai que dava tareões à mulher uma vez por semana, a ver se era tão segura, tão serena e tão chique quanto aparenta. Com uma casa de 500 metros quadrados e um hectare de terreno no Monte Estoril com vista para o mar, curso de pintura em Londres e algum jeito de mãos, não havia aquela parva de ser uma pintora de sucesso? Assim também eu.

A Kika e eu fartamo-nos de gozar quando ela aparece nas revistas, às vezes com a minha irmã, as duas muito amigas, juntas como que por acaso, em *coqueteles* foleiros — diz-se *coqueteles* ou vernissages?, nunca percebi bem — cobertas de roupa de marca, calçadas com sapatos impossíveis de usar por causa da altura dos saltos, armadas em vedetas.

Putas. Não passam de uma putas presumidas, convencidas que são alguém.

Odeio a Verónica, porque odeio tudo o que tem a ver com aquilo que não está ao meu alcance. Porque, tal como a minha irmã, Deus foi generoso e fez com que ela nascesse numa família de gente com dinheiro e nome, e ainda por cima talentosa e bonita. Não com tanto talento nem tão bonita como a Julieta, mas mais alta, com aquele porte aristocrático que só os que nasceram em berço de ouro conseguem ostentar. Esta gente, que nasceu rica e há-de morrer rica, está-se cagando para tudo e todos, e ainda por cima são de um cinismo atroz, porque quando chega o Natal, armam-se em boas cristãs e fazem reportagens com carrinhos de supermercado a abarrotar de presentes para crianças desfavorecidas. Devem pensar que lhes fica bem, lá porque são figuras públicas, fingir que se importam com o que se passa no mundo, mas nunca foram para o Príncipe Real dar sopa aos pobres nem visitar mulheres à prisão de

Caxias. Eu também nunca fui, mas ao menos não finjo que sou boazinha. No fundo não passam de umas falsas, umas vendidas ao sistema.

Houve tempos em que tinha inveja. Agora não, porque sei que nenhuma delas é capaz de chegar a um antiquário e comprar tudo o que lhe apetecer. Mesmo que depois tenha uma discussão de morte com o Marcelo por causa das bonecas e, num ato de impensada generosidade, as tenha mandado entregar a casa da Kika, com vitrine e tudo.

A Kika merece, porque é como a Berta e como eu; nunca quis ser mais do que aquilo que era, ao contrário do meu marido, nunca lhe subiu o dinheiro à cabeça mesmo depois do que recebeu das partilhas após a morte do meu sogro, nunca ligou nenhuma aos homens e sempre foi minha amiga. A Kika pode ser tão infeliz como eu, pode ainda hoje, com mais de quarenta anos, não saber se quer ter uma loja de decoração ou organizar festas, mas pelo menos não finge que é fina, como a minha irmã, que quer imitar a Verónica, não finge que conhece toda a gente como a Verónica, que quer imitar a mãe dela.

A Kika tem rugas na cara e pregas no corpo como eu, não usa sapatos de salto porque lhe fazem doer os pés. É uma pessoa sincera, é uma pessoa a sério e não uma boneca de trapos como essas pirosas que aparecem nas revistas, convencidas de que são alguém.

4

O Duarte nunca mais chega e estou a começar a entrar em paranoia. Como é típico dos putos da idade dele, tem o telemóvel desligado. Era para ter chegado às seis do rugby e já são um quarto para as oito e nada. Eu devia ter insistido para o senhor Abel fazer o transporte, mas o Duarte começou logo a bufar, *a mãe só me quer arranjar problemas, acha que não me chega ser filho da atriz armada em boazona, ainda quer que os meus amigos gozem comigo porque vou armado em cocô, de motorista para os treinos, nem pense nisso, está maluca ou quê*, e eu, que tinha até considerado engolir o comentário da boazona, quando ele pronunciou esta frase levantei-lhe a mão e só não lhe enfiei um estalo porque ele me travou a trajetória a meio, agarrando com força o meu pulso, muito mais fraco do que o dele.

— O respeito é uma coisa muito bonita, ouviste, meu malcriadão?

— A mãe é que me educou assim — retorquiu, virando-me as costas. — Se sou mal-educado, a culpa é sua.

E desapareceu porta fora, como um estranho, deixando-me com a mão no ar e um nó na garganta que parecia que me ia desfazer em mil partículas.

Vivo com um estranho em casa e esse estranho é o meu filho. Não lhe reconheço a voz, que, de fífia em fífia, parece saída de um filme de desenhos animados japoneses, daqueles pornográficos que dão ao fim de semana depois da meia-noite. Não lhe reconheço os modos bruscos nem os traços masculinos, outrora suaves, nem esta nova personalidade arisca e implicativa, que já foi meiga e dócil.

O Duarte era o meu bebê, o meu anjinho, o meu ponto de equilíbrio, aquilo que nunca falhava na minha vida, quando tudo mais era uma merda. Era o meu grande orgulho e o meu maior amor, o meu único e adorado filho, que nunca me cansava nem me desiludia. Uma criança precoce e brilhante, que aos sete anos já empregava palavras como *inconcebível* e *provavelmente*. Era o miúdo que, com seis anos, quando num dia de tristeza lhe pedi para me dizer uma coisa que me fizesse feliz, agarrou a minha cara com as duas mãos, fitou-me profundamente e disse:

— Sabe uma coisa, mãe? Toda a gente diz que a mãe é muito bonita por fora, mas eu acho que a mãe ainda é mais bonita por dentro.

Era aquele tipo de rapazinho terrivelmente simpático e descontraído que conversava com toda a gente e dava entrevistas nas antestreias dos filmes para crianças, afirmando muito convicto que o *personagem mais notável do filme era o burro porque era muito divertido*, tudo isto com um grande sorriso — quem sabe, também herdou o meu gene do *spotlight*, assim que vejo uma câmara transformo-me numa pessoa muito melhor do que sou — como se fosse normalíssimo um miúdo de sete anos empregar adjetivos como notável, e ainda por cima perfeitamente adequados ao contexto.

Sempre foi uma criança fácil em tudo, que nunca ficava doente nem acordava a meio da noite, que comia o que tinha no prato até ao fim, que não fazia birras, que sabia fazer a cama e arrumar o quarto e ralhava comigo quando eu dizia um palavrão.

Tudo mudou com a entrada na adolescência. De um ano para o outro, perdi-o. Acho que foi há dois, quando fez catorze e lhe começaram a crescer os pelos da barba e provavelmente outras coisas que, como mãe dele, não me cabe comentar. O Duarte entrou para o armário sem aviso prévio e, quando dei por isso, já não consegui que, no meio da parvoíce típica do crescimento nesta idade, deixasse uma frincha para poder comunicar com ele.

Tive azar, porque coincidiu com a gravação da merda da série da professora cega. Foi um ano e meio de tortura com idas para o estúdio às seis da manhã, filmagens aos sábados e feriados, e o parvalhão do Erro de Casting, como lhe chamava a Verónica, que fazia de meu eterno apaixonado na história a meter-se sucessivamente com todas as gajas que trabalhavam na série, enquanto engravidava a suposta ex-namorada, e eu sem saber como contar à Verónica. Não conseguia perceber como é que ela, que tinha andado com tipos com tanta pinta como o Gabriel, baixava ao nível daquele taco de pia cujos únicos encantos eram os olhos azuis, uma voz extraordinária e um talento ambíguo para o *underacting*, mas com um *timing* perfeito para as pausas e um dom natural para deixar respirar as cenas, que fazia as delícias do realizador e da audiência. Um lobo com pele de cordeiro, que só não me seduziu porque lhe deixei bem claro, desde o primeiro dia de filmagens, que a Verónica era a minha melhor amiga. Falava dela sempre que podia, muitas vezes em voz deliberadamente alta, em frente das outras parvas, e o invertebrado criou alguns anticorpos em relação a mim, que nos foram muito úteis nas cenas de conflito.

Mas o pior estava para vir; ao quinto episódio, como as audiências estavam abaixo do que era esperado e tinha havido um investimento brutal em publicidade, decidiram tornar a história mais picante.

Foi então que me apareceu no estúdio um miúdo acabado de chegar de Nova Iorque, que, como todos os portugueses que lá viveram, estudara representação na New York Film Academy, servira à mesa no Pão! e fizera algumas campanhas de publicidade que serviram para lhe insuflar o ego e a conta bancária. Era uma brasa de um 1,87m, vinte e dois anos, olhos verdes e cabelo castanho ondulado que se gabava de ter feito uma capa para a *Wall Paper* e de falar fluentemente quatro línguas, porque era filho de um português e de uma espanhola e tinha vivido um ano em Itália, num programa de intercâmbio estudantil, antes de ir para a Grande Maçã.

A entrada do Gonçalo na série veio animar o *plateau* e disparar as audiências; é sempre um bocado perverso pôr um aluno supostamente *teenager* envolvido com uma professora, sobretudo se ela for cega. O Gonçalo tinha um carisma impressionante dentro e fora de cena, e com toda a sorte e inconsciência dos principiantes fazia tudo com uma perna às costas. Estava fora de Portugal há dois anos e por isso não tinha a menor ideia do que lhe podia acontecer, se por acaso caísse no gosto do público.

Foi um fenômeno de popularidade vertiginoso e incontrolável; era bonito, tinha talento, sabia comer à mesa, encantava os jornalistas com a sua ingenuidade de estreante, nunca se queixava nem dizia mal de ninguém e possuía um repertório de anedotas que punha os maquinistas e todo o pessoal técnico em delírio. Mas acima de tudo, porque era muito novo e muito bonito, estava-se nas tintas para os jogos de poder que sempre se instauram nestes micro mundos, e ganhou rapidamente tantos seguidores como detratores.

Tinha a mania de me deixar bilhetes em inglês dentro da carteira cheios de obscenidades em todas as línguas que falava, nos quais se referia invariavelmente a mim como *sex bomb*, e é evidente que um dia não lhe resisti e demos uma queca dentro do carro, ao pé do Guincho. Ele ainda vivia com os pais e eu não o quis levar para minha casa e misturá-lo com o Duarte, e também não me apeteceu ir para um hotel onde seria imediatamente reconhecida.

Ando nesta merda de vida há mais de quinze anos e já matei muitos patinhos, miúdos e miúdas que têm a sorte de conseguir um bom papel e depois nunca mais fazem nada de jeito. Mas aconteceu-me a pior coisa, a mais vulgar e previsível que pode acontecer a uma atriz com trinta e sete anos, aterrorizada com as marcas das rugas que se acentuam no final de cada verão: apaixonar-me.

Perdi a cabeça por aquele Apolo, um monumento de espírito rebelde e carne fresca, que se estava cagando para o sucesso, para a imprensa, para as miúdas que se punham debaixo dele e, obviamente, para mim.

Como todas as mulheres, só demorei a perceber o que era óbvio e não queria aceitar a verdade quando já era demasiado tarde para voltar atrás.

Oito e vinte e o Duarte sem dar sinal. A Asunción já me veio perguntar duas vezes, no seu português arrevesado de espanhol, com o sotaque cantado da sul-américa, se é para pôr o jantar na mesa, porque eu posso ser caótica e maluca, mas cá em casa almoça-se à uma e janta-se às oito e meia, e eu fiquei a olhar para ela com cara de pescada cozida, sem saber o que responder.

Nunca sei que ordens devo dar, nunca percebi se sou demasiado dura ou excessivamente branda. Vivo obcecada com a ideia que ela me acha uma fraca, uma tonta, uma diva doida varrida a caminho da meia-idade, depressiva e paranoica, e isso dá-me um desconforto horrível. No fundo, e apesar de ser empregada interna, eu acho que se sente superior a mim, porque se ela se fosse embora, arranjava logo uma casa normal e adaptava-se sem problemas ao seu novo aquário, enquanto que eu tenho ataques de ansiedade só de pensar em ter de contratar uma desconhecida e meter dentro de casa uma criatura perversa e oportunista que me vá remexer nas gavetas e dê de caras com coisas só minhas e as vá vender à imprensa especializada em escândalos segredos da minha intimidade.

Ao menos a Asunción dá-me esse descanso. Como é muito desligada e preguiçosa, nunca se deu ao trabalho de tentar abrir uma gaveta fechada à chave, e eu gosto dela porque é dócil, pequenina, tem uma cara redonda e bonita, está comigo há sete anos e sempre tratou muito bem do Duarte, que a adorava, antes de entrar para o armário. Agora ignora-a, só lhe dirige a palavra para lhe pedir batidos de chocolate e tostas mistas, para reclamar as t-shirts que teima em usar, cheias de dragões e outros bichos estranhos e que são sempre as mesmas quatro. Se calhar também herdou o gene porco do Zé Pedro, que achava normal vestir os mesmos jeans dez vezes seguidas, pensava que não se sujavam, e só depois de se casar comigo é que começou a usar perfume.

Finalmente, às oito e vinte sete, quando estou quase a ligar para as emergências dos hospitais de Sintra e de Cascais, o Duarte assoma à porta, encharcado em suor, com o equipamento do rugby ensopado e colado à pele. Apetece-me começar já a mandar vir com ele, mas lembro-me que ao sair foi ele que bateu com a porta, por isso assumo uma atitude de mãe porreira, a ver se pega. Tenho que reconquistar este miúdo, ser mais esperta do que ele e dar-lhe a volta, senão estou tramada, senão é que falhei em tudo na puta da vida e nem sequer uma boa mãe soube ser. Por isso, nem me levanto do sofá onde marinei o dia inteiro entre documentários do canal Odisseia, *talkshows* patéticos dos canais nacionais e excertos de filmes e de séries de diferentes categorias e peço-lhe para ir tomar um duche rápido, porque o jantar é suflê e não pode esperar, senão cai.

— Porque é que a mãe mandou a índia fazer outra vez

suflê, se nem sequer temos convidados? — resmunga o Duarte, que quer encontrar um pretexto qualquer para não fazer as pazes comigo, mas que adora suflê. E eu, muito sonsa, respondo-lhe com um sorriso sereno de mãe querida:

— Porque tu gostas. Não preciso de ter um ministro à mesa para se jantar bem cá em casa.

— E o que é que é a sobremesa?

— Trouxas de ovos — respondo impassível, como se não soubesse que ele é completamente doido por trouxas de ovos. O Gonçalo também era... Deve ser da idade, ainda estão os dois a crescer. Será que o Gonçalo ainda gosta de papa Cerelac? O Duarte ainda gosta. Come à noite, às escondidas, mas finjo que não percebo porque acho que deve ser embaraçoso para ele.

— Está bem, eu não demoro nada.

E desaparece a galope pelas escadas acima, certamente perplexo com a minha atitude calma e descontraída. É meu filho e talvez me conheça melhor do que ninguém, mas esquece-se que sou atriz e que, se estiver uma pilha de nervos e for obrigada, por força das circunstâncias, a comportar-me como uma professora de yoga, consigo enganar toda a gente, sobretudo a ele, que, antes de me ver como atriz, sempre me viu como mãe.

Desce, de jeans, pantufas e uma *sweatshirt* da Gap que lhe trouxe de Londres, da última vez que fugi uma semana com o Gonçalo, há quase um ano, entre a primeira e a segunda série da ceguinha parva e a nossa quadragésima sétima e a quadragésima oitava discussão, que degenerou em ruptura, para depois reacender como a outra que renasceu das cinzas. Cada vez que penso que andamos neste disparate quase dois anos até me dá vontade de vomitar, mas se calhar preferia a guerra a esta paz podre onde não há ninguém.

— Já nem me lembrava que tinhas essa camisola — comento, com convicta e bem encenada distração. — Fica-te bem.

— É um bocado à beto, mas como é para estar em casa, serve — responde, sentando-se muito direito e colocando o guardanapo. Tem uns modos impecáveis à mesa, os modos que aprendi em casa dos pais da Verónica e que lhe transmiti desde pequeno. Assim sentado, alto e muito direito, com os braços junto ao tronco e as mãos a segurar na ponta dos talheres com leveza e sem qualquer esforço, mesmo despenteado e com meia dúzia de pelos ridículos mal semeados pela pele lisa e branca, ainda de rapaz pequeno, parece um príncipe.

Dou graças a Deus por ser muito mais parecido comigo do que com o Zé Pedro, embora ele ache que puxa muito mais ao pai do que a mim, e, coitado, até quer ser realizador de cinema como o outro idiota, por isso já abri uma conta poupança para lhe pagar a universidade lá fora: se vai para o Conservatório ainda lhe dá para realizar curtas metragens sobre bairros de periferia, raparigas que se afogam e viagens ao Algarve dentro de Minis.

— Então o treino, foi bom?

— O costume.

— Mas vieste um bocado mais tarde... — arrisco, sem alterar o tom de voz e sem me atrever a olhar para ele.

— Apareceram os meus amigos do surfe e fomos todos ao café beber uma cerveja — responde, como se tivesse dezoito anos.

— E também comeste tremoços? — não resisto a perguntar, olhando-o de forma cúmplice, para que ele não perceba que estou a ironizar. Substimei-o, porque como não tem a quem sair parvo, já percebeu que estou a gozar com a cara dele.

— Lá está a mãe a chatear-me.

— Não estou a chatear, estou só a brincar.

— E a mãe, o que é que fez o dia todo?

— Nada.

— E não se chateia de estar aqui fechada na quinta com a índia, sem fazer nada?

É o que eu digo, tenho um estranho em casa. Há dois anos, a Asunción era o amor da vida dele. Agora trata-a por índia.

— Por quê? Preferias que me estivesse a matar nas filmagens duma série qualquer idiota, que me obrigasse a levantar ainda de noite e a chegar a casa depois das nove?

— Ó mãe, não é isso, mas podia ter ido à vila dar uma volta...

— Comprar um pacote de queijadas, não?

— Por exemplo. Está tão magra...

O comentário irrita-me porque não consigo perceber se é feito com veneno ou bonomia, ou pior ainda, se um amigo qualquer, daqueles completamente idiotas, filhos de uns gajos ainda mais idiotas, executivos de segunda a quem dou tusa de borla, lhe disse alguma coisa sobre mim.

— Magra? Eu? Quem é que te disse isso?

— Ó mãe, que chatice, está a ficar paranoica, não se pode dizer nada...

— Não sou eu que estou na idade do armário...

— Pois não, sou eu. Obrigado por me lembrar.

E fecha a boca e a cara. Sei que estraguei tudo outra vez, que ele é um filho bestial, que está só a tentar crescer e, ao mesmo tempo, a tentar entender-se com o mundo e com a única pessoa que nunca lhe falhou na vida. A única pessoa que sempre o amou e mimou, que lhe deu uma vida boa e estável, almoço à uma e jantar às oito e meia, aulas de música desde os seis e de rugby desde os dez, que o levou à Eurodisney e à neve, eu, que nunca calcei um par de esquis na vida mas que mesmo assim nunca deixei de o acompanhar para ele aprender *snowboard*, lhe ofereci tênis Nike e camisolas da Replay e calças da Oslken, televisão, dvd e PlayStation no quarto, cama, mesa e roupa lavada, amor de mãe e toda a segurança que o dinheiro e o conforto podem dar. Uma infância normal e saudável como nunca tive, como sempre jurei a mim própria um dia poder dar aos meus filhos, para resgatar a minha.

Horas a fio escondida atrás dos cortinados da sala escura que dava para o quintal a ver o meu pai aos gritos com a minha mãe, o dinheiro contado ao fim do mês para pagar o colégio e o ballet, a Maria do Carmo a olhar-me de lado como se eu fosse uma carraça, a minha mãe a fazer bolos nos intervalos das depressões e o meu pai a agarrar-me, a apertar-me com força e a lambuzar-me a cara, com olhar de louco a chamar-me *minha princesa linda*, o cheiro da porcaria dos pombos no quintal, as pernas gordas da minha mãe, os pés a transbordarem dos sapatos, a solidão permanente e o medo devorador que me tolhe até hoje, o desejo de morrer para poder nascer noutra família, para não ter que sentir o hálito do meu pai, a inveja da minha irmã, a fraqueza da minha mãe.

O Duarte não faz a mínima ideia disto. Nunca lhe quis explicar porque é que a avó pode vir cá a casa sempre que quiser, mas o avô quase nunca vem, por que é que a única tia dele mal o conhece, porque é que convenci os meus pais a deixar o rés do chão na Ajuda e os ajudei a comprar um andar em Telheiras, por que é que quis apagar da minha biografia oficial a minha infância e a adolescência e todas as minha entrevistas começam com tive uma infância igual a tantas outras, fui uma criança tranquila e feliz. E quando entrei para o Conservatório etc. etc., como se a minha vida tivesse sido tão normal que nem sequer fosse digna de um reparo, um comentário, um episódio mais relevante.

O Duarte não sabe das tareias, dos desequilíbrios, da fase alcoólica da minha mãe, do ódio visceral da minha irmã por mim. Quero que ele cresça num mundo calmo e normal onde as pessoas vivem mais ou menos felizes, porque se realizam com o seu trabalho e a sua família, um mundo sem gritos nem violência onde as pessoas crescem sem medo e conseguem o que querem.

Quando olho para trás e vejo tudo o que fiz sozinha, sinto um arrepio imenso e quase nem acredito, imagino que foi uma personagem minha, o meu alter ego a viver por mim, a lutar por mim, a mostrar à minha família que, apesar de tudo, consigo ter sucesso, dinheiro e mostrar ao mundo que tenho talento e mérito, como se isso resolvesse todos os problemas.

Aprendi a representar a mulher que sempre quis ser. Aprendi que me ficava bem ser boa pessoa, ajudar os outros, ter amigas chiques e finas como a Verónica, participar em ações de caridade, fazer campanhas de solidariedade contra a violência doméstica e a osteoporose, a maquiar-me para parecer menos cansada, a fingir. E acreditei que essa capa me iria proteger.

Em casa, sentada à mesa com o Duarte, com a Asunción à minha volta como uma barata tonta a perguntar-me se pode servir outra vez o suflê ou se traz as trouxas, sinto-me vencida, exausta, perdida, destruída, como se nada valesse o esforço.

Daqui a dez anos o Duarte tem vinte e cinco, deve estar a estudar fora desde os dezoito, talvez nem queira voltar para Portugal. Eu terei quarenta e sete anos e já não poderei fazer de puta nas longas metragens. Só se for de puta velha, dona de uma casa de alterne, quem sabe, um dia... Os realizadores portugueses pelam-se por histórias sórdidas passadas em lugares infectos e um filme que meta putas tem o subsídio quase garantido. A culpa é do Zé Pedro que lançou esta moda no final dos anos 80, quando eu ainda tinha a pele igual à do Duarte, umas pernas compridas e sem um grama de celulite, um belíssimo par de mamas, um sorriso Pepsodent e a cabeça cheia de sonhos.

O jantar já acabou e o Duarte despede-se com um beijo rápido e ausente, volta a galopar escada acima para se fechar no quarto dele, trocar ordinarices com desconhecidas no *messenger*, ouvir música e ver as revistas que o pai lhe dá e que ele pensa que estão muito bem escondidas debaixo do forro de papel da gaveta das t-shirts. Sento-me outra vez em frente à televisão, seleciono pela centésima vez o número de telefone da Verónica no meu telemóvel, depois desisto e seleciono pela milionésima vez o número do Gonçalo, reparo que antes do Gonçalo aparece por ordem alfabética o número do Gabriel e ainda me sinto mais estúpida, mais fraca e mais vulgar.

A Asunción, que já acabou de arrumar a mesa da casa de jantar, aparece-me silenciosa com a bandeja de prata, presente de casamento da tia Luísa, com o habitual chá de camomila e uma lamela de Lexotans. Ligo outra vez a televisão e assisto a um concurso de cultura geral, a uma série americana deprimente mas bem feita e ao jornal da meia-noite com as desgraças do costume.

Daqui a dez anos estarei ainda mais só, fechada nesta quinta, ideal para aparecer nas revistas a mostrar como soube gerir bem a minha carreira e o meu patrimônio. Tirarei fotografias junto à lareira, na cozinha, na entrada, no jardim junto às roseiras, junto à piscina ou languidamente reclinada na rede, a relembrar o tempo em que era nova, bela e perigosa, o tempo em que fui a namoradinha de Portugal, com olhar ingênuo e decote à *sex bomb*, quando os olhos ainda não eram um charco de papos e as mamas ainda não tinham sofrido o efeito suflê.

Isto é, se ainda por cá andar, se não me tiver fartado desta merda toda e tomado uma caixa de Lexotans com chá de camomila para escorrer melhor e descansar para sempre.

5

Só há duas coisas que não se podem escolher na vida: os nossos pais e os nossos filhos. Sinto-me abençoada, porque se Deus me tivesse dado essa possibilidade, eu teria escolhido exatamente a minha mãe, o meu pai e, claro, o meu irmão Salvador. Mas, pensando melhor, teria querido também outra irmã, talvez mais velha, com quem pudesse trocar colares e segredos, que me ajudasse a crescer e me protegesse das inevitáveis rixas de colégio, no recreio, durante o intervalo das onze. A Maria do Carmo nunca protegeu a Julieta. Se tivesse uma irmã, como sou uma pessoa com sorte, teria sido uma porreira e não aquele paquiderme com alma de bruxa e corpo de frigorífico do tempo da Segunda Guerra.

Nunca gostei da Maria do Carmo. Antipática, falsa, invejosa e sempre pronta a atacar a Julieta. Também nunca percebi como é que a Julieta aguentou tanto tempo sem nunca se revoltar contra ela. A Julieta é mesmo assim: paga o preço que for preciso para não enfrentar um conflito e a fatura vai-lhe saindo cada vez mais alta.

O Pirolito é filho único e diz que os irmãos nunca lhe fizeram falta. Mas o Pirolito deve ter nascido com o gene da alegria, e o fato de ter vinte e dois anos também ajuda. É bonito, possui uma inteligência muito acima da média, é rápido a absorver informação, tem uma memória de elefante e um traço extraordinário. E como anda na faculdade, tem imenso tempo livre e sabe como ninguém aproveitá-lo. Não lhe escapa um bom filme ou uma peça de teatro que valha a pena. Lê imenso e pinta bastante, mas não é nenhum chato armado em intelectual, cheio de teorias rebuscadas, e sabe divertir-se sem nunca se esticar ou fazer coisas das quais mais tarde se arrependa.

Quando sai à noite, nunca se embebeda e raramente alinha em "festas", ao contrário da maior parte dos amigos que o rodeiam. Gosta de relações estáveis, embora não recuse uma curte, quando a ocasião faz o ladrão. Como costuma dizer, com aquela graça inimitável, *bicha feita, bicha morta*. Mesmo assim, comparado com outros gays, é particularmente seletivo e tem um sentido crítico letal que atua como um filtro em todas as pessoas que se aproximam dele. Como aparenta muita segurança e tem uma atitude genuinamente *cool* perante a vida, é um alvo preferencial da comunidade gay, o que lhe dá um certo estatuto de menino bonito, que até agora nunca lhe subiu à cabeça. Costuma dizer que só por acaso é que é gay.

Apesar de viver rodeado deles, nunca se encaixou nos rituais da classe; nunca entrou em loucuras coletivas, os seus melhores amigos são heterossexuais e quando chega o verão não se enfia numa pensão em Ibiza a aviar carne fresca todas as noites, entre pastilhas, shots e linhas de coca. Em vez disso, faz as malas e vai comigo para o Algarve, praia de manhã, piscina à tarde, muita conversa e ainda mais risota, pouco álcool, quilos de livros e revistas e poucas saídas à noite, que é como eu gosto. E ele também.

A maior parte das pessoas não percebe a minha relação com ele. Ninguém percebe porque é que eu, que posso ter por companhia quem quiser, passo a vida com um miúdo com idade para ser meu filho, ainda por cima gay assumido. Ninguém percebe que o Pirolito seja mais equilibrado e mais maduro do que a maior parte dos tipos da minha idade. Ninguém percebe que ele tenha sempre tempo para mim e me faça mais companhia do que qualquer outra amiga, sem os dramas inerentes às mulheres de trinta, essas histórias sempre iguais de casos mal resolvidos, esquemas manhosos de uma queca por semana com tipos acabados de se separar, que não querem nem ouvir falar de relações, enjoo irrecuperável de um marido que engordou ou se transfigurou de homem ideal no gajo mais chato do mundo, medo de ficar sozinha, medo de envelhecer. Isto só para começo de conversa, porque a parafernália de temas das mulheres da geração *Sex and the City* ainda inclui sandálias Manolo Blahnik e casacos Prada, tudo a preços proibitivos, uma lista infindável e sempre em permanente atualização de tratamentos de rejuvenescimento para a cara e cremes anticelulite para todas as partes do corpo, vaginas deprimidas e outras parvoíces que ocupam o tempo e o espírito de maneira pouco saudável e nada produtiva.

Aos vinte e dois anos, ninguém perde tempo com este tipo de parvoíces, porque a vida ainda agora começou, o presente é cheio de encanto e o futuro recheado de aventuras, viagens, livros e discos que vão ficar para toda a vida, tudo parece fácil e simples.

O Pirolito consegue ter essa simplicidade, essa facilidade e leveza perante a vida, sem ser excitado, sem pensar que tudo vai acabar aos trinta, sem querer agarrar o mundo e viver tudo ontem. Há nele uma tranquilidade que me acalma, me apazigua e, sem ele saber, me ajuda a afastar os fantasmas.

Talvez veja nele um pouco o Salvador. É verdade que o Pirolito tem aquele olhar aceso e desafiador, metade anjo metade Mefistófeles que tanto me prendia no meu irmão. E um corpo magro e branco, quase de pré-adolescente, que me faz viajar no tempo e voltar a partilhar em segredo os mesmos lençóis... Tal qual o Salvador, também me diverte muito e sabe como me surpreender.

Há muita coisa em comum entre o Pirolito e o Salvador. Ou muita coisa que a minha imaginação fértil consegue recriar entre a imagem que guardei de um e a imagem que construí do outro, sem qualquer garantia que uma ínfima parte disso corresponda ou se aproxime sequer da realidade. Quando se ama desesperadamente uma pessoa, nunca se aceita a sua perda. E acabamos por procurar em outras pessoas bocados daquela, como se fosse possível acabar um *puzzle* com peças de diferentes jogos. Tudo isto é tão básico e inevitável à condição humana que se torna quase aborrecido. Mas é assim que as coisas são e não se pode fugir da verdade. A Julieta anda desde miúda a fugir à verdade e temo que, um dia, isso lhe custe a sua saúde física e mental. E o pior é que, à custa de mascarar a realidade para lhe sobreviver, mistura tudo na cabeça e vive terrores imaginários, exagerando em tudo o que pode e em tudo o que não pode, para depois assumir em pleno o seu papel trágico de Scarlett O'Hara com laivos de Maria da Fé.

Se ao menos ela tivesse os tomates de me ligar e me contar que se enrolou com o Gabriel, eu engolia o fato como consumado e irreversível e não punha em causa a nossa amizade. Ela não tinha o direito de me esconder a verdade sobre o Gabriel, pelo menos da forma como fez. Ele foi o homem mais importante da minha vida e ela sabia-o, sempre soube. Mas como todas as pessoas depressivas, mimadas e egoístas, só sabe pensar nela e nem sequer se preocupou em salvaguardar a nossa amizade de tantos anos.

A esta hora deve estar em casa, viciada no *zapping* e mergulhada em Lexotans, a praquejar contra a inércia da Asunción, que tem uma paciência infinita para a aturar, e a lamentar-se por ter um filho alto, bonito, bem educado, inteligente e cheio de personalidade que, aos quinze anos, já sabe como lhe dar o desconto e proteger-se da sua loucura.

Com o tempo, cansei-me dos dramas da Julieta, sempre pronta a enfiar uma adaga na barriga à mínima contrariedade, fazendo tempestades em copos de água e transformando pequenos nadas em grandes dramas.

Durante anos ameaçou suicidar-se e algumas vezes chegou a pregar-me grandes sustos, mas depois fui-me apercebendo que aquilo era mais teatro do que outra coisa, que ela enlouquecia cada vez que estava mais de quinze dias sem trabalhar, que precisava de vestir a pele de outro personagem qualquer para não entrar em queda livre. Mas não foi logo. Demorei mais de dez anos a perceber o que se passava naquela cabeça, porque a Julieta, como todas as grandes atrizes, nunca conseguia deixar de representar quando estava comigo e tinha o papel devidamente interiorizado.

Na minha presença era calma, controlada, muito terna e falava baixinho. A minha mãe tinha imensa paciência com ela, porque a achava muito frágil e pouco orientada. A Julieta, que é espertíssima e possui o instinto de sobrevivência dos ambiciosos, apercebeu-se disso muito cedo e soube muito bem pôr-se debaixo da nossa asa familiar, de tal forma que o meu pai, que é de poucas palavras e raramente desce ao mundo dos comuns mortais para ter conversas prosaicas, porque na vida dele o que é importante é o que acontece no mundo, na política internacional e os amigos do Ministério, passava horas a conversar com a Julieta e preocupava-se muito *com o futuro daquela rapariga encantadora*, como ele dizia.

Estou aqui a lembrar-me destas histórias todas e a divagar em volta do tema como se a odiasse, mas não é nada disso. Eu amo a Julieta, ou amei a Julieta mais do que qualquer outra minha amiga. Costumava dizer-lhe por graça que se eu fosse lésbica ela seria a mulher da minha vida, e ela dizia que eu era a mulher da vida dela, mesmo sem ser lésbica.

Tomei conta do Duarte noites a fio, quando ela e o Zé Pedro ainda não tinham dinheiro para uma empregada interna e depois, mais tarde, quando ela se separou e era tão paranoica que tinha medo de o deixar com empregadas, por mais recomendadas que fossem. Ajudei-a a mudar do apartamento na Graça, onde deixou tudo ao Zé Pedro, para o andar em Santos, e depois, quando se apaixonou pela quinta em Sintra, ajudei-a a vender a casa de Santos que entretanto comprara. Fui com ela regatear o preço e consegui que ela não baixasse nem um tostão, e depois, em Sintra, consegui convencer a dona, uma inglesa a cair da tripeça, a baixar o preço da quinta, porque ela era sozinha, com uma criança às costas. E com esta brincadeira ainda poupou uma data de massa. Para não falar das vezes que fui com ela ao hospital a meio da noite, quando o Duarte era pequeno e tinha crises de asma. E quando ele partiu a cabeça. E quando partiu o braço. E quando a mãe dela foi internada.

Não, não quero lembrar-me de todas as vezes que a ajudei, isso seria injusto, porque os amigos são isto mesmo: ajudar sem esperar nada em troca, dar tempo e ter paciência, não falhar, estar sempre ali para o que der e vier.

Só que ela nunca estava, nem nunca esteve disponível para mim. Nem para mim nem para ninguém, porque não sabe pensar nos outros. Sabe vestir a pele de qualquer personagem, consegue imaginar-lhe uma existência própria e representar essa essência como uma segunda vida, encarnando todos os tiques e traços, mas cá fora não perde um segundo a pensar no que os outros precisam, sempre demasiado obcecada consigo própria. Não há maior prisão do que a nossa cabeça e o nosso coração, se não os virarmos para o mundo, se não percebermos que os outros são mais importantes do que nós.

Estou tão absorta, tão momentaneamente consumida pela tristeza de não falar com ela há tanto tempo que nem dou pela chegada do Pirolito, com aqueles olhos verdes que fazem girar o mundo e aquele sorriso iluminado.

O Pirolito dá-me um abraço enorme e faz-me uma festa na cara. Passamos o fim de semana juntos: almoçar, cinema, comprar carteiras e écharpes, jantar discreto num chinês de bairro e, no dia seguinte, exposições, almoço, supermercado e um dvd à noite, em casa, cada um enrolado na sua manta. As grandes amizades são assim: não têm regras nem tempo, nunca se esgotam nem se cansam, por isso é que são grandes.

— Como está a minha querida Vêzinha?

Só o Pirolito para me arranjar este diminutivo, Vêzinha. É giro, parece-se com Sininho, uma mistura de Sininho com andorinha. O Gabriel também me chamava assim, mas foi há tantos anos que nem me lembrava.

— Assim assim — respondo com um suspiro.

— E o Fred?

— Não tem dito nada.

— Que parvo.

— Também acho.

— Se ele quiser voltar, tu não vais querer, pois não? Ele não tem nada a ver contigo, Verónica.

— Claro que tem. Senão, não tinha andado com ele quase dois anos.

— Eu também andei dois anos com o Manel, e hoje não temos nada a ver um com o outro.

— Tinhas dezessete anos, eras uma criança.

— Mas já sabia distinguir entre um parvalhão e uma pessoa decente.

— Pois, por isso é que te encharcaste com uma caixa de Ben-u-rons e foste parar ao hospital.

— Mas serviu-me de lição. E o Fred não é pessoa para ti, Verónica.

Não me apetece continuar a sessão de psicoterapia. Afinal, o que é que o Pirolito sabe de relações? Com a idade dele, ninguém faz a mínima ideia do que é uma relação. Pensam que só o amor é que manda, quando a vida nos vai mostrando que há tantas coisas que podem mudar ou matar o amor... Mas não vale a pena ter esta conversa agora.

O Pirolito começou a embirrar com o Fred quando o ouviu dissecar os meus quadros com as suas teorias conceituais. Depois, criou-lhe uma espécie de ódio de estimação quase fundamentalista, próprio da idade, e, a partir daí, tudo o que o Fred dissesse ou fizesse era alvo de crítica. E agora, que o Fred se afastou, não me resta mais nada do que esperar que o tempo me ajude a perceber o que aconteceu e por quê, sem sonhar que ele possa voltar ou que a relação volte a ser a mesma. Nada volta atrás, a vida é sempre diferente, sempre outra coisa, por isso mais vale tentar esquecer, arquivar e esperar para ver o que a vida nos traz a seguir.

O Pirolito vem com cara de quem foi à dispensa roubar chocolates e encontrou uma pepita de ouro. Vou esquecer-me da minha solidão e mergulhar na vida dele. Com certeza que me vai animar.

— Vens com cara de caso — comento, já deliciada com as histórias que me vai contar.

— Conheci um gajo ontem... tão giro!....

— Aonde?

— No Lux.

Pois claro. Que pergunta ociosa. Onde é que os gays se conhecem em Lisboa? No Bairro Alto e no Lux.

— E como é que se chama?

— Amadeu.

— Amadeu? — pergunto, incrédula.

— Sim. Amadeu da Silva Mendes.

— E o *da* é para quê?

— Não sei. Deve ser para fazer gênero.

— E o que faz esse Amadeu?

— É filho de um empresário de táxis. Com aspirações a ator.

É sempre assim: quando o Pirolito começa a contar uma história, vai sempre melhorando, nunca desilude.

— E é de que gênero?

— Sei lá! É do gênero que diz coloca e introduz, estás a ver?

— Não. Conta mais. Ele levou o carro do serviço do pai para o Lux? Andou-te a passear de táxi?

— Não, ele não guia. Foi com um amigo que tem um Fiat antigo, de dois lugares, encarnado, todo *racing*. Malta do *tunning*, estás a ver o estilo?

— Uma bicha *tunning*? Mas isso é lindo! E eram do Montijo?

Outro dia vi uma reportagem na televisão a explicar que o Montijo era a capital do *tunning*. É extraordinária a capacidade de informação absolutamente inútil que uma pessoa consegue reter.

— Não, eram de Coina. A sério.

Desatamos os dois a rir à gargalhada. Duas bichas *tunning* de Coina no Lux, numa quarta-feira à noite, só pode resultar em uma de duas coisas: comédia absurda ou filme de terror.

— E o amigo, como é que se chamava?

— Leandro.

— Leandro? Mas não disseste que eram de Coina?

— Sim, mas o que é que uma coisa tem a ver com a outra? Porque é que não há-de haver Leandros em Coina, se há Ivos, Igores e outros?

— De fato... deve ter nascido durante uma novela qualquer brasileira que tinha um galã chamado Leandro.

— Provavelmente — rematou o Pirolito. E sem mais demoras, encomendamos um Maki Sushi, um Tempura Moriwase e saquê para os dois.

— Mas ainda não contei a melhor parte... — continuou o Pirolito, com cara de Belzebu.

— Também não é preciso, a partir daqui não me contes, por favor! Dispenso os pormenores da finalização.

— Não é isso, Vêzinha — adoro que ele me chame assim, mas só o deixo a ele. A ele e ao Gabriel. Onde andará ele agora?

— Desembucha, conta lá o que aconteceu, miúdo.

— Está bem, mas tenho de contar desde o princípio. Eu tinha ido jantar com o Luisinho ao Sinal Vermelho (o Luisinho é uma bicha adorável, tamanho miniatura, que andou com o Pirolito no colégio), e durante o jantar bebemos duas garrafas de tinto, por isso quando chegámos ao Lux e nos metemos nos shots, já estávamos bastante bebidos. Olho em volta e vejo dois tipos, com ar de trinta e tal, calças muito puxadas para cima, quase debaixo dos braços, sabes como é, tênis berrantes e umas t-shirts coladas ao corpo. Aí disse ao Luisinho: *olha aquelas bichas ali ao fundo*, e o Luisinho respondeu: *devem estar a dizer o mesmo de nós*. Não tarda nada, um deles aproxima-se e mete conversa, apresenta-se como Leandro, que é logo inspirador, estás a ver? Depois vai buscar o outro, que está encostado ao bar, completamente derretido com aquele empregado magrinho, muito giro, com cabelo à Liam Gallagher, o do bar da entrada, à direita, sabes qual é?

— Sei.

— Esse mesmo. O Leandro vai chamar o amigo e aproximam-se os dois, de sorriso de orelha a orelha, e pedem mais shots.

— E é aí que vocês ficam a saber que o outro se chama Amadeu, a história dos táxis...

— Exatamente. Ao fim de meia dúzia de troca de palavras, já não havia muito a dizer, e tu sabes como é entre bichas...

— Não sei, mas imagino.

— A malta, ou vai foder, ou procura outros com o mesmo fim, é simples. E o Luisinho, a certa altura, segreda-me que lhe apetece ir dar uma volta com o Leandro e passa-me as chaves do carro dele, e eu pergunto ao Amadeu se quer ir dar uma volta, mas ele diz que não tem para onde ir. Acabamos os quatro em casa do Luisinho, ele no *tunning* do Leandro e eu com o Amadeu no carro dele.

— E?... Ainda não me contaste nada de estranho.

— Pois não. Mas agora é que vem a melhor parte. Chegamos a casa do Luisinho, que desaparece para o quarto com o senhor *tunning*, e eu fico com o outro na sala, que vem aos trambolhões, choca com tudo, parece que está completamente grosso, mas fala devagar e diz que está fixe, só tem de se adaptar ao ambiente. Pergunto-lhe se quer que baixe as luzes e ele responde *tanto faz*. Mesmo assim, decido apagar tudo e deixar só uma luz de presença, o suficiente para lhe ver os contornos do corpo e não pôr...

— Colocar... — emendo eu, sarcástica.

— Isso! Não colocar a camisinha ao contrário. E o gajo dá-me uma queca espetacular!

— E então?...

— Então aquilo dura uma infinidade de tempo, o gajo esforça-se nos preliminares, apalpa-me todo de cima abaixo, enche-me de beijos, e quando finalmente acabamos, pergunto-lhe se posso abrir a luz e o gajo responde outra vez, tanto faz.

— Tanto faz??? Mas que resposta esquisita!...

— Não é nada esquisita, Vêzinha.

— Não é???

Estou intrigadíssima, não consigo perceber se a história já chegou ou não ao fim. Se calhar houve um clímax pelo meio e eu não apanhei.

— Ainda não percebeste? — pergunta o Pirolito, enquanto mergulha um rolo de atum no molho de soja.

— Não, querido. Desisto.

— Pois, eu também não percebi logo.

— Perceber o quê?

— Daí a um bocado — continua o Pirolito, ignorando a minha perplexidade —, já estava eu podre de sono e doido para ir para casa, sai o Leandro do quarto do Luisinho e descemos os três para a rua. Nesse instante, enquanto o Leandro se desculpa de não me poder levar a casa, porque a bomba só tem dois lugares, o outro saca uma bengala desdobrável do bolso, tipo caneta e começa a fazer tlim-tlim na calçada...

— Não!... — respondo, estupefata, hesitando entre o último rolinho de pepino e um Ebi.

— Era cego, querida.

Fico tão perplexa que, por momentos, perco a capacidade de reação.

— E como é que tu percebeste?

— Então eu não te estou a dizer que não percebi? Se não fosse a bengala nunca teria sabido! Um cego!... Já vi muita coisa, mas um cego é que não estava à espera que me saísse na rifa. Enfim, foi engraçado — conclui com um encolher de ombros, como quem foi ver uma comédia romântica, daquelas bem realizadas, mas que não acrescentam nada.

É por estas e por outras que dou graças a Deus por ter trazido à minha existência tranquila e solitária de pintora o André, o meu Pirolito, as suas aventuras no mundo gay e a piada com que me conta as histórias da sua curta mas intensa vida. Os meus dias sem ele não teriam nem metade da graça.

6

A Kika ficou sem palavras quando lhe entraram pela casa adentro com a vitrine e a coleção de bonecas. Foi um ato impensado, mas não podia ter sido de outra maneira. Quando encomendei as bonecas, vi o brilho de cobiça e de desejo nos olhos dela. Ofereci-lhe tudo, apesar de saber que a casa dela está cheia de tralha, do corredor aos quartos, passando pela sala, e que a vitrine ia ser um quebra-cabeças para ela. Além disso, se tivesse ficado com aquilo, os animais iriam encarregar-se de me espatifar tudo na primeira oportunidade, monstros destruidores. Foi como um presente de Natal fora de época, deixou-a surpreendida e feliz.

Telefonou-me logo nessa tarde e convidou-me para ir ajudá-la a arrumar a sala e arranjar forma de caber lá tudo. Quando cheguei, a vitrine estava temporariamente estacionada no meio da confusão e ela suava de nervos, numa mistura de alegria infantil e enorme embaraço. Olhei em volta e senti-me um elefante numa loja de porcelana. Por fim, depois de duas horas de esforço e imaginação, puxa dali, chega para lá e tira daqui, conseguimos arrumar a sala. Trocamos a vitrine pela mesa inglesa de pé de galo, que foi para o lugar do louceiro, que foi parar ao corredor.

A casa da Kika está cheia de móveis e bibelôs para esconder a solidão. Sempre foi o patinho feio da família, a tonta e a feia, ao contrário do meu marido, que, sendo muito mais feio do que ela, por ser varão, filho homem, era tratado como um semideus.

Gostei dela assim que a conheci. Fazia-me lembrar a Berta, que foi viver para a África do Sul e de quem perdi totalmente o rasto. A Kika tem o mesmo olhar tímido e o mesmo andar, vago e vacilante. E o mesmo tipo de corpo, um pouco pesado, mas firme e envolvente. Olho para ela e imagino a Berta com mais vinte anos. Mas a Kika é muito mais culta do que a Berta alguma vez poderia ter sido, e também mais inteligente. Acho mesmo que não fora a Kika, não me teria casado com o Marcelo, porque nunca gostei dele, como nunca gostei de nenhum homem. Mas estava na idade de casar e percebi que ele era a minha única oportunidade.

Por que é que a sociedade nos educa com a ideia fixa do casamento? Porque é que todas as pessoas partem do princípio que o ideal de vida de uma mulher é arranjar um marido e parir criancinhas? Fiz tudo como mandam as boas regras da sociedade e a minha vida é um tédio. Não é um inferno porque tenho dinheiro e uma boa casa. Mas há dias em que não consigo olhar para a cara dos miúdos, noites em que me apetece bater no Marcelo, matá-lo, envenená-lo, ou pelo menos descobrir uma fórmula mágica de o neutralizar, de o silenciar, de o obrigar a ficar quieto, em vez de me obrigar a ter relações com ele e depois se atirar para o outro lado da cama, como se tivesse nojo de mim. E talvez tenha mesmo, porque eu sinto nojo dele e a Kika diz que estas coisas se sentem, mesmo que uma pessoa nunca diga nada.

O nojo é uma coisa horrível que nasce conosco. Sempre tive nojo do meu pai, apesar dele nunca me ter tocado. Nasci com nojo dele, foi algo inato e incontrolável. E depois, à medida que fui crescendo e percebendo o monstro que ele era, ao nojo acrescentou-se o ódio, a raiva, o medo e, finalmente, o desprezo.

Quando a Julieta nasceu e o meu pai lhe começou a dar a atenção que nunca me dera, aprendi o que era a inveja. Com a inveja posso eu bem, porque me dá para ser um bocado agressiva e isso assusta as pessoas. Coitada da Julieta, tem um medo de mim que se pela. Basta dizer-lhe uma coisa menos simpática, mesmo que seja inofensiva, do gênero *esses sapatos estão um bocado velhos ou falta-te um botão na camisa*, para ela ficar logo desorientada. A inveja é uma força muito poderosa. Aprendi desde muito cedo a usá-la.

O nojo é uma força misteriosa e paralisante; quando o meu pai batia na minha mãe, eu ficava sem me conseguir mexer e com vontade de vomitar. Engolia em seco e tentava evitar os vômitos, mas as contrações musculares eram mais fortes e a maior parte das vezes não aguentava. Quando comecei a dominar a vontade de vomitar, tornei-me agressiva. Serviu de pouco, porque o meu pai batia-me e nem por isso deixava de bater na minha mãe.

Talvez nunca tenha conseguido dissociar a existência conjugal da violência doméstica. Para mim, um homem em casa acaba por representar sempre um perigo, e o perigo tem de ser domado antes de se manifestar. De outra forma, de um momento para o outro, a violência gratuita e irracional pode surgir do nada. O ataque é a melhor defesa.

Na minha noite de núpcias, fiz o Marcelo prometer que nunca levantaria um dedo contra mim. E avisei-o de que, se alguma vez o fizesse, lhe partia a espinha. O Marcelo riu-se, mas quando levou um murro no peito para perceber a força que eu tinha, teve um ataque de tosse tão grande que tive de ligar para o *room service* e pedir um chá. O respeitinho é uma coisa muito bonita e serviu-lhe de lição; pode gritar à vontade com os funcionários do laboratório, pode dar as palmadas que quiser nos rabos das Sonias que se andam por lá a esfregar nele, e até pode dar um tabefe aos miúdos quando eles se portam mal, mas comigo é pianinho, ou dou-lhe cabo do canastro.

É a única forma de lidar com os homens. Se eles não tiverem medo de nós, fazem-nos a vida num inferno, enchem-nos de filhos e de tarefas e continuam com a vida deles. A gente que se amanhe com o peso e a responsabilidade às costas. Sempre foram uns paxás, convencidos que são donos do mundo. É o maldito sangue misturado da mourama. E a nossa cultura, em vez de combater a barbárie e dar mais força às mulheres, andou séculos e séculos a reforçar o poder deles. A grande culpa é da Igreja, que fez de nós, mulheres, Marias Madalenas mais ou menos arrependidas mas sempre pecadoras. Sem contar com as mulheres queimadas nos autos de fé durante a Inquisição, acusadas de bruxas, quando a maior parte das vezes eram parteiras, curandeiras ou simples mulheres do campo.

E os homens, o que fizeram durante esse tempo todo para as ajudar, para as proteger, para as salvar? Nada. Estavam-se cagando para nós, como sempre estiveram e sempre hão de estar, carrascos sem consciência. Sempre fizeram o que lhes apeteceu ou outros homens lhes mandavam fazer. Desde que a gente lhes encha o prato quando se sentam à mesa e lhes cuide da roupa que nem criadas de servir, já ficam satisfeitos. *Uma lady na mesa e uma puta na cama*, ouvi uma vez um colega meu de Farmácia dizer num jantar de fim de curso. *A mulher ideal é uma lady na mesa e uma puta na cama.* Devia estar a citar a letra de uma música pimba, porque me soou muito familiar, e o gajo nem tinha ar pimba, era de boas famílias, amigo de infância do Henrique, o sócio do Marcelo que morreu de acidente de viação. Chamava-se Xavier, era rico, filho único, e só dizia barbaridades. Eu achava-o estúpido que nem um calhau. Como tinha boa pinta — as miúdas do curso andavam todas doidas por ele e ele dormia com todas as que podia — e era muito fanfarrão, tornou-se rapidamente o líder do meu ano. O Henrique e o Marcelo seguiam-no como tontos.

Uma vez, o estúpido do Xavier resolveu meter-se comigo, numa noite de copos, acho que foi na noite em que acabamos o terceiro ano e fomos em grupo para o Ad Lib, uma discoteca muito in nos anos 80, no último andar de um prédio paralelo à Avenida da Liberdade, com porteiro à entrada do elevador, e só subia quem ele deixava. Claro que o Xavier subia com quem queria e muitas vezes chegou a levar para lá putas disfarçadas de estudantes. Os porteiros e empregados fechavam os olhos porque ele era filho de um cliente importante.

O Xavier era autor de tiradas absolutamente notáveis, daquelas que fazem com que as mulheres fiquem para sempre a odiar os homens. Uma vez ouvi-o dizer *todas as mulheres têm um preço e eu não pago acima da tabela*. Outra vez, quando decidiu engatar uma miúda feia, muito baixinha, de óculos, que andava em Biologia, e o Marcelo lhe perguntou por quê, se a miúda não tinha nem boas mamas, nem boas pernas, nem sequer nenhuma espécie de interesse, o cabrão respondeu: *porque ela carrega nos erres e eu quero ouvi dizer estou-me a virr, estou-me a virr*.

Nessa noite, não estava lá a pazinha do erres nem o Xavier levou putas, mas deu-lhe para embirrar comigo. Primeiro, começou a chatear-me, a chamar-me gorda e a perguntar por que é que não fazia dieta e mais isto e mais aquilo, mas depois, a certa altura, já cheio de copos, vai de se começar a roçar em mim como um porco e eu sem paciência nenhuma para o aturar.

Sabia que o tipo não ia com a minha cara, mas aquilo deve ter sido uma perversão qualquer do tipo *nunca comi uma miúda gorda, embora lá experimentar*. Se lhe tinha dado para a miúda dos erres, se calhar também lhe apetecia uma coxa ou uma gorda.

Lixou-se, porque resolvi dar-lhe uma lição.

A princípio, ainda lhe dei para trás, depois apeteceu-me gozar com ele. E quantas mais estupidezes o imbecil me ia dizendo, mais vontade tinha de o atirar à fogueira.

Às cinco da manhã, perguntei-lhe se me dava boleia e, claro, o parvalhão rejubilou, pensando que tinha ganho a noite. Como não podíamos ir para minha casa nem para casa dele, por causa dos respectivos progenitores, convenci-o a alugar um quarto naqueles hotéis de esquemas, ao pé do Saldanha. Ele estava bêbado, mas eu não, porque desde as três da manhã que planejava a minha vingança e tinha que me manter sóbria para conseguir levar o meu plano avante. O gajo pagou o quarto e subimos para o terceiro andar. Estava a começar a ficar um bocado nervosa, com medo de não conseguir fazer nada e com medo que o gajo me violasse. Lembrei-me dos meus 64 quilos e conhecia bem a minha força. Era difícil que o gajo conseguisse vergar-me. Entramos e ele atirou-me para cima da cama, armado em selvagem e começou a tentar despir-me. Desabotoou-me a camisa e tentou puxar-me as calças para baixo. Virei-me para cima dele, *quem manda aqui sou eu*. Ele pareceu muito surpreendido, mas deve ter decidido que lhe dava ainda mais ponta deixar-se levar, por isso abandonou a cabeça em cima da cama e ficou a olhar para o teto, curioso e expectante com o que viria a seguir. Foi então que se desenhou o grande momento da minha vingança: com cuidado, puxei-lhe as calças para baixo e consegui tirar-lhas sem lhe descalçar os sapatos de fivela ao lado. E fiz o mesmo com as cuecas. Depois, quase a vomitar com o cheiro do corpo dele, comecei a massajar-lhe a pila até ficar entesada. E finalmente, num só gesto, meti-a na boca até onde pude.

Em miúda era capaz de abrir pacotes de leite e de quebrar os fios de nylon que prendem as etiquetas dos preços às roupas com os dentes, sem nunca ter partido nenhum. Cheguei a dar ao meu pai algumas dentadas quando era ainda muito pequena, cujas marcas lhe ficaram durante anos. Para mim, morder não se tratava apenas de um ato de raiva impensado, mas uma forma de expressar a minha revolta contra o mundo. Ao contrário da Julieta, que passa a vida no dentista, sempre tive dentes de pastor alemão. E andava muito revoltada por causa de um documentário que tinha visto na televisão sobre a excisão das mulheres em vários países da África. Não me lembro se o escândalo da Loreena Bobbit já tinha ou não estalado, mas naquela madrugada de sexta-feira, eu fui a Loreena de Lisboa. Aquele atrasado mental com a mania que as miúdas caíam todas na rede estava mesmo a pedir uma lição. Provavelmente nunca tinha sentido medo de mulher nenhuma, porque nenhuma lhe tinha feito frente. Mas eu dei-lhe uma lição da qual nunca mais se esqueceu.

Ainda passaram alguns segundos antes de tirar a pila dele da minha boca. Mais do que nunca, tinha uma vontade incontrolável de vomitar, mas aguentei-me como pude, respirei pelo nariz e continuei com toda a força que tinha. Os gritos devem ter-se ouvido no corredor. Ele começou a agitar as pernas e o corpo, mas antes que me batesse na cabeça, retirei-me do campo de batalha. Estava ainda vestida, foi só calçar os sapatos e bater com a porta, se bem que o desgraçado não tivesse forças para se levantar e vir atrás de mim. Ainda o vi, todo dobrado em cima da cama, a gemer como um porco antes da matança, agarrado ao membro. Desci pelas escadas até ao terceiro andar e depois apanhei o elevador. Já na rua, caminhei apressadamente e sem direção definida. Acabei por me encostar à fachada de um prédio, junto a um banco. Sentia-me muito enjoada, quase a vomitar, mas excitadíssima com o meu feito; ainda me doíam os maxilares e, apesar de nem sequer o ter feito sangrar, ainda sentia entranhado em mim o cheiro, o gosto da pele, os gritos, as mãos dele a tentarem agarrar a minha cabeça, a cara de espanto e de medo, o corpo contorcido. *Bem feita, estúpido, é para aprenderes.*

Voltei para casa de táxi. Quando cheguei, o meu pai acordou e ainda tentou dar-me um sermão. Respondi-lhe que era maior e vacinada e que assim que acabasse o curso saía de casa e ele nunca mais me via.

Nesse verão, o meu feito foi falado e comentado por vários amigos da faculdade. Ainda pensei que no início do ano letivo seguinte, o cabrão me quisesse bater ou, de alguma forma, ajustar contas comigo. Mas a primeira vez que o vi na faculdade e ele me disse *olá* como se nada fosse, percebi que os homens são todos uns merdas, que só conseguem fazer mal a quem não lhes pode fazer frente e que, perante um inimigo de peso, se encolhem como vermes.

Depois do curso, deixei de ouvir falar do Xavier e espero nunca mais ter de o encontrar. Jamais esquecerei aquela noite em que decidi dar-lhe uma lição. Não sei se o tipo aprendeu alguma coisa; a maior parte dos gajos nunca aprende, nem que lhes caia um piano em cima dos cornos.

7

A exposição está marcada para daqui a três meses e ainda só fiz dois quadros. Vai ser dia 7 de fevereiro, o meu dia de sorte. O dia em que conheci o Gabriel. O número sete é o meu número cósmico e confio nele. Nasci a 7 de dezembro de 1967. Sou Sagitário com ascendente Caranguejo, entendo-me às mil maravilhas com Gêmeos.

O meu marchand Alex é Gêmeos e vive com o Nuno, que é Sagitário. O Alex e o Nuno são o casal mais feliz que conheço. É uma ironia, o casal mais feliz que conheço é um casal gay. O mundo é mesmo outro lugar. São felicíssimos e estão juntos há sete anos. Que engraçado, o número sete outra vez.

Quem me dera olhar para trás e poder dizer que tive uma relação de sete anos. Eu e o Fred só aguentamos dois.

Olho para trás e ainda não consigo perceber o que aconteceu. Não encaixo esta ruptura. Não consigo aceitar as coisas que não entendo, os enigmas obcecam-me, não consigo voar por cima deles, tenho de os dissecar, senão rebento. Agora não posso pensar nisto, agora tenho de me concentrar no trabalho, que sempre foi a minha âncora, o princípio, meio e fim do meu equilíbrio.

Esta será a minha sétima exposição. Ainda pensamos fazê-la antes do Natal, mas estou cansada, as obras de recuperação do prédio deixaram-me exausta, apetece-me gozar o ateliê e a casa, preciso de descansar até ao final do ano.

Para ser franca, ainda não encontrei o conceito, o fio condutor que me ponha a trabalhar como uma feliz condenada. Preciso de um ponto de partida que comece a desfiar a imaginação e me faça ficar dez horas por dia fechada no ateliê e extravasar tudo para a tela. Nem sequer tenho a certeza que os dois quadros que pintei são o princípio de algum caminho. As ideias são traiçoeiras, podem aparecer de repente com uma enorme clareza e facilidade como coelhos saídos da cartola de um mágico, para logo a seguir começarem a tossir, engasgarem-se e morrerem ali mesmo à minha frente. Uma boa ideia não basta. É preciso senti-la, deixá-la crescer, é preciso que ela se torne mais forte do que nós, que nunca mais nos largue, que só com o nosso trabalho a consigamos domar, para não nos enlouquecer. E eu ainda não a agarrei.

Dou comigo a pensar demasiadas vezes em tudo o que já fiz e no que as pessoas esperam de mim. O sucesso tem este reverso; quando se alcança, é difícil mantê-lo. Como acredito que só há duas forças que comandam o mundo, o medo e a vontade, e eu consigo estar quase sempre do lado da vontade, arregaço as mangas e encaro o meu trabalho como um desafio. O mais importante para um Sagitário é não só fazer as coisas bem como conseguir fazê-las à sua maneira. E eu consegui sempre fazer as exposições que queria, com os resultados que queria.

O aparecimento do Alex na minha vida foi providencial. Se não fosse ele, ainda andava por aí, qual vendedor de enciclopédias a bater à porta das galerias, a mendigar espaço como se fosse um favor e a ser literalmente comida com comissões escandalosas, depois de uma inauguração de bairro, feita com meia dúzia de convites mal impressos numa gráfica manhosa cujo orçamento era devidamente descontado dos meus lucros. Foi amizade à primeira vista, daquelas instantâneas mas que podem durar uma vida. Apaixonei-me pelo seu humor, pela sua alegria de viver, pela forma inteligente e sarcástica como vê o mundo, sem nunca perder o encanto. Durante o período mais doentio da minha relação com o Gustavo, quando já não vivíamos juntos mas ainda nos comíamos ferozmente uma vez por semana, e eu andava feita em merda, fui jantar com ele e com o Nuno, num domingo chuvoso. Cheguei a casa deles, um apartamento delicioso no bairro do Castelo, decorado a rigor, com paredes a vermelho sangue de boi, molduras barrocas, candelabros de metro e oitenta e uma coleção fabulosa de pratos antigos na casa de jantar. Entrei com a cara feita num bolo por causa de um ataque de choradeira e o Alex perguntou:

— O que é que te aconteceu, filha?

— Tive um dia de neura, fartei-me de chorar.

Então o Alex abanou a cabeça em sinal de profunda comiseração e disse:

— Ah, mula dum cabrão, que te vou dar uns tabefes.

Desatamos os dois a rir e a neura não voltou nos dias seguintes.

O barato é o marido da barata, disse-me o Alex, peremptório, quando decidiu triplicar o preço dos meus quadros na minha segunda exposição. *És tu quem define a tua fasquia*, disse-me. *Se tens talento, tens que te fazer pagar por ele. Ou queres continuar a vender quadros a 400 euros até ao fim da tua vida?*

O Alex foi mais uma confirmação da minha sorte natural. Desde o momento que comecei a trabalhar com ele, acabaram-se os problemas. Nunca mais ninguém me ficou a dever um quadro, só aceito as encomendas previamente sinalizadas e aprovadas por ele, e todas as exposições correm muito bem. Os meus meninos pré-adolescentes, belos como querubins, de cabelos loiros e encaracolados, a andar de bicicleta, a esconder lagartixas dentro de camas ou a brincar aos índios, conquistaram um público fiel e tornei-me num sucesso de vendas. Estou-me nas tintas se as pessoas dizem que consegui sucesso porque o meu pai é embaixador e a minha mãe uma das mais notáveis jornalistas de Portugal. Se os quadros fossem uma merda, se não dissessem nada às pessoas, não os compravam. Os meus quadros falam com as pessoas, fazem-lhes companhia, como me disse um dia a mãe do Pirolito.

O mercado é mesmo assim. Teria de ter passado muita fome, muitas *privações*, como diz o povo, para depois, no momento do triunfo, ter o reconhecimento do meu talento por unanimidade. Neste país é preciso sofrer, ninguém chega ao céu sem uma diuturnidade no Inferno e um estágio no Purgatório. Se me tivesse dado uma coisa má ou sofrido uma tragédia brutal, seria uma pintora mais consensual. A minha felicidade instintiva parece incomodar os outros.

Quando comecei a dar entrevistas a cada exposição que fazia, o meio artístico escandalizou-se. Como me podia eu vender daquela maneira?, comentavam, furiosos. Pensei: se eu faço quadros para vender e é disto que vivo, porque é que não hei de vender a minha imagem? O certo é que, a seguir a mim, apareceram mais meia dúzia de pintoras a copiar o estilo, não só nas telas, como fora delas. O Alex riu-se e encolheu os ombros. *Imitações, só se forem de Rolex. E têm que ser das boas, daquelas com pesos lá dentro, que passam por relógios verdadeiros, e tu não és nenhuma imitação, minha querida. Tu tens o teu estilo e o estilo é inimitável.*

Olho para a minha mãe e ela tem um estilo próprio, inimitável. É a mais consagrada entrevistadora de televisão do país. E, no entanto, sempre que assisto a uma entrevista dela, sinto que a forma como fala com os entrevistados lhe é tão fácil, tão natural, como se fossem convidados para jantar lá em casa. É de uma segurança e de uma naturalidade que esmagam qualquer um.

Foi a minha mãe que me ensinou o que de mais importante e precioso tenho na vida. Com ela aprendi a respeitar os outros, a trabalhar com paixão e com prazer, a ser uma pessoa calma e equilibrada e a acreditar naquilo que faço. Mas, além de me ter incutido uma autoconfiança inabalável, ensinou-me o mais importante, o que está na base da minha tranquilidade, do meu equilíbrio e da minha perseverança: ensinou-me a gostar de mim.

Gosto de mim desde pequena, apesar de tudo o que aconteceu na nossa família, apesar de nunca ter deixado de carregar secretamente a culpa da morte do meu irmão.

À noite, quando o sono teima em chegar e vejo projetadas no teto as sombras invertidas dos poucos elétricos que ainda passam na rua e se refletem como imagens de uma máquina fotográfica através das frestas das persianas, assaltam-me as ideias mais estúpidas e absurdas, que só nos ocorrem quando a solidão começa a minar tudo à nossa volta.

E se naquele domingo nós não estivéssemos tão excitados a brincar na piscina, será que o Salvador teria caído à água? E se tivéssemos chegado mais cedo ao hospital, será que ele teria sobrevivido? Mas a pior pergunta, para a qual nunca há resposta, essa é que me rouba o sono e me povoa a noite de pesadelos: por que é que o meu irmãozinho querido morreu com dez anos, cheio de vida e de energia?

A morte sempre foi casada com a vida e não há nenhum registo de a ter conseguido alguma vez enganar. Exceto nos milagres de Cristo, quando da sua breve passagem pela Terra. Mas isso foi há dois mil anos e ninguém sabe ao certo se a lenda corresponde à verdade, ou faz mais uma vez parte de um imaginário coletivo no qual as pessoas querem acreditar porque querem ter algo em que acreditar, porque precisam de ter alguém a quem adorar.

Não tenho por Deus nem por nenhuma outra divindade qualquer tipo de adoração. Gosto de mim, porque gosto do que fui, porque aprendi desde muito cedo a aceitar-me e essa capacidade de aceitação fez de mim uma pessoa tolerante com os outros e otimista em relação à vida. Penso sempre no melhor e quando faço planos raramente me assusto, porque vivo com a plena convicção de que sou uma pessoa abençoada e que as coisas me vão correr bem. Mas como não há vidas perfeitas, nem sempre é assim.

Faz-me falta o Outro. O Outro em abstrato, uma pessoa a quem eu ame e a quem me possa dedicar.

Talvez minha mãe ostente tanta calma e equilíbrio porque, no fundo, nunca teve de fazer nada sozinha. Namorou com o meu pai dos dezoito aos vinte e três, idade em que se casou. E até hoje são um casal unido, sem bem que de uma forma bastante peculiar; ela nem sempre o seguiu no estrangeiro. Têm mais a ver um com o outro, em princípios e educação, do que na forma de estar na vida. Ela sempre foi uma mulher à frente do seu tempo, ele um bota de elástico acabado, formal e sério, sem qualquer hipótese da mais pequena reciclagem.

Cada casal encontra, ou não, uma fórmula eficaz para o entendimento. E por mais bizarra que esta fórmula pareça, o importante é que resulte. Não sei ao certo todos os ingredientes da fórmula dos meus pais, mas posso garantir que sempre houve enorme respeito pelo trabalho um do outro, pela identidade do outro, pelas idiossincrasias de cada um. *Temos de aceitar as pessoas como elas são*, diz a minha mãe, cada vez que me queixo dos outros. Temos de aceitar que o que é importante para nós pode não ser importante para eles.

Foi por isso que a minha relação com o Fred não resultou; queria coisas que ele não queria e, embora não o quisesse obrigar a querer o mesmo que eu, tentei convencê-lo de todas as formas. E tudo o que consegui foi afastá-lo de mim, talvez para sempre.

Tenho trinta e sete anos e não sei se posso ter filhos. Talvez o meu organismo tenha recuperado depois de tantos anos, talvez o meu útero se tenha recontruído e possa conceber.

Esta sombra que me acompanha há quase vinte anos vai ter que se dissipar. Eu *preciso* de saber se posso ou não ser mãe. Preciso de sentir se o meu corpo consegue cumprir a sua função reprodutora e realizar a dádiva mais essencial da condição humana, a de dar vida. Enquanto não tiver a certeza, sei que não terei um minuto de paz. Por isso pinto furiosamente, pinto para tapar o medo, pinto para expurgar as dúvidas, pinto porque enquanto as mãos mexem nas tintas e as tintas se espalham na tela adquirindo vida própria, fico fora de mim e das minhas angústias, passo a ser aqueles traços, aquelas cores, aquele rapazinho travesso e sorridente a fugir de bicicleta pela estrada fora, como Wang-Fô fugiu para dentro do seu quadro.

Dizem que a maternidade é a sensação mais libertadora da condição humana, porque nos descentra para sempre de nós próprios, livrando-nos assim da nossa maior prisão. Espero que um dia a vida me dê mais esse presente, que será o maior e que me vai finalmente apaziguar.

O Fred nem sequer quis tentar. Para ele os filhos são uma equação impossível, um empecilho que não faz parte da vida de quem anda cá para a gozar.

Para ele é fácil e até natural pensar assim, porque é talvez a única pessoa que conheço que conseguiu passar ileso pela vida. É quase um milagre. Nunca lhe morreu ninguém querido, nunca sofreu de nenhuma doença grave, nunca teve de fugir do seu país, nunca lhe roubaram nada importante.

O Fred desliza à superfície das coisas porque a vida nunca o obrigou a aprofundar nada, a ir mais longe. Talvez seja por isso que talvez não queira mais do que a vida perfeita que conseguiu construir: uma empresa pequena mas muito produtiva, um descapotável pequeno mas rápido, um apartamento pequeno mas impecavelmente decorado, Paris 7 de alto a baixo, no Chiado, o coração da cidade, o sonho de qualquer empresário solteiro de trinta anos que respira sucesso. Ele observa o mundo sentado num camarote, como quem paira sobre todas as realidades sem mergulhar nelas.

Há homens assim, que precisam pouco das mulheres. Ou pelo menos vivem convencidos disso. O Fred costumava dizer-me que nunca se tinha apaixonado verdadeiramente por ninguém antes de mim. E tinha trinta e um anos quando nos conhecemos. Ou era mentira ou ele tem de ser uma pessoa muito estranha. Ninguém chega aos trinta anos sem um desgosto de amor; não é humanamente possível, a não ser que tenha sentido um chamamento divino e optado pela via eclesiástica na puberdade.

Mas apaixonou-se mesmo por mim e eu por ele. Durante dois anos achei que ele era o meu *perfect match*: bonito, discreto, inteligente, requintado, com imenso sentido de humor, falava fluentemente quatro línguas, já tinha viajado pelo mundo inteiro, gostava de Chet Baker, era uma máquina na cama e a pessoa mais querida e meiga fora dela.

Nunca discutiu comigo, nunca se chateou com os meus atrasos quando me dissolvia no trabalho e perdia a noção das horas, nunca se importou que eu ganhasse mais do que ele (embora nunca me tenha falado nisso), estava sempre disponível para vir ter comigo, tinha uma paciência infinita para as minhas amigas, sabia conversar com o meu pai e fazer rir a minha mãe, dormia quase imóvel como um bebê e nunca ressonou, era o homem mais arrumado que já conheci. Nunca se esquecia de baixar o tampo da retrete, não fumava nem gostava de futebol, nunca ficava bêbado nem agressivo, nunca me deixou pendurada, tinha um corpo certo e proporcionado, uns olhos extraordinários e uma boca perfeita, uns dentes lindos e um cabelo giríssimo, curto e liso, vestia-se bem, cozinhava maravilhosamente e fazia-me rir.

A primeira vez que dormimos juntos, não apenas que nos deitamos na mesma cama, mas que dormimos no mesmo quarto, no nosso primeiro fim de semana, ele enlaçou-me como as mães fazem aos filhos pequenos e disse-me:

— Vou-te adormecer, minha querida.

E assim foi, durante muitas e muitas noites. Aparecia ao fim da tarde, ria-se do meu avental pintalgado e do meu ar desgrenhado, mandava-me para o duche enquanto preparava qualquer coisa para o jantar e víamos um filme que invariavelmente interrompíamos para fazer amor. E depois adormecia-me como se eu fosse uma criança. Durante dois anos, fui outra vez uma menina pequena e feliz, que desconhece ainda a morte e outros monstros. Dizia-me que eu reunia o que de mais importante e de mais engraçado podia haver numa mulher, e era completamente doido por mim.

Dois anos depois, apesar da tristeza que me corrói silenciosamente e que insisto em ignorar, lembro-me ainda do que era a minha vida antes dele e agradeço a todos os deuses que governam o mundo tê-lo conhecido. A tal transfusão emocional que ele me disse que eu precisava foi um sucesso; hoje sou muito mais segura e calma, muito mais ponderada e sensata, muito mais como sempre quis ser, graças a todo o amor, atenção e segurança que ele me deu.

Tudo o que é belo, perfeito e sublime, tem o seu momento e depois desaparece. O encanto da nossa relação perdeu-se a meio caminho entre os meus sonhos e as suas dúvidas. Não conseguimos superar as diferenças, apesar de todo o amor que tínhamos construído, apesar de tudo o que tínhamos sonhado.

O amor quase nunca vence a vida. Antes e depois do amor, há sempre obstáculos que nos impedem de seguir o caminho que queremos.

Não é aconselhável engravidar depois dos trinta e cinco anos, sobretudo se for do primeiro filho. Mas não é só isso. O Fred possui uma leveza, uma espontaneidade a encarar a vida que me agarra à juventude, cada vez mais fictícia, cada vez mais encenada, que de ano para ano me foge por entre os dedos. Chego a uma festa e há dezenas de miúdas mais novas, mais altas e mais bonitas. Vou a um jantar de amigos, olho em volta e de repente sou a mais velha. Quando passeio num jardim ou subo o Chiado, há muitos rapazes que já nem sequer reparam em mim.

Toda a gente me diz na cara que não pareço a idade que tenho, porque a idade que tenho já põe as pessoas a pensar. Até ao ano passado, sentia-me uma miúda. A ginástica e as noites de sono bem dormidas ajudam, mas a cara começa, a pouco e pouco, de uma forma sutil mas inexorável, a perder brilho, textura, elasticidade. O mesmo acontece com a pele do corpo. É preciso fazer exercício regular, nunca deixar de pôr cremes, não usar roupa apertada, não passar muito tempo quieta. E quando chego ao fim do dia, a minha cara já está mais marcada do que quando acordei de manhã, doem-me as pernas e as costas das horas que passo de pé no ateliê e o cheiro das tintas incomoda-me cada vez mais. Tenho a memória menos viva e já não fixo com facilidade três anedotas seguidas. Quase nunca me apetece sair à noite e adormeço de cansaço no sofá, muitas vezes antes da meia-noite. Fui perdendo a paciência para conhecer pessoas novas e cada inauguração de uma nova exposição provoca-me mais estresse. Demoro cada vez mais tempo a arranjar-me porque quero parecer sempre o melhor possível e acho que o look desalinhado só fica bem a pessoas muito bonitas, com roupas muito boas e com menos de trinta anos. Mais uma vez sou igual à minha mãe, que tem sempre um pequeno nada que lhe dá uma aparência inequivocamente chique: um colar de pérolas, uns brincos antigos, uma pregadeira dos anos 40, uma écharpe de seda, um lenço Hermès, uma pulseira de osso, pequenos pormenores que a distinguem e a valorizam.

Há dez anos, bastava-me um par de jeans de bom corte, uma camisola de gola alta e umas argolas de prata, um toque de rímel e um batom transparente. Hoje, só me sinto segura com alguns rituais de disfarce; nunca saio sem tapar as olheiras ou o lugar delas, uma boa base e o cabelo impecavelmente arranjado. Continuo com a mesma figura, alta e magra, caminho ainda com a mesma leveza e conservo a mesma cara de miúda, mas os traços estão mais acentuados, o olhar mais baço e o coração mais apertado.

O tempo é um ladrão impossível de apanhar e a saída do Fred da minha vida está a obrigar-me a equacionar toda a realidade de novo. Estou de novo entregue a mim mesma. Os dias sem ele são vazios, chatos e muito compridos. Apesar de tudo, o pior não são os dias, porque como estou sempre a pintar ou a correr para o ginásio, a ir almoçar com os meus pais ou a encontrar-me com o Alex ou com o Pirolito, sobra-me pouco tempo para a tristeza.

É à noite, quando ainda procuro o cheiro dele na almofada, quando leio maquinalmente qualquer livro só para não apagar a luz a pensar no corpo dele, nas mãos dele, nos braços dele a proteger-me e embalar-me como a uma criança, com todo o amor e cuidado, *vou adormecer-te, querida*, é à noite que o tempo passa mais devagar, que quase para e se detém perante os meus olhos, que sinto que nenhuma existência humana passa incólume pelas malhas da ironia.

Como será a minha vida daqui a alguns anos? Provavelmente, não muito diferente do que é agora. Como boa espartana e porque não permito que a tristeza me tome os dias, trabalharei cada vez mais, serei uma pintora ainda mais conhecida e, depois dos quarenta, deixarão de embirrar comigo para começar a gozar de um reconhecimento tácito. Como estarei sempre a trabalhar e a lutar para manter o meu sucesso, terei cada vez menos tempo para os outros e estarei ainda mais sozinha.

A Julieta, que nunca terá coragem para me telefonar, entrará para o capítulo dos equívocos, onde estão o Erro de Casting, o Gustavo com os seus complexos e outros palermas em férias com quem perdi o meu tempo para nada.

O Gabriel continuará a colecionar namoradas belas e fúteis, o meu pai estará reformado e a minha mãe um pouco mais gorda. O Pirolito deixará de ser meu protegido porque irá agarrar o mundo e eu vou estar aqui, neste ateliê, a namorar o rio, esgotada, a tentar perceber qual será o tema da próxima exposição.

Pego no telefone e preparo-me para ligar ao Fred. Já passaram quinze dias e apenas nos falamos por telefone, e de todas as vezes nunca me atrevi a propor nenhum encontro, com medo que ele negasse. Agora não aguento mais, a antevisão do quão vazia e triste pode ser a minha existência daqui a uns anos obriga-me a fazer qualquer coisa. Na minha cabeça e no meu coração ele ainda é o meu *perfect match*.

Perfect Match é isso mesmo, encontrei o conceito: elementos que se encontram e se cruzam, que se procuram e se escondem, que se unem e se separam. Não vou voltar a pintar o Salvador, pelo menos de uma forma tão óbvia como sempre fiz. O rapazinho que é a imagem de marca dos meus quadros vai hibernar, fundir-se de uma forma totalmente inovadora, quase imperceptível. Vou pintar elementos isolados, que na vida nunca se podem combinar, mas que na tela pareçam um casal, um copo com uma pera, uma maçã a dormir enrolada num guardanapo, uma flûte de champanhe apaixonada por uma cereja, uma folha de papel amachucada pela tristeza, uma maçã envolvida numa toalha de linho, frutos proibidos à procura de amor, de paixão, de companhia, de alguém que os abrace, os envolva em tranquilidade e paz, os adormeça como se fossem crianças. Talvez os traços que me ligam ao Salvador acabem por aparecer, de uma forma muito sutil, quase imperceptível: um caracol de cabelo loiro dentro de um frasco, uma roda de bicicleta esquecida debaixo de uma mesa, uns sapatos abandonados numa cadeira. Tenho de me limpar do meu irmão para me libertar desta tristeza. Mas tem de ser devagar, aos poucos, porque se me esquecer do que fui, deixarei de saber quem sou.

São cinco da tarde e daqui a pouco já não há luz natural, por isso anoto tudo, faço esboços rápidos, escrevo as ideias que surgem em catadupa, imagino as cores que quero: o preto da solidão, o branco da inevitabilidade, o vermelho da paixão.

Ainda não é hoje que vou telefonar ao Fred. Vou esperar até amanhã. Não posso correr atrás dele, se quero que ele volte. Não posso fazer o que fiz com o Gustavo, com quem continuei a dormir, apesar de já o odiar, só para fingir que não estava sozinha. Foi a fase mais destrutiva da minha vida e serviu-me de lição. Há erros que não se podem repetir e eu aprendi que continuar a dormir com os "ex" é um erro a evitar.

Não quero cometer mais erros. Tenho que me controlar ou, à primeira distração, faço um disparate. Não, definitivamente, não vou telefonar ao Fred. Em vez disso, ligo ao Gabriel. Quem sabe, por um golpe de sorte, ele não tem nenhum brinquedo de serviço hoje à noite e arranja tempo para mim?

Já não sei quando o vi pela última vez. O tempo entre nós nunca contou. Depois de três anos em Londres, quando o voltei a ver, era como se me tivesse ido embora na véspera. O Gabriel estava igual, sem brinco, com o cabelo mais curto, uns óculos que não lhe conhecia e as camisas passadas a ferro, mas para mim nada tinha mudado. Voltamos a dormir juntos, mas as feridas da rejeição e do desentendimento voltaram a abrir. O Gabriel não me perdoava ter-me ido embora e eu não me perdoava por ter feito o aborto.

A nossa relação estava envenenada de silêncios, tristeza. Um ressentimento profundo, impossível de ultrapassar. Decidimos, ao fim de algumas discussões que acabavam na cama em batalhas sexuais onde o amor e o ódio se confundiam de uma forma doentia e perversa, que era melhor ficarmos amigos e esquecer o resto. No fundo ambos queríamos paz, ambos sonhavamos com o dia em nos libertaríamos um do outro. Éramos muito novos ainda e acreditávamos que isso era possível.

Não durmo com o Gabriel há dez anos. Muitas vezes imagino se o corpo dele ainda está igual, comprido, seco, sem pelos, as costas muito direitas, as pernas elegantes, o rabo proporcionado, os pés de estátua e as mãos de médico, o pescoço alto e elegante, como tudo nele. Quando chegou aos trinta, encorpou sem engordar, tornou-se menos desengonçado e ainda mais bonito. Hoje, é o homem mais atraente que conheço e as mulheres caem-lhe aos pés como chuva de arroz em saída de noivos. Possui um charme e um encanto que o tornam irresistível. Mas também é um dos mais complexos e traiçoeiros; entesa-se com demasiada facilidade por qualquer miúda que tenha uma cara engraçada ou um bom par de pernas, atira-se de cabeça a todas e consome-as ferozmente, convencido de que sente alguma coisa mais do que tesão. É muito mais perigoso do que o chamado cabrão regular, o tipo que sabe que nunca se vai apaixonar e que por isso, mesmo que engane a sua presa, nunca se engana a si próprio. E há ainda o cabrão justo, que é o tipo de homem que expõe o jogo em cima da mesa, que avisa à partida que nunca se envolverá, que é pegar ou largar. Como o Gonçalo fez com a Julieta, embora eu ache que ele acabou por se apaixonar mesmo por ela, e foi isso que o assustou tanto que o fez desaparecer da vida dela.

O Gabriel foi o meu primeiro Erro de Casting, mas ao contrário, porque eu é que errei quando o subestimei. Era demasiado nova para conseguir pensar pela minha cabeça, e agora passaram-se demasiadas coisas para poder voltar atrás. Adoro-o acima de todas as outras pessoas e desejo secretamente que um dia isto possa dar outra vez uma volta que me ponha na cama dele, nem que seja por uma noite... Que loucura, tenho que ter cuidado quando passo muito tempo sozinha em casa sem estar a pintar, entro em *looping* mental com demasiada facilidade.

Não, não posso pensar em ir para a cama com o Gabriel. Era o maior disparate que podia fazer agora, ainda a lamber as feridas causadas pela ausência do Fred. Não era justo. Nem para nenhum deles nem para mim.

Ligo-lhe e pergunto se me pode levar a jantar. A voz dele encanta-me e embala-me como sempre. Para meu espanto, diz-me que sim.

— Mas não tinhas nada combinado? — pergunto, atônita com a realidade.

— Tinha, mas agora já não tenho.

— Ok. Vens me buscar?

— Às nove e meia, pode ser?

— Ótimo! Até logo, querido.

— Até logo, minha querida.

E aquele *minha querida* fica colado às janelas, pintado a tinta fluorescente, brilhando ainda mais na penumbra da tarde que escorrega pelo rio abaixo.

O Fred também me chamava *minha querida*. O Fred tem muito a ver com o Gabriel, entendem-se bem, ficaram amigos. São ambos bonitos, inteligentes, sedutores, sutis, requintados, ambiciosos, adoráveis. Talvez deseje e ame ainda os dois, por tudo o que podiam ter sido na minha vida. Dois braços de um mesmo rio, o rio do meu desejo, o rio onde o passado se cruza com o presente e corre, corre, sem nunca ser o mesmo, porque a água que passa é sempre outra.

Todos caminhamos ou corremos ou somos arrastados para o mesmo fim como o curso irreversível das águas, e todos os rios vão dar ao mar. Afinal, talvez a vida ainda me consiga surpreender.

8

Eu sei que se tivesse tido um pouco mais de juízo, nunca me teria metido debaixo do Gabriel. Mas como todas as tentações que vão crescendo e amadurecendo com os anos, a minha obsessão pelo Gabriel estava a dar cabo de mim, a envenenar-me de ano para ano, e eu tinha de me enrolar com ele, nem que tivesse de esperar a vida inteira.

Quando o conheci, era namorado da Verónica. Não era tão bonito como agora. Já tinha qualquer coisa de especial, um *sex-appeal* único e inevitável, do qual ele nem sequer tinha noção, o que o tornava ainda mais atraente. Apesar de sempre ter tido uma enorme atração por ele, disfarçava como podia. A Verónica sempre fora sensacional comigo e falhar-lhe ou traí-la era o mesmo que fazer um *harakiri*.

O Gabriel não era um namoradinho qualquer de uma amiga qualquer; era a paixão da vida da minha melhor amiga, da minha amiga mais querida, a que mais tempo tinha para mim, e que sempre me tratou com o carinho de uma verdadeira irmã, a que me fazia terapia de borla e aguentava todos os meus choros, dramas, traumas e cenas de pequena diva a caminho do sucesso.

Ao contrário da minha mãe, que achava um disparate eu ser atriz, tanto a Verónica como a tia Luísa sempre me incentivaram a seguir os meus sonhos e a fazer tudo para os tornar realidade. A minha mãe, como todas as mulheres da sua classe social, alimentava o desejo pequeno-burguês de ter um filho doutor ou uma filha professora, e imaginava para as suas meninas uma profissão digna, que lhes permitisse alcançar, a pulso e com sacrifício, uma posição social respeitável: enfermeira, educadora de infância, advogada. Tudo menos qualquer aproximação à vida indecorosa de uma corista, sobretudo porque as coristas faziam parte do lado boêmio da vida do meu pai, no tempo em que brincava aos figurantes.

Nunca mais me esqueço do dia em que me fui inscrever no Conservatório para as audiências, com a Verónica de mão dada comigo a sussurrar-me ao ouvido com voz de fada, *tu vais conseguir, tu vais conseguir*.

Passei na seleção. Fui uma das melhores alunas. Se não tivesse tido aquele empurrão, naquela tarde em que nada estava decidido e que bastava um passo para mudar o rumo da minha vida, tenho a certeza absoluta que não teria conseguido. Se não tivesse a meu lado alguém mais forte do que eu, capaz de acreditar mais em mim do que eu própria, provavelmente nem sequer teria tido forças para subir as escadas, fazer a inscrição e candidatar-me às provas de admissão, preparar o projeto, passar na entrevista, e, por fim, aguentar a pressão dos seminários onde selecionam os candidatos.

A amizade é o amor sem preço e os verdadeiros amigos são aqueles que têm sempre tempo e força para nos ajudar a levantar quando caímos. A Verónica sempre foi uma das pessoas mais importantes da minha vida, namorados e maridos à parte. Durante muitos anos foi o meu maior e mais fiel apoio, nunca perdeu a paciência, nunca se fartou dos meus problemas, nunca me falhou em nada. Apoiou a minha decisão estúpida de me casar e, desde que o Duarte nasceu, nunca deixou de me ajudar — por isso mesmo a convidei para madrinha de batismo —, ajudou-me a comprar a quinta e a gerir o meu dinheiro como nunca ninguém fez. Sempre foi o meu anjo da guarda.

E um dia, num ataque de loucura, comi-lhe o ex-namorado. Claro que isso não teria constituído nenhum problema se: a) eu tivesse sido honesta com ela e não lhe andasse a esconder a verdade durante quase dois anos; e, b) eu não soubesse que o Gabriel é a pedra do sapato dela, um amor eternamente mal resolvido e, por isso, intocável.

Era o mesmo do que a Verónica agora ir para a cama com o Gonçalo. Só de imaginar tal enormidade, começo logo a transpirar.

Quando me meti com o Gabriel nem sequer pensei nisso. Fiz aquele raciocínio típico de quem se quer limpar: já tinha passado muito tempo, eles até tinham conseguido ter uma relação normal, como dois bons amigos. Mas no fundo eu sabia muito bem que não era assim.

Depois do Gabriel, a Verónica teve algumas histórias sem grande relevância, dois anos de inferno na terra com o Gustavo e um longo período sabático, até conhecer o Fred. E foi nessa altura que fui para a cama com o Gabriel, antes da maldita série da ceguinha começar e de eu entrar em rota de colisão com *El Niño*.

Como muitas vezes acontece, foi quase por acaso e muito rapidamente. Tinha sido convidada para fazer a apresentação dos prêmios de beleza de uma revista, que é aquele tipo de trabalho em que se ganha uma data de massa num dia e que, apesar de ser uma seca, vale a pena, porque só se ensaia nessa tarde e são eles que organizam toda a produção, roupa, sapatos, maquiagem e cabeleireiro, e entregam o cheque ao fim da noite. Já faço este trabalho há vários anos, conheço bem toda a equipe de produção, não sou obrigada a aturar pessoas com quem nunca trabalhei e que adoram fazer-se íntimas, como se tivessem andado comigo no colégio.

Claro que há sempre imensos problemas: ou não gosto da roupa que me arranjam ou a menina da produção engana-se no número dos sapatos — há dois anos tive que usar uns *pumps* de salto agulha um número abaixo do meu, e ao fim de duas horas de pé fiquei com os pés tão enfaixados que parecia uma chinesa — ou a maquiadora chateou-se com o namorado, está nervosa ou cocada, ou tudo junto, e só faz merda, ou o secador avaria, enfim, há um leque infinito de coisas que podem correr mal e geralmente correm, mas como sempre tudo acaba por se resolver.

Nesse ano, tudo correu mais ou menos dentro da normalidade — o cabeleireiro falhou, estava de ressaca por causa da festa de aniversário do Lux e fui eu que arranjei outro, o meu de sempre, que apareceu às oito e meia com o início do espectáculo marcado para as nove — e quando subi ao palco, vi logo o Gabriel na primeira fila. Como já estava bastante nervosa, fiquei ainda mais e, como muitas vezes me acontece quando fico muito aflita, digo imensos disparates a que as pessoas acham graça, transformo-me num pequeno e gracioso palhaço e não sei se é por pena ou porque faço mesmo rir as pessoas com as minhas piadas inesperadas e absurdas, tudo acaba por correr bem.

O Gabriel vinha armado em guarda-costas de uma diretora de marketing de uma marca de cosmética qualquer que, ou já andava a passar a ferro ou era ela que estava com vontade de lhe fazer a folha, porque fez questão de se entornar acintosamente para cima dele durante toda a entrega dos prêmios, o que me começou a picar imenso. Por isso decidi chamar-lhe a atenção e ser ainda mais histriônica e engraçada.

No jantar volante a seguir à cerimônia, encontrei-o de copo de vinho branco na mão, junto a uma travessa de salmão, tentando servir-se ao mesmo tempo que as trezentas pessoas que lá estavam: a imprensa feminina em peso, o pessoal da cosmética e dos laboratórios, cabeleireiros, tias e acompanhantes do tipo *papa-coquetel* — a chamada Brigada do Croquete —, cirurgiões plásticos da moda, relações públicas, mulheres desocupadas e toda a fauna estranha e heterogênea que frequenta essas festas.

Nunca percebi porque é que as pessoas se dão ao trabalho de ir a este tipo de coisas, a não ser por razões profissionais. Sou por natureza um bicho do mato e para mim é sempre uma violência ter de fazer conversa com pessoas que mal conheço ou que sei que já me tentaram roer a corda: aquela diretora que boicotou uma entrevista minha que fora negociada como capa e acabou por sair nas últimas páginas, entre os signos e receitas de bacalhau, sem chamada de capa; aquela jornalista que deturpou uma série de afirmações minhas e publicou um perfil sem me ter mostrado o texto previamente, apesar de ter combinado comigo que o faria; o cirurgião que me deixou a boca torta porque injetou silicone a mais e depois tive de ir a outro emendar a porcaria que ele me fez, enfim, um nunca acabar de gente medíocre que depois se esquece da merda que já fez e pretende é ser vista a conversar comigo para que os outros pensem que somos íntimos.

Como não gosto de guiar e a organização não me tinha arranjado um motorista, passou-me pela cabeça pedir boleia ao Gabriel. Sempre era melhor ir com ele do que apanhar um táxi e regressar sozinha a casa, empoleirada nuns sapatos altíssimos, com um vestido de seda bordada bege, quase transparente, curto e sexy, que resultava lindamente em cima do palco mas que me dava ar de putéfia armada em chique no meio das outras mulheres, todas muito sóbrias e clássicas, de tailleurs pretos de calças largas e camisas brancas, quase sem joias. Também podia ter ido ao camarim e regressar aos jeans, botins e camisola de gola alta que levara nesse dia, mas não queria que as pessoas me vissem como entrei, porque não estava suficientemente bem vestida para o evento e, além disso, se fosse mudar de roupa, podia causar a impressão que me tinha mascarado para fazer a apresentação, o que era chato para a organização. Decidi aguentar o boneco até ao fim, apesar das dores nos pés e do frio nas pernas, porque a menina da produção se tinha esquecido de comprar meias.

— O que é que estás aqui a fazer? — perguntei, em tom de desafio.

— O mesmo que tu — respondeu com um sorriso malandro. Pelo menos, poupou-me aquele número patético habitual, do gênero *agora só sei de ti pelas revistas*. Se as pessoas soubessem como são irritantes esses comentários...

— Não, eu estou a trabalhar.

— Eu também. Chama-se gestão personalizada de clientes.

— Clientes? Que comercial! Pensei que tinhas pacientes.

— No meu consultório ninguém espera mais de três minutos para uma consulta, ninguém tem que ser paciente, percebes? Mas tens razão, essa é a expressão correta.

— Não vejo ninguém com um braço ao peito a precisar que lhe mudem o gesso — ironizei, a ver até onde ia a paciência dele. O Gabriel, como todos os médicos, é muito paciente e deve ter decidido naquele momento ver até onde é que eu ia.

— Aposto contigo que o que há mais por aí são corações fraturados...

— Não me digas que também vais tirar a especialidade em cardiologia.

— Gosto mais de roer ossos — respondeu, impassível. — Além disso, tudo o que tem a ver com o coração é muito mais complicado de diagnosticar... e de curar...

Adoro homens inteligentes. Sempre adorei. O Zé Pedro era um grande filho da puta, mas era um filho da puta muito inteligente, a roçar a genialidade.

É preciso ser um gênio para pôr a mulher a fazer de pega durante quase dez anos e ser ele a puta que vive à conta dos louros dela. Se se tivesse casado com uma atriz qualquer de terceira categoria, não tinha sacado nem um subsídio.

Ficamos a olhar um para o outro no meio da multidão, como se nos tivéssemos cruzado no deserto graças à mais divina providência e nenhum de nós avistasse outro ser humano há mais de uma semana.

— Estás muito bonita. Mesmo muito. Devo ser a vigésima sétima pessoa a dizer-te isto hoje.

— Não. Por acaso foste o primeiro.

— Pensando bem, vou mudar para oftalmologia.

Ele tinha mesmo graça, quando queria ter e quando não queria. Resolvi brincar ao sisudo, mas sem o avisar, à espera que ele dissesse mais alguma coisa.

— E se fugíssemos daqui? — arriscou o Gabriel.

— E se fugíssemos já? — respondi de imediato.

Fui ao camarim buscar o meu saco e pedi-lhe que esperasse por mim na porta de saída dos artistas. E foi aí que começou a merda toda: um fotógrafo desocupado, que tinha vindo cá fora fumar um cigarro, viu-nos juntos e fotografou-nos.

Tudo isto é tão irônico e tão absurdo. Nos últimos anos do meu casamento tive um *affair* tórrido com um ator brasileiro conhecidíssimo que estava cá a fazer uma novela, passávamos a vida em hotéis e nunca fomos apanhados. Mas a primeira vez em quase vinte anos que saio de um local público com o ex-namorado de uma das minhas melhores amigas, com quem nunca tive nada, sou apanhada por um *papparazzo*. É preciso ter azar.

O Gabriel começou a barafustar, estava pronto para lhe sacar a máquina e tirar o rolo, mas impedi-o a tempo, para não piorar as coisas. Agarrei-o pelo braço e afastamo-nos dali.

— E agora? — perguntou, enquanto caminhávamos apressadamente pela rua acima, fingindo que não era nada conosco.

— E agora, nada. Eles não sabem o teu nome, por isso não devem fazer nada.

— Mas podem saber.

— Por quê?

— Porque cada vez que a SIC precisa de um médico para comentar uma notícia, chama-me.

Era verdade, a Verónica já me tinha dito que ele andava armado em comentador qualificado, mas fingi que não sabia para não lhe dar demasiada importância.

— Tem piada, nunca te vi na televisão.

— Mas já lá fui várias vezes.

— Desculpa, não sabia. É que quase nunca vejo os canais nacionais.

— És mais do tipo Odisseia? — perguntou com ar de gozo.

— Não, estúpido, sou mais Sexy Hot — e lancei-lhe um olhar de pantera semidomesticada.

— Imagino que sim — respondeu, muito devagar.

E isto foi o princípio da conversa, ali mesmo no meio da rua, quando ainda nem sequer tínhamos decidido onde íamos jantar.

Uma conversa que começa assim só pode acabar na cama.

Fomos jantar ao Sul, no Bairro Alto. Como estava nervosíssima, por causa do Gabriel, do fotógrafo e de toda a confusão que podia vir a seguir, quase nem toquei no bife. Limitei-me a cortá-lo em bocados muito pequenos e a mordiscar o que conseguia. Bebemos duas garrafas de Casa de Santar tinto, reserva, e conversamos sobre tudo: o meu trabalho e o trabalho dele, a minha casa e a casa dele, os meus casos e os casos dele, o Duarte e a vontade dele ter filhos, viagens, sonhos, projetos, filmes, músicas, quadros, museus, moda, política internacional, filosofia, modos de vida e por aí fora. O Gabriel é um grande encantador de serpentes. Ele sabe como dar a volta a uma mulher com aquele charme dos muito espertos, dos que nunca se chegam à frente, apenas se põem a jeito a ver se lhes toca alguma coisa.

Sou muito fácil de seduzir. A primeira aproximação é difícil, porque como tenho medo das pessoas, sou cínica e às vezes agressiva. Mas se as pessoas forem suficientemente pacientes e sensíveis para deixar que o tempo deite abaixo as minhas defesas, então sou como o Muro de Berlim. Uma vez destruído, não mais voltará a erguer-se. Com a diferença que o muro só caiu uma vez.

Eu não ia para a cama com ninguém há mais de três meses, desde que o Maurício tinha voltado para o Brasil. Claro que nunca estive apaixonada pelo Maurício, mas como sou uma parva, tinha-me convencido que sim, cheguei a planejar uma ida ao Rio de Janeiro e a fantasiar a hipótese de trabalhar para a Rede Globo. O Maurício telefonou-me todos os dias durante um mês, levou material meu ao agente dele para ver o que se arranjava e claro que, quando surgiu um convite consistente para fazer uma minissérie histórica, cortei-me, inventei que não podia porque tinha trabalho em Lisboa e o Maurício percebeu que eu nunca iria sair de Portugal.

Uma coisa é fantasiar, outra é passar à prática. Uma "carreira internacional" pode ser muito apelativa, mas é para quem não tem filhos e ainda não chegou aos trinta. Hoje em dia, tenho a certeza que não seria capaz de viver noutro país; adoro Portugal com todos os seus defeitos, adoro tudo o que tenho e que conquistei com o meu trabalho, adoro viver em Sintra, apesar das despesas loucas, da umidade e do trânsito, adoro que o Duarte possa andar de skate sozinho ou com o bando de amigos sem correr o risco de ser sequestrado por um bando de favelados. E é frustrante chegar ao Brasil e ter de falar mais devagar, usar propositadamente certas palavras e emprestar uma ligeira entoação às frases para eles perceberem o que dizemos, quando a língua-mãe por acaso é a do lado de cá do oceano. Não se pode dizer *perceber*, mas *entender*. No Brasil, ninguém *guia* o carro, todos *dirigem*. Eu também gostava de dirigir, mas era uma orquestra.

Estava a comentar todas estas coisas com o Gabriel, quando ele pediu a conta, me agarrou na mão e perguntou:

— Vamos para casa?

— Qual casa?

— A que tu quiseres. Queres a minha ou a tua?

Ainda hesitei, não na escolha das casas, mas na ideia de irmos os dois para uma casa. *Vamos para casa* não quer dizer *vamos embora*, ou *vou-te levar a casa*. *Vamos para casa* quer dizer que, quando lá chegarmos, entraremos os dois para a *mesma* casa. Há uma mensagem inequívoca de intimidade na frase que faz parte do léxico dos casais que vivem juntos há muitos anos. Não é normal que seja dita por um ex-namorado de uma amiga na primeira noite em que jantamos, mesmo que o conheça desde sempre.

Uma coisa é o que eu penso que devia fazer, outra o que acabo por fazer na prática. Por isso resolvi fingir que a minha consciência não me mandava estar quieta, e deixei-me ir.

Há quanto tempo é que não me sentia assim, segura, feliz? Há quanto tempo não me sentava à mesa de um restaurante a conversar com um homem muito bonito e muito inteligente? Há quanto tempo nenhum homem pegava na minha mão e me fazia um convite irrecusável? A vida são dois dias, pensei, e este deve ser o dia bom.

Fomos para minha casa.

No dia seguinte estava desfeita. O Gabriel saiu às quatro da manhã e eu tentei adormecer a seguir, mas só consegui dormir uma hora. Às cinco e um quarto acordei em pânico, estava a sonhar com a Verónica. Que espécie de cabra era eu? Só a minha loucura e a minha visão distorcida da realidade tinham permitido aquela estupidez. Sempre que faço merda, arrependo-me. E fico à espera que ninguém repare.

Ao longo de toda a noite, nenhum de nós tinha sequer mencionado o nome dela. Passou-me inúmeras vezes pela cabeça falar dela, dizer ao Gabriel que a situação me era estranha porque sabia tudo o que se tinha passado entre eles e tenho a certeza que o mesmo aconteceu com o Gabriel. Não é humanamente possível que ele aguentasse uma noite inteira na minha companhia sem falar do que sempre nos uniu: a minha melhor amiga e a paixão da vida dele.

Mas estávamos drogados de desejo. O Gabriel confessou-me que ao longo de todos estes anos tinha sonhado comigo e que só por timidez nunca se tinha aproximado, porque pensava que nunca iria olhar para a cara dele. Que parvo, se ele soubesse os tipos ordinários com quem já me envolvi! O Gabriel é um príncipe ao pé deles, um príncipe onde quer que vá, mesmo sendo filho de irlandês, dono de um pub no Estoril, e de uma portuguesa de bata às florzinhas, porque ele soube *fazer-se* um príncipe. Tal como eu, não nasceu em berço de ouro mas sempre teve amigos que lhe mostraram como era a vida do outro lado e muito cedo aprendeu os códigos de comportamento próprios de uma elite social. Claro que o tio Eduardo não o tolerava com dezoito anos, porque ele não era filho de famílias conhecidas, usava brinco e o cabelo comprido, mas tenho quase a certeza de que, se hoje ele fosse jantar a casa dos pais da Verónica, eles o olhariam com outros olhos.

O Gabriel fez-se à vida, ganhou dinheiro, nome e prestígio como ortopedista. Quando tiver filhos, serão educados nos melhores colégios, onde ficarão amigos dos filhos dos amigos da Verónica, os mesmos que o olhavam de lado quando eram miúdos e agora lhe invejam o sucesso e a conta bancária. Tal como eu, conseguiu ascender naturalmente, por mérito e talento, um degrau social que lhe dá muito conforto sem nunca renegar as suas origens.

Ao contrário de mim, que vivo em terror permanente, o Gabriel conseguiu conquistar tudo o que queria, ao mesmo tempo que construiu à sua volta uma muralha mais resistente e vasta do que a Muralha da China.

Não o voltei a ver. Telefonou-me no dia seguinte, ao fim da tarde, exibindo uma personalidade alternativa, armado numa pessoa cheia de princípios, revelando uma consciência até então adormecida, a repetir que tinha sido um disparate, que nunca devíamos ter dormido juntos, que seria melhor não nos voltarmos a ver nos próximos tempos. E eu, a espumar de raiva, fiz mais uma vez o meu papel de atriz, embora desta vez sem cachê. Respondi-lhe, sem mostrar qualquer crispação, que ele tinha razão, que o melhor era não nos vermos mesmo.

Cabrão, filho da puta, oportunista de merda. Andou mais de dez anos a desejar-me, dormiu comigo uma vez e baldou-se a seguir. E ainda por cima deixou-me cheia de remorsos, destruída pela culpa, como se a culpa fosse toda minha.

Passei os dias seguintes enfrascada em calmantes, sem saber o que fazer. Devia ter tido tomates para ligar à Verónica e contar-lhe o que tinha acontecido. Não fui capaz. E ainda fiz pior; não lhe atendi o telefone quando me ligou para casa. Pedi à Asunción para lhe dizer que lhe ligava mais tarde porque estava a dar uma entrevista e nunca lhe retribuí a chamada.

Ainda tive esperança que não saísse nada na imprensa, mas na segunda-feira seguinte veio a notícia de página inteira numa daquelas revistas parvas. Lá estávamos nós, apanhados de surpresa a sair pela porta dos artistas. E, numa foto mais pequena, pela rua fora, de costas para a objectiva, o Gabriel enorme, ao meu lado, a proteger-me como um gigante. O texto era o costume, meramente especulativo e sem nenhuma informação consistente. Abaixo de cão.

Esperei que a Verónica me telefonasse, mas ela não voltou a ligar. Tentei ligar-lhe duas vezes, não atendeu. Não fui capaz de deixar recado, nem sequer de lhe mandar uma mensagem a dizer que precisava de falar com ela.

É praticamente impossível a Verónica não ter visto a estúpida da revista. E mesmo que não tivesse, inevitavelmente alguém lhe comentaria o assunto. Até mesmo o Gabriel lhe deve ter contado, para manter a imagem "limpa" junto da sua eterna diva. A *Rainha do Iceberg* não desarmou, nunca se manifestou sobre o caso, nunca desceu do salto. Soube como ninguém manter-se à margem, fingindo que não era nada com ela, transformando um conflito num não-assunto e distanciou-se sem uma palavra, usando o silêncio e a indiferença como forças ocultas, poderosas e eloquentes.

Começou a guerra fria. Não voltamos a falar nem ao telefone nem pessoalmente. Não nos voltamos a encontrar. Percebi que ela evitava todos os lugares ou acontecimentos onde imaginava que eu podia estar.

Não voltei a ver o Gabriel, a não ser quando o Duarte partiu o braço pela segunda vez e foi tratado por ele. Nessa altura, ainda tentei conversar, convidei-o para jantar, mas recusou polidamente. Senti-me uma estúpida, uma cabra sem nome, um monstro. Tinha perdido a minha melhor amiga por um gajo, por uma queca, uma noite de loucura, por causa de alguém que se estava literalmente a cagar para mim, que provavelmente também me odiava pelos problemas que eu lhe poderia causar com ela.

Podia ter sido ainda mais cabra. Podia telefonar-lhe, e mesmo que ela não atendesse, deixava-lhe um recado suplicante, desfiava-lhe o rosário de barata tonta, levada a fazer algo que no fundo não queria, nas garras de um ogre com pele de príncipe. Era a estratégia perfeita; eu passava a ser a vítima e ele o carrasco. Mas não consigo ser má, pelo menos de uma forma planejada, fria, calculada. As pessoas pensam que é uma qualidade, não percebem que é uma fraqueza. Não consigo ser má porque não faço nada bem e tudo o que fizer, quer queira quer não, pode-se virar contra mim. Fico quieta, tolhida no meu canto por um pavor infantil, como um animal assustado, tentando mexer-me o menos possível para não interferir na marcha do mundo. Sou apenas fraca e medrosa.

Dizem que o tempo tudo apaga e suaviza. Sinto que é exatamente ao contrário. O tempo cava as dúvidas, semeia a incerteza, mina toda a esperança de um possível entendimento. O silêncio entre nós foi crescendo como o caudal de um rio, destruindo todas as pontes.

Se ao menos me tivesse controlado, se ao menos lhe tivesse telefonado no *day after*, entre mortos e feridos, a minha sinceridade podia-me ter salvo. Não tinha sido leal, mas ao menos podia defender-me com a verdade: assumia a merda que tinha feito e se ela fosse mesmo minha amiga teria passado por cima da história. A verdade é o único escudo possível quando tudo ruiu. A verdade e a gratidão. Se o Gabriel tivesse sido namorado de uma putéfia qualquer, até me podia ter dado algum gozo. O mais triste é que nem sequer gostei de dormir com ele, porque estive o tempo todo a pensar na Verónica, apesar do efeito anestesiante do álcool.

Sabia, e ouvia a minha consciência abafada a dizer-mo do fundo de um poço, que estava na cama com aquele homem pelas razões erradas, não apenas porque estava carente e porque ele era irresistível e se tinha metido comigo, mas porque tinha sido namorado da minha melhor amiga, porque pertencia ao mundo dela.

Ao dormir com o Gabriel, estava a aproximar-me do mundo da Verónica, dos seus namorados bonitos, da sua vida de glamour e qualidade, sem gritos, sem tareias, sem cheiro de pombos no quintal. Estava mais próxima da sua mãe extraordinária e do seu pai embaixador, de toda uma *entourage* que sempre sonhara para mim. Ao dormir com o Gabriel estava a entrar na vida dela de uma forma que nunca me tinha sido permitida. Ou pior ainda, estava a usurpar o território dela, que tanto invejava por tudo o que representava.

Dormir com o Gabriel não foi um gesto impensado, foi um ato de ganância vil e porco, uma vingança gratuita ao vazio da minha vida, um ajuste de contas malfeito à tristeza imensa da minha infância sem piscinas nem viagens a Gstaad, sem Natais servidos em baixela de prata por criadas fardadas de crista e punhos engomados, com árvores cobertas de luzes num jardim de mil metros quadrados.

Resta-me agora a culpa, o arrependimento, a solidão ensurdecedora, a vergonha que se espelha na cara cada vez que vejo uma fotografia da Verónica numa revista ou uma reportagem dos seus quadros num programa cultural na televisão.

Tenho saudades dela como nunca tive de ninguém. Saudades físicas, como se me arrancassem as unhas, como se uma parte minha se tivesse perdido com ela para sempre. O meu melhor lado, o mais tranquilo e equilibrado, foi um legado dela, anos a fio de uma paciência infinita para os meus disparates, sem nunca se cansar, sem nunca desistir de mim.

Eu, que sou uma fraca e uma estúpida, que só sei tratar bem quem me trata mal e tratar mal quem sempre cuidou de mim, estraguei tudo. Desta vez, não sei se vou conseguir esquecer, porque sei que ela também não me consegue esquecer nem perdoar. Pode perdoar-se tudo, mas uma mentira é a pior das traições e a última pessoa do mundo a merecê-la seria a minha querida Vêzinha.

Sou uma puta, e ainda por cima, sou uma puta infeliz.

9

As nossas quimeras são aquilo que mais se parece conosco

Há vinte anos o Gabriel e eu tivemos um sonho. Era um sonho louco, incipiente, que chegou à nossa vida cedo demais e que por isso deixamos morrer. A morte de um sonho é tão dura como a própria morte e as marcas ficam para sempre.

Nenhum de nós voltou a ter paz interior. Eu fui saltando de relação em relação, sempre mais ou menos iludida com a ideia de encontrar alguém com quem pudesse partilhar a minha vida. O Gabriel fechou-se na sua torre de perfeição e trabalho, uma Babel ainda mais traiçoeira e complexa do que a original.

No fundo, somos dois solitários convencidos que vivemos ligados ao mundo, só porque encontramos o nosso lugar na sociedade e orquestramos uma forma eficaz de nos relacionarmos com a realidade que nos rodeia.

Vejo como o Gabriel usa e deita fora as mulheres na vida dele. Se é mais vulgar um amor absoluto do que uma amizade perfeita, ainda é mais fácil encenar o amor, inventá-lo como se fosse real e depois, como quem apaga um fósforo, apaga a ilusão com um mero sopro.

A nossa relação, uma paixão violenta e adolescente, que como uma sombra indesejada nunca nos abandonou, acabou por se transformar numa amizade profunda que nos tornou escravos para toda a vida. Como diz o David Mourão-Ferreira, *do amor à amizade, um caminho em ascensão, nunca em queda*, como se a amizade fosse o único caminho possível para as relações estáveis e duradouras, não aquelas que inventamos para preencher o vazio das nossas carências, mas as que vivemos na realidade.

Estar com o Gabriel é como regressar a casa. *It feels like home and there is no place like home.* Talvez tenha sentido isso de uma forma mais real e palpável com o Fred, mas o Fred nunca quis viver na minha casa nem quis partilhar o mesmo teto, embora às vezes, como todas as pessoas, se tenha permitido imaginar tal sonho. Dizia que nunca viveria numa casa paga por mim, porque não se chamava Gustavo nem tinha feitio de cuco. Aliás, o Gustavo era para o Fred o paradigma do que um homem não deve ser e por isso mesmo nunca perdia a oportunidade de se demarcar dele em grande estilo.

O Gustavo viveu na minha casa, encostou-se ao meu dinheiro e ao conforto que o meu nível de vida lhe proporcionava. O Fred, pelo contrário, sempre fez questão de pagar tudo o que podia, apesar de não torcer o nariz a alguns presentes e viagens que durante a nossa relação nos proporcionaram momentos extraordinários: Barcelona logo no início, Veneza quando fizemos um ano, e inúmeros fins de semana em quintas esquecidas no Minho e no Douro e em românticos Atmosphere Hotels.

O Fred limitou a minha margem de sonho e isso pode ter sido o princípio do fim, porque a vida só tem sentido se a sonharmos, se a imaginarmos diferente e sempre melhor do que é. Ao contrário do Fred, que é pragmático, imediato e vive para o momento, o Gabriel é mais parecido comigo: não apenas tem espírito visionário, mas é um fazedor. Não descansa enquanto não consegue o que quer. Quis tirar o curso, quis ser um dos melhores alunos, quis ganhar dinheiro e montar uma clínica moderna e inovadora, quis um lugar ao sol e um loft gigante junto ao rio, quis ir a Bali sempre que lhe apetecesse, quis comprar fatos Armani e blasers Gucci sem ter de olhar para a etiqueta, quis ter namoradas esculturais de várias nacionalidades e diferentes etnias, quis ser reconhecido e integrado numa elite. E conseguiu tudo.

O que ele não consegue, porque não sabe como lá chegar, é curar feridas antigas da sua infância e adolescência, do tempo em que os pais venderam o pub do Estoril e voltaram para Dublin, deixando-o entregue a si próprio durante cinco anos, acabado de entrar para a faculdade, quase sem dinheiro para comer. Se ainda vivesse no Estoril nessa altura, tenho a certeza que as coisas teriam sido diferentes. Mas já estava em Londres. Os meus adoráveis e sensatos pais tinham-me metido no avião à pressa, como se estivesse a fugir de uma praga.

Nunca lhes perdoei e nunca me perdoei pelo que fiz ao Gabriel e a mim própria. Secretamente, assumi uma responsabilidade em relação a ele, uma espécie de mesada afetiva como paga da minha ausência e da minha ruptura quando mais precisávamos um do outro.

Só soube o que ele passou quando voltei de Londres, com o diploma debaixo do braço e a cabeça a estourar de ideias e projetos para começar a pintar. Três anos depois, a começar o quarto ano de Medicina, o Gabriel tornara-se um modelo popular, graças à sua altura e à sua cara perfeita e angulosa e, embora odiasse o trabalho, ganhava muito bem e pagava a renda a meias com o George, os livros, a roupa, a comida e as viagens. Como sempre foi muito orgulhoso e nunca quis dar o braço a torcer, escondeu-me a tristeza do abandono, os primeiros meses à deriva, sem ter onde viver, acampado em casas de amigos que acabavam por enxotá-lo até conseguir dividir um apartamento com o doido do sapateado, o que lhe granjeou fama de gay, por causa do *room mate*.

Hoje, alguém que conheça o Gabriel não consegue detectar o mais sutil traço de qualquer trauma. Ninguém o imagina maltrapilho, a passar fome, com a vida inteira dentro de uma mala. Ninguém o imagina sozinho, a ir a pé e de boleia para a faculdade porque nem dinheiro tinha para o autocarro.

Ele soube apagar os vestígios das suas experiências tão bem quanto eu consegui sublimar a mágoa eterna da morte do Salvador. E como bons amigos que somos, quase nunca falamos das sombras, como se fôssemos da família do Peter Pan, que tinha o poder de descoser e depois voltar a coser a sombra nas suas costas, conforme lhe apetecia.

Chega à hora marcada, como sempre. Dois minutos antes das nove e meia, dá-me um toque para o telemóvel. Visto o meu trench coat preto da Miu Miu e paro em frente ao enorme espelho que pus no cimo das escadas do primeiro andar.

Não estou nada mal. Talvez a moldura barroca, escolhida pela mão mestra do Alex, favoreça a imagem refletida: jeans brancos da Moschino com botas de montar pretas, uma camisola de gola alta azul índigo de caxemira da Dolce & Gabbana, uma pashemine branca da Índia que roubei à minha mãe, presa com um alfinete de contas de vidro de Murano que comprei em Veneza com o Fred, e um saco preto de pôr à tiracolo da Prada.

Com o passar dos anos, tornei-me uma fashion victim. Compro todos os meses as Vogues internacionais e não dispenso as revistas femininas que trazem suplementos de moda; observo cuidadosamente como se vestem as mulheres consideradas mais elegantes; perco horas nas lojas de roupa, da Zara à Fashion Clinique, na esperança de detectar as últimas tendências; vou semanalmente aos sites das minhas marcas e ao net-à-porter onde compro sapatos, carteiras e outros mimos, ensaio o que vou vestir quando tenho uma festa ou um jantar; tenho uma coleção infindável de carteiras, sapatos, botas, lenços e todo o tipo de acessórios; sou capaz de mudar quatro vezes de roupa antes de sair, até ter a certeza de ter acertado na combinação dos pumps com a clutcher, dos colares com o baby-doll, dos jeans com as camisas, e não descuro os pormenores como ganchos, molas, brincos e pregadeiras.

Há três anos, o meu guarda-joias tinha apenas brincos e anéis herdados das minhas avós. Hoje, está atafulhado de bugigangas que vou juntando como quem acumula desilusões. A produção para me fazer mais bonita, ou pelo menos, me tornar mais sofisticada, dá-me segurança e empresta-me autoestima.

Hoje não é uma dessas noites penosas em que me obrigo a brincar às Barbies para esconder a tristeza entre duas fiadas de colares de pérolas. Hoje é uma noite boa, porque vou estar com uma das pessoas de quem mais gosto no mundo.

Entro no carro e sou imediatamente envolvida pelo cheiro do perfume dele. Há homens que cheiram particularmente bem e cujo cheiro nunca mais nos abandona.

Os homens dizem que o mesmo acontece com certas mulheres. Mulheres cuja pele faz lembrar a de um bebê, suave e intemporal. O Gabriel diz que sou assim e o Fred também. Quando entro no carro não penso no Fred. Em vez disso, dou um beijo na cara ao Gabriel, entre o fraterno e o dengoso, e recosto-me no banco como um guerreiro que regressa a casa depois de uma longa batalha com honras de herói nacional.

O Gabriel tem um Smart que é mais pequeno do que ele e guia-o pela cidade como se fosse uma trotinete. Serpenteamos as ruas de Lisboa, romanticamente escorregadias por causa da chuva, mal iluminadas como em qualquer cidade velha, com os carris dos elétricos a brilhar como feixes de prata. No cd, a música lounge vai acompanhando o movimento do carro. É da boa, daquela que tanto dá para dormir como para dançar e sinto-me embalada por espontânea, mas segura magia.

Espio discretamente o perfil do Gabriel: ombros largos, direitos, pescoço alto, braços longos e musculados, o queixo um pouco marcado, o nariz e a boca como os de uma estátua de Miguel Ângelo, o cabelo cortado de forma descontraída, mas com um toque de profissional muito à Tony & Guy. Porque é que não estamos juntos, depois de tudo o que passamos, depois de tudo o que sofremos? Não sei.

As pessoas que amamos quase sempre nos escapam; ou porque aparecem cedo demais, ou porque se vão embora, ou porque, simplesmente, não as reconhecemos e por isso não as sabemos agarrar. Como o Fred não soube, ou não quis. E por quê? Porque não há receitas mágicas para duas pessoas que se amam ficarem juntas. Antes houvesse.

Corte a carne em fatias finas, tempere e reserve. Lave a salada, tempere e reserve. Ponha o pato a marinar em vinho tinto e reserve. Estenda a massa folhada sobre uma superfície polvilhada de farinha, corte em quatro porções e reserve. Faça um refogado de alho com cebola, junte tomate picado e reserve.

É tão fácil reservar alguém na nossa vida. Basta dizer *talvez, ainda não, agora não dá, mas quem sabe um dia, porque é que nunca nos envolvemos, quem me dera ter um namorado como tu, e se déssemos um tempo, e se daqui a dois meses fôssemos aos saldos a Nova Iorque?*

E o outro fica a olhar para nós como peixe apanhado na linha, pendurado fora da água, mas ainda não caído e morto no chão do barco, e no ar desenha-se um enorme ponto de interrogação em forma de nuvem que fica a pairar no céu até se transformar em chuva.

Quando o Fred acabou comigo, senti-me a carne, o peixe, a massa folhada, a salada, o pato e o refogado. Fiquei à espera porque não me é permitido escolher, desejar, querer, agarrar, mexer-me do meu lugar. As regras são simples: o amor é como a sombra. Se correres atrás dela, nunca a conseguirás apanhar, mas se lhe virares as costas, ela seguir-te-á para sempre.

Quando se ama, qualquer movimento pode ser em falso e significar morte imediata. Um suspiro, uma palavra fora de contexto, um gesto desadequado, um desabafo, até um silêncio podem mudar a rotação da Terra e inverter o sentido dos ponteiros do relógio. Troço da minha tristeza, pinto quadros que não sei o que são só para ficar exausta, finjo que não é nada comigo e espero que, um dia, possa sair da reserva e a minha vida mude, enquanto vou mordendo o silêncio e o desapontamento porque nunca há respostas na espera.

Tenho de ficar quieta, digo a mim própria, deixar a campainha tocar, fazer exercícios de abstração, não quebrar a minha rotina, pintar todos os dias, ir ao ginásio às segundas, quartas e sextas, almoçar com os meus pais ao domingo.

E tentar divertir-me, ir ao cinema como quem cura uma gripe, respirar fundo e aproveitar o sol de Lisboa. Tenho de aprender a ser feliz, como se a felicidade viesse em livros de receitas: estenda o seu coração numa superfície polvilhada de farinha, corte em quatro partes e reserve. Leve o seu desejo ao lume em banho-maria e reserve. Meta os seus sonhos no forno a 180 e reserve. Mergulhe a sua vontade em vinho tinto, deixe a marinar durante três dias e reserve.

— Se calhar é o que andamos a fazer um com o outro — diz o Gabriel, quando lhe explico a minha teoria de inequívoca inspiração culinária. Já estamos sentados no chão, eu numa almofada e ele num pufe, no Estado Líquido, a beber saquê e a mordiscar umas entradas magníficas que não sei exatamente o que têm lá dentro, mas que me sabem divinamente. À nossa volta, vários casais partilham as suas vidas. Podem ser namorados de longa data ou estarem a viver o primeiro jantar a dois, podem ser casados ou ser um caso mal resolvido como nós, pouco importa. O que interessa é que este lugar está impregnado de intimidade e se calhar é por isso que sempre que janto fora com o Gabriel, acabamos por vir aqui parar.

As empregadas de mesa ensaiam um sorriso de circunstância sempre que se aproximam. É evidente que o Gabriel traz todas as semanas mulheres diferentes a este restaurante e que elas já se habituaram à montanha russa sentimental que é a vida dele. São como os homens da feira que vendem os bilhetes para dar uma volta, imunes aos gritos, ao nervoso, à adrenalina. Não me importo de fazer parte dessa lista, porque sempre fomos um para o outro como cartas fora do baralho. A vida continua a separar-nos. Mas como já nos habituamos a viver assim, há um conforto único e delicioso que não nos deixa sair cada um do seu mundo e que nos impele a desejar que o outro encontre alguém que o possa fazer feliz.

O Gabriel e o Fred tornaram-se amigos, por isso desvio a conversa e não resisto a perguntar-lhe se tem visto o Fred.

— Às vezes — responde de forma evasiva.

Está-se mesmo a ver que já saíram à noite juntos com miúdas sem história, loiras normalizadas com chip programável, só para a palhaçada. Os homens são muito cúmplices nestas coisas, protegem-se e apoiam-se incondicionalmente nos momentos de crise. Já nós, as mulheres, tirando uma ou duas amigas do núcleo duro, fechamo-nos na nossa tristeza e vamos deixando que o isolamento tome conta de nós.

— Ok, não precisas de me contar, também não quero saber.

— Não sejas assim, Vêzinha. Saímos algumas vezes, mas não se passou nada de especial e, além disso, vocês já não andam...

— Pois não. Ter um dos meus melhores amigos a levar o meu ex-namorado para programas com gajas, não é a sensação mais confortável, percebes?

— Mas então como estão as coisas? — pergunta, para desviar rapidamente o assunto.

— Não estão.

— Não voltaram a falar?

— Muito pouco.

— Mas por quê?

— Porque acho que precisamos de um período pós-guerra. Preciso de descansar o coração e ele precisa de perceber o que é que sente por mim.

— Mas ele sabe perfeitamente o que sente por ti. E sei o que digo, porque o conheço bem e sei que ele te adora.

— Pode ser. Mas não quer viver ao meu lado da maneira que eu quero, por isso, a não ser que as coisas mudem, acho muito difícil conseguir entender-me com ele.

— Que pena. Não te consigo imaginar com mais ninguém.

— Eu também não.

A não ser contigo, meu querido. Mas as palavras morrem no coração, mesmo antes de saírem de lá, nem sequer chegam à garganta. E fico a olhar para ele outra vez com cara de peixe, com medo que me tenha lido os pensamentos, mas desejando secretamente que tal tivesse acontecido.

Não aconteceu. O Gabriel muda outra vez de tema, com a mesma facilidade com que um malabarista troca as estacas de fogo por paus coloridos. Agora está a contar-me as aventuras com uma francesa que vive em Londres e foi namorada do Edward Norton, que ele conheceu em Bali e veio cá passar uma semana, com quem ele gosta de ir para cama mas por quem tem a certeza que não está apaixonado.

— Estás a fazer progressos — contemporizo, sem um pingo de ciúmes ou ironia. — Ao menos já sabes que não te apaixonas por todas.

— Eu não me apaixono por nenhuma — responde.

— Por quê?

— Porque é muito melhor viver assim.

É este lado mais superficial do Gabriel que me mata. Como se fosse possível simplificar a existência, reduzir a condição humana àquilo que queremos sentir, escolher apenas um lado do cubo, quando a realidade tem tantas faces possíveis.

— Quem me dera ser como tu, não deixar que elas me afetem.

— Deixo que as coisas me afetem Verónica. Eu não deixo é que as mulheres me afetem, que é outra coisa.

— Por quê? Não tens saudades de te apaixonar?

— Tenho. Mas não tenho saudades das dores de barriga, do desespero de querer ter uma pessoa nos meus braços de tal forma que isso me impede de viver, de ser feliz, de desejar outras mulheres, de ser livre.

— Mas nós nunca somos livres — respondo, indignada.

— Se quisermos mesmo, somos. Podemos ser o que quisermos.

Ele não me está a querer enganar, está a querer convencer-se a si próprio. Ou já se convenceu. Isto é mais grave do que eu pensava.

— Só somos livres se formos completamente solitários — continua, muito fluente e cheio de charme —, só somos livres se conseguirmos viver sem criar laços sérios com ninguém. De outra forma, estamos sempre presos.

— Mas se não criarmos laços fortes, se não construirmos nada, o que é que andamos cá a fazer?

— Andamos a fazer a nossa vida. Eu a minha, tu a tua. *Work hard, party harder*. É o meu lema.

— Pois o meu só contempla a primeira parte.

— Isso é porque queres. Devias sair mais, fazia-te bem.

— Para quê? Para aturar gente feia e com mau aspecto? Para me deitar tarde e no dia seguinte acordar a desoras, estourada, com dores de estômago e de cabeça por causa da ressaca das vodcas maradas que servem nos bares e discotecas? Para aturar tipos babosos e mal barbeados a acetinarem-se como se tivessem andado comigo no colégio só porque conhecem a minha cara?

— Que exagero! Vê-se mesmo que não sais comigo à noite há imenso tempo.

— Nem contigo, nem com ninguém.

— Eu sei.

— Sabes o quê?

— Sei que nunca saías com o Fred.

— Ele comentou isso contigo?

— Sim, disse-me que estavas sempre cansada e com sono e quando lhe apetecia sair, tu nunca querias.

— Mas eu fiz três exposições nos últimos dois anos, tive a casa em obras seis meses, não dava conta de tudo, como é que podia ter energia para sair?

— Eu sei, querida, mas a vida não pode ser só casa, trabalho e dvds no sofá.

— Por quê?

— Porque isso leva ao isolamento e o isolamento dá cabo das pessoas e das relações.

— Mas o Fred nunca se queixou!

— Nunca se queixou porque te adorava.

— Mas nunca lhe disse que não saísse só porque não me apetecia. Houve várias vezes em que ele falou em ir sair e eu disse-lhe que não me importava nada, que se quisesse até podia vir ter comigo mais tarde, tu sabes como eu gosto que me acordem a meio da noite...

— Eu sei, ainda me lembro — respondeu com um sorriso malandro. — Acho que nunca mais tive ninguém assim.

— Assim como? Que não se importasse que tu saísses ou que gostasse de ser acordada a meio da noite?

— As duas coisas. Mas tu nem sempre foste assim. Lembro-me que com o Gustavo tu passavas-te completamente cada vez que ele saía com os amigos.

— O Gustavo era um parvalhão, vivia metido em esquemas paralelos e nunca me incluía nos programas dele. Além disso, com aquele grupo miserável de amigos, uns viciados em putas, outros em coca e outros nas duas coisas, eu não podia ficar descansada, não achas?

— Acho. Ainda bem que despachaste esse idiota. Estava a ver que nunca mais arranjavas um tipo à tua altura.

— Também não me serviu de grande coisa, pois não?

— Não sejas assim, Verónica. Não vejas só o lado mau da realidade. O Fred gosta de ti, provavelmente como mais ninguém gostou...

— Nem tu? — não resisto a perguntar, provocadora.

— Por favor, não voltes outra vez a esse assunto. Sabes perfeitamente que te adorei, mas éramos muito miúdos, já foi há tanto tempo...

— Eu sei. Desculpa. É que quando olho para trás e faço um balanço da minha vida amorosa, acho que só fui amada por dois homens, tu e o Fred. No meio, houve uma data deles que foram equívocos, puras perdas de tempo. Passaram várias pessoas pela minha vida que hoje não significam nada, percebes? E isso faz-me imensa impressão.

— Se eu pensasse como tu, nem dormia. A quantidade de gajas que já faturei...

— Importas-te de reformular isso para português?

— A *Rainha do Iceberg* desculpe, eu queria dizer a quantidade de mulheres com quem já dormi.

— Que giro! Há muito tempo que ninguém me chamava *Rainha do Iceberg*. Foi a Julieta que me pôs esse nome, quando éramos miúdas.

E o silêncio aterra de repente na mesa como um manto espesso, pesado e muito desconfortável.

— Nunca mais voltaste a falar com ela?

— Não. E agora também já não quero.

— Mas aquilo foi uma estupidez, um ataque de tusa, não teve importância nenhuma...

— Se não tivesse tido importância nenhuma, como estás a dizer, nem sequer tinhas dormido com ela, ok?

— Ouve, eu não preciso de me desculpar.

— Pois não. Mas podias ter evitado. E se ela era a minha melhor amiga, podia ter tido tomates nos ovários para me contar.

— Tu atormentas-te demais com as coisas, Verónica. Não analises tanto o passado, o presente, o que está certo, o que faz sentido, o que deveria ter acontecido. Isso é pensar demais e pensar demais nunca levou ninguém a lado nenhum.

— Eu não penso demais, Gabriel, penso o que for preciso até perceber as coisas. E não desisto enquanto não percebo o que se passou, entendes? Ou preferias que fosse uma feliz acéfala, daquelas que pensam que Belém junto ao rio é o mesmo lugar onde nasceu o Menino Jesus? Às vezes, juro-te que adorava ser burra, não pensar tanto, não precisar de dissecar tudo até ao mais ínfimo pormenor para me sentir em paz.

— A paz não vem do entendimento, querida. A paz vem da aceitação. Quando começares a aceitar aquilo que não entendes, a tua vida vai melhorar. Eu sei que não devia ter ido para a cama com ela, mas depois de ter ido, limpei a consciência. Fez-se a mim, levou-me para casa dela, pôs-se a jeito, olha, aconteceu. Não me mortifiquei a seguir, fiz o que me pareceu correto, contei-te a verdade para não pensares que eu era um mentiroso.

— Não tinhas outro remédio, depois daquela merda que saiu numa revisteca de meia-tigela...

— Não sejas injusta, Verónica. Eu contei-te tudo dois dias depois, quase uma semana antes de terem saído as fotografias. E além disso, eu não a estava a comer nas fotografias, ok? Apenas a acompanhei à saída do teatro, até podia ter sido contigo.

— O meu grau de notoriedade não dá para ter fotógrafos atrás de mim, graças a Deus.

— Não, querida, graças a ti, que nunca expuseste a tua vida privada nem a usaste para vender a tua imagem e tirar dividendos do teu trabalho. Já a tua amiga é o prato preferido da imprensa, cada vez que muda de namorado ou compra um cão, faz três capas e reportagens de oito páginas.

— Não sejas cruel, ela é assim, não há nada a fazer.

— Se é assim, que não se queixe. Mas por que é que a estás a defender, se estás tão chateada com ela?

— Porque no fundo ainda a adoro. E morro de saudades dela.

— Então liga-lhe, bolas!

— Não. Ela é que fez merda, ela é que tem de me telefonar.

O Gabriel fica a olhar para mim, silencioso, enquanto acaba a segunda caixa de saquê. Recosto-me nas almofadas, vencida pelo meu próprio orgulho. Ele tem razão. Eu devia telefonar à Julieta. Precisamos muito uma da outra, sempre precisamos. E devia ligar ao Fred, sair com ele, beber uns copos e tentar divertir-me um bocado. Devia sair deste registo frio e estoico em que me meti, para me esquecer do que está certo, do que deve ser feito, do que os outros esperam de mim, soltar-me e tentar ser mais leve.

— Ouve... — diz o Gabriel, pegando-me suavemente na mão, como se ouvisse os meus pensamentos — por que é que não começas por uma ponta e acabas na outra? Por que é que não ligas ao Fred e não vão os dois jantar fora, beber uns copos e divertir-se um bocado? Mostra-lhe que te sabes divertir. Ele precisa disso e tu também!

O Gabriel tem razão. Fez uma análise sucinta e brilhante da realidade, como sempre, e apresentou-me uma solução prática e inteligente.

— Um grande amor tem que acabar com uma grande batalha, ouviste?

— Estás a dizer para fazermos uma despedida e depois fechar a porta, virar a página como se nada fosse?

— Não, estou só a dizer que essa pose de mulher gélida fica bem nos filmes, mas não te serve de nada. Vai sair com ele, dorme com ele se te apetecer, mas faz qualquer coisa por ti, mulher, qualquer coisa que te abane, que te faça sentir viva outra vez!

— Eu tenho os meus quadros, o meu trabalho, que adoro!

— Ninguém se casa com o trabalho, tonta, só as carmelitas, que devem ser doidas. E tu não nasceste para freira.

Voltamos para casa cedo, os dois bastante bebidos do saquê. Mas o saquê é uma bebida mágica, porque nunca dá a sensação de bebedeira, apenas de uma elevação que torna tudo mais belo, mais fácil, quase perfeito. O Gabriel volta a brincar com o seu Smart por cima dos carris dos elétricos, vamos de mão dada a viagem toda, como dois irmãos que se amam e há muito não se viam. Despedimo-nos com um chocho quase fraternal.

— Até amanhã, Vêzinha. *Stay gorgeous*.

— Até amanhã, meu anjo. Tu também.

Subo as escadas e volto a ver a minha imagem refletida no espelho cuja moldura barroca envolve como um manto bordado a ouro. *Rainha do Iceberg*, ele tem razão. Estou a ficar, com o passar dos anos, demasiado parecida com a minha mãe. Só escolho da realidade aquilo que me interessa, o que consigo perceber, o que já dissequei, o que está sob o meu entendimento e debaixo do meu controle. O resto, a vida como ela é em todas as suas facetas mais vis, negras e absurdas, tempero e reservo, congelo e esqueço para não ter de a confrontar. Mas não posso continuar assim, não tenho sessenta anos, não preciso de provar a ninguém que o que faço tem que estar sempre certo.

Deito-me na cama fria e enrolo-me como um bicho-de-conta.

— Como é que uma mulher tão grande fica tão pequena deitada na cama? — perguntou o Fred na primeira noite em que dormimos juntos, a primeira em que me adormeceu como se fosse uma criança.

Sabes, meu querido, é que antes de ti, houve outros homens que amei muito e que perdi. Quando me deito à noite, tenho medo do que já sofri, tenho medo que o meu passado volte em sonhos para me atormentar, enrolo-me até ficar quase invisível, para que os monstros não me encontrem. O Salvador morreu demasiado cedo, o Gabriel apareceu na minha vida demasiado cedo. O meu irmão morreu sem que eu o pudesse salvar e matei um filho que podia ter tido. Quando me encontraste, tantos anos depois das tragédias, as marcas do dilúvio ainda não tinham sido apagadas e os estragos estavam à vista. Por isso chorei tantas noites, por isso adormecia exausta, por isso nunca queria sair à noite, porque nunca descansei em toda a minha vida, a não ser quando fizeste parte dela.

Falta-me a inspiração dos teus ombros sobre o meu corpo, a segurança do cheiro da tua pele, a tua cara a dormir na almofada ao meu lado, tranquilo e belo como um querubim. Faltam-me o teu tempo e a tua respiração. Falta-me a tua mão na minha, quando ando na rua. E o teu olhar a envolver-me como um manto e o teu coração a bater ao mesmo tempo que o meu.

Fazes-me falta, meu amor. E a falta que me fazes não se resgata nas palavras, nas esperas, na conjugação estoica do verbo aceitar. Eu sei que tudo o que te digo cai por terra, que a minha espera é inútil, que nunca saberei conjugar o verbo, que tudo muda, mas é sobretudo o que menos desejo ou mais temo.

Mesmo assim, quem sabe se amanhã, quando te telefonar e estiver contigo de coração fora do peito, a confessar-te como me sinto, sem pensar no que me vais responder, talvez esse meu gesto espontâneo e raro contenha a chave da liberdade. Porque só é livre quem abraça o mundo sem reservas, mesmo que fique pendurado por um fio, entre a vida e morte.

10

Devia ter ficado com esta mulher. Mas agora é tarde. Já vivemos demasiadas coisas separados, já sofremos demasiado com o que se passou e, pior do que isso, já nos conformamos com a realidade.

Devia ter ficado com ela quando engravidou, apesar de sermos uns miúdos, apesar de não termos nada, a não ser os nossos sonhos e o nosso amor. Palavra pirosa, o amor. Habituei-me a encenar o amor quando sei muito bem, demasiado bem, que o que sinto a maior parte das vezes é apenas tesão. Um homem tem sempre duas cabeças e quando a de baixo fala mais alto, o mais provável é que perca a razão. Já experimentei mulheres de todos os gêneros, das miúdas com dezessete anos às cotas de quarenta e cinco. Já me enrolei com asiáticas e mulatas, já comi tudo o que me apeteceu. E vou continuar a comer, porque me habituei a comer o que podia e agora já é muito difícil alguém conseguir desviar-me do meu *modus vivendi*.

Mas cada vez que estou com a Verónica, há uma parte de mim adormecida que vem ao de cima, a parte de mim que poderia ter vencido na minha personalidade se a vida me tivesse corrido de outra forma. Se os meus pais não me tivessem abandonado, se não me tivessem deixado quase sem dinheiro para comer, se a Verónica não tivesse fugido para Londres, se a minha avó torta não tivesse sido atropelada por um elefante.

Afinal, de que vale justificar os erros com os traumas da nossa vida? Seguindo a mesma ordem de ideias, um serial killer podia desculpar o seu comportamento se fosse o terceiro de sete irmãos e o pai pusesse os filhos todos os dias em fila para lhes distribuir chapadas.

Não posso permitir que as circunstâncias me limitem a ser ou a sentir desta ou daquela maneira. O tema de vida é a nossa cruz emocional, uma espécie de corda que nos persegue e toca com um volume variável, sempre da mesma forma e tem a ver com os traumas da infância. É uma herança involuntária que nos tolhe os movimentos até ao fim. Quero pensar que sou mais forte do que isso, que sou livre, que com todos os sucessos que alcancei consegui aplacar os meus traumas e as minhas tristezas.

O Calvin Klein também nasceu no Bronx e a primeira coleção que vendeu tinha cinco casacos e três vestidos. E chegou onde chegou. Só que para isso não posso parar para pensar, tenho de andar, de seguir em frente, de viver intensamente cada minuto como se fosse o último e sobretudo não olhar para trás, nunca olhar para trás, sob o risco de ficar paralisado e me transformar numa estátua de sal. Sou um cavalo de corrida e vou sempre à frente, tenho que chegar à meta antes de todos os outros, tenho que ter as mulheres mais belas, o melhor currículo, a clínica mais sofisticada, os tratamentos mais eficazes, tenho de chegar onde os outros não conseguem. Tenho de ser o melhor ou, pelo menos, fazer com que os outros me achem o melhor. E o melhor não precisa de ter a melhor mulher do mundo ao lado, basta-lhe uma que lhe dê o que ele precisa, mas sem lhe fazer sombra.

Nunca teria aguentado a Verónica ao meu lado, porque ela é melhor do que eu. Nasceu numa família com mais dinheiro e mais nível, teve oportunidades que eu não tive e é hoje, quase sem esforço, uma pintora consagrada e uma pessoa respeitada, quer pelo seu trabalho e atitude, quer pelo nome de família. Num cenário ideal, ela seria uma mulher à minha altura, mas não iria conseguir aguentar o mundo dela, a frieza implacável e polida da tia Luísa, a distância aristocrática do tio Eduardo, o peso das mesas Império e das travessas da Companhia das Índias, o tom formal dos jantares regados a conversas de circunstância e a vinho decantado em garrafa de cristal, e toda aquela encenação que as pessoas da classe A praticam diariamente uns com os outros, como se fossem donos do universo.

Não pertencemos ao mesmo mundo, não somos pena do mesmo pato, nunca poderíamos acertar. Nesse aspecto, a Julieta é mais o meu gênero, também luta ferozmente por uma posição, por um lugar ao sol. Mas é uma mulher depressiva e paranoica, insegura e fatalista, é uma chata acabada. E não gostei dela na cama, o que torna tudo impossível. E como se isso não bastasse, depois de dormir com um homem, torna-se obsessiva-compulsiva e telefona todos os dias durante três semanas até desistir ou encontrar outra vítima para a sua loucura.

Há mulheres assim, que parecem ter tudo e depois falham no mais importante. E no caso dela ainda é pior, porque é considerada um *sex-symbol*.

Não foi a primeira vez que uma destas me aconteceu. Há uns anos, quando a minha carreira de modelo explodiu, andou atrás de mim a Karen, uma modelo texana que vivia cá em Portugal. Eu tinha vinte e dois anos e ela quase trinta, era ruiva, altíssima, imensa, e estava completamente na moda; todos os estilistas a queriam nos catálogos, os produtores de moda eram doidos por ela, fazia capas umas a seguir às outras e ganhou uma campanha para a abertura de um novo banco que lhe rendeu umas boas massas. Em suma, era a mulher mais desejada do momento e, por pura sorte, interessou-se por mim. Nem queria acreditar no que me estava a acontecer; vivia com meia dúzia de tostões num apartamento decorado com merdas apanhadas do lixo, a meias com o doido do George o dia todo a sapatear pela casa. Lembro-me que nem sequer tínhamos máquina de lavar roupa. Enchia a banheira uma vez por semana com detergente e atirava tudo lá para dentro, na esperança da roupa se lavar sozinha. Vivia como podia, sem dinheiro para táxis, muito menos para jantar fora, maltrapilho e frustrado com a minha vida. Quem sabe foi por isso que a Karen se interessou por mim, porque desde o dia em que me conheceu num desfile nunca mais me largou. Sentia-me o monstro ao lado da bela e não conseguia perceber porque é que aquela mulher extraordinária, que podia ter os tipos que quisesse, se tinha interessado por um estudante de medicina com altura a mais e peso a menos, rejeitado pelos pais e pela namorada, sem nada para lhe dar.

Mas as mulheres, que são todas diferentes, tornam-se muito parecidas em determinadas coisas, são quase exatas no exercício do instinto maternal. Não resistem a um homem com ar abandonado, triste ou frágil, querem logo tomar conta dele e levá-lo para casa, como fazem com os cães e os gatos que apanham na rua.

A Karen vivia num apartamento alugado com uma modelo australiana, a Jessica, e poucas semanas depois levou-me para casa delas. Durante os dois anos que lá vivi, nunca me deixou pagar a renda, muitas vezes era ela quem pagava o meu jantar quando, ao fim de semana, nos juntávamos com alguns amigos nas tascas do Bairro Alto. Para a compensar, sempre que ganhava dinheiro com um trabalho de manequim, enchia o frigorífico, comprava coisas que faziam falta em casa, como aquecedores e tolhas de banho, e dava-lhe presentes.

Fazíamos amor quase todos os dias, fumávamos charros, cozinhávamos e apanhávamos grandes bebedeiras em casa, divertíamo-nos como doidos e eu sentia-me nas nuvens.

Às vezes, lembrava-me da Verónica e apetecia-me escrever-lhe para Londres ou telefonar-lhe a apregoar-lhe a minha felicidade. Trocaste-me por uma merda de um curso, em nome da merda das convenções da tua merda de família, mas há mais mulheres que gostam de mim, há mulheres que sabem o que valho, não preciso de ti, menina mimada, já te esqueci. *I hope you burn in hell.*

Naquela época ainda não a esquecera, nunca a esqueci, embora hoje tudo esteja finalmente no seu lugar. Foi quando comecei a perceber que era um homem sedutor e não um órfão abandonado. A Karen foi o meu primeiro troféu. Ela era perfeita, os homens invejavam-me e as mulheres cobiçavam-me porque eu tinha uma namorada linda. Tudo parecia perfeito, excetuando um pequeno pormenor que acabou por estourar com o aparente quadro de felicidade em que vivia.

A Karen era mecânica, fria e egoísta na cama, para ela foder era o mais importante, fosse como fosse, a que horas fosse, eu estava ali para lhe aplacar os instintos e lhe dobrar o tesão, e para isso tinha de fazer o que ela queria e não o que eu gostava. Era ótimo comê-la, mas todos os homens que sonham com uma mulher que está sempre com tesão é porque nunca tiveram nenhuma. A Karen não era uma *sex bomb*, era uma máquina de sexo, e com o tempo cansei-me da sua secura, da sua avidez, da sua falta de tato, como se o sexo fosse uma atividade puramente funcional, tipo aula de *endorcycling*.

Não sei quanto tempo mais teria durado esta situação cansativa, por uma razão ou por outra ela teria de acabar, ou porque éramos ainda uns miúdos, ou porque me apercebi que a Karen afinal era só boa como o milho. Não lia, não se interessava por nada, exceto por trapos e charros. A nossa relação seria sempre um contrato a prazo.

Como muitas vezes acontece aos homens, em vez de sair bem da situação, em vez de ter alguma dignidade e afastar-me dela enquanto as coisas ainda não se tinham abandalhado, fiz a pior coisa que estava ao meu alcance e enrolei-me com a Jessica.

Quando toca a fazer merda, os homens são mesmo previsíveis, chega a ser enfadonho. A Jessica era muito magra e discreta, em tudo o oposto da Karen. Era mais baixa, mais tímida, muito menos sexy. Ao lado da amiga era uma mosca morta, embora fosse muito mais bonita, com um olhar intenso e penetrante e as feições finas, regulares e harmoniosas. A Karen era aquilo a que se chama um avião, mamas cheias e firmes, pernas longas e musculadas, ombros largos, boca e mãos grandes. Ao pé dela a Jessica parecia um ratinho. Tinha umas ancas estreitas e um rabo pequeno e redondo, que fazia com que a minha pila parecesse enorme no meio das pernas dela. E eu sempre tive complexos com a minha pila. Quem é que não tem? Só o John Holmes.

Mas não era só isso. A Jessica sabia que o sexo pode ser uma forma de comunhão, entregava-se com prazer e dedicação, preocupava-se com o que eu queria dela na cama, era uma gueixa ocidental, meiga, tranquila, envolvente, doce, intensa e muito mais interessante do que a Karen. Além disso, revelou-se uma ótima companhia fora da cama. Era muito mais inteligente e culta, muito mais sutil. E porque eu me sentia um objeto sexual nas mãos da fúria texana, porque era um miúdo e não percebia nada do que sentia, porque recuperei no seu caráter calmo e sereno o que perdera na Verónica, pensei que me tinha apaixonado por ela.

A Verónica costuma dizer que a problemática da existência masculina gira em torno de três questões fundamentais: a relação que teve com a mãe, o tamanho da pila e o ego. A Verónica adora teorias e generalizações. Para ela as pessoas são todas passíveis de entrar no Grande Catálogo de Classificação de Tipos da Verónica. A teoria do Triângulo das Bermudas Masculino, como ela lhe gosta de chamar, é como a massa de vidraceiro: dá mais ou menos para tudo e aplica-se em todas as superfícies. Não gosto de lhe dar razão, porque não quero dar o braço a torcer, mas reconheço que a teoria tem algum fundamento. O tamanho da pila é muito importante para um homem, mesmo que aprenda a trabalhar com o que tem o melhor possível.

As mulheres são muito perigosas, porque tentam sempre convencer o homem com que andam que ele tem a melhor pila do mundo. E como todas fazem o mesmo com todos os homens, qualquer tipo com dois dedos de testa percebe que isso não pode ser verdade. Não penso que o façam por mal; fazem-no porque estão apaixonadas, porque nos querem agarrar e levar para casa, porque sabem que nós precisamos de injecções regulares de segurança.

Os homens nunca acreditam totalmente nas mulheres e quanto mais efusivas são a demonstrar o seu afeto ou entusiasmo, mais desconfiamos delas. Está na nossa natureza. Assim como está na nossa natureza a poligamia, a sedução fácil, a vertigem da conquista e a vontade de mudança.

Depois de andar a comer a Jessica durante três meses sem a Karen perceber, a bomba estourou quando a Karen voltou do México, de um editorial de moda, mais cedo do que previsto por causa de um tremor de terra. Apanhou-nos na cama. Foi surrealista, um pesadelo que durou algumas horas, o tempo de eu arrumar as minhas roupas, discos e objetos em duas malas. A Karen pôs-me fora de casa e dois meses depois voltou para os Estados Unidos. A Jessica afastou-se com a desculpa de que a Karen lhe tinha perdoado e era mais importante manter uma amizade do que prolongar uma paixão. Antes da Karen se ir embora arranjou um namorado que era um gênio dos computadores e foi viver com ele.

Voltei para casa do George, porque o meu quarto continuava vazio. Foi difícil. Sentia-me um bandalho, um sacana, um filho da puta, mas, acima de tudo, já me tinha habituado a viver com mulheres, à deliciosa familiaridade que se instala numa casa quando se supera a barreira da intimidade e a roupa interior feminina a escorrer pendurada no varão da cortina da casa de banho já não nos causa repulsa. Já me habituara ao cheiro adocicado dos corpos femininos, a acordar com a respiração sincopada de uma mulher a meu lado na cama, a ter alguém que cuidava de mim numa gripe ou depois de uma bebedeira, alguém que me passava a mão pela cara antes de adormecer e me aconchegava o edredom nas costas.

Como é clássico e vem nos livros, fiz a figura de estúpido da praxe; andei a perseguir a Jessica, apanhei bebedeiras a pensar nela, passei duas noites em branco estacionado à porta do prédio onde vivera, na esperança de conseguir falar com ela, escrevi-lhe cartas ridículas, chorei como um bezerro desmamado e mergulhei na merda como gente grande.

Para a Jessica eu tinha sido um acidente de percurso e até hoje não sei se não se terá enrolado comigo por espírito de competição com a melhor amiga, uma espécie de vingança letal, o tipo de merdas que as mulheres adoram fazer. Tornei-me um gajo muito desconfiado, o que nunca me impediu de ser dependente de várias mulheres ao longo dos últimos anos da minha vida. Só agora, que a clínica começou a dar dinheiro a sério e comprei o loft de 250 metros quadrados com vista para o rio, é que me senti seguro para viver completamente sozinho.

Já estava cansado de ser um monogâmico em série, com os anos aprendi a conhecer-me melhor e a saber que uma mulher que me encanta e derrete durante três ou seis meses acabará sempre por ser destruída por mim ou por ela própria diante dos meus olhos.

Sou generoso e tolerante no início de todas as relações, é quando o meu lado solar vem ao de cima. Só que depois, quando a adrenalina baixa, é como diz o Octavio Paz: a luz é inseparável da sombra e a queda segue-se sempre ao voo. Sei que mais cedo ou mais tarde vou ficar farto, vou encontrar-lhe defeitos que até então eram invisíveis ou irrelevantes, vou tratá-la mal e enganá-la com outras mulheres. Até me ver livre dela.

Não tenho nenhum orgulho em ser assim, já não tenho é remorsos. Habituei-me a viver com a minha falta de bom senso e aprendi a avisar as mulheres que se aproximam do que lhes pode acontecer. Continuo a ser um cabrão, mas ao menos sou um cabrão justo.

Se fizesse terapia, ao fim das primeiras sessões chegaria à conclusão de que a culpa foi dos meus pais, violentos e instáveis, sempre nas tintas para o que eu queria ou o que seria bom para mim, culminando o quadro da negligência com o regresso repentino a Dublin, deixando-me em Portugal com uma mão à frente e outra atrás. Depois, perceberia que a minha tendência para os excessos com o álcool, alguma droga e a promiscuidade que hoje em dia me é tão natural vêm do meu pai, que gostava mais de copos e de apalpar as clientes no pub do que estar em casa com a minha mãe. Está tudo nos genes, na memória das células, metade de um lado metade do outro, que, por sua vez, são formadas de outras metades.

Não passamos de seres confusos e desarrumados, feitos de metades de metades de metades, com os traumas, os desgostos e o sofrimento acumulado ao longo de inúmeras gerações gravados na memória da massa que constitui os nossos corpos. Ninguém pode fugir de si próprio, estamos condenados a viver para sempre na nossa prisão interior. Só conseguimos ver o mundo através dos nossos olhos, só sentimos a nossa dor, ninguém sangra conosco quando nos cortamos nem podemos sentir a dor alheia. Só desejamos o que é para nós.

Todos os dias me olho ao espelho e tento gostar mais de mim. Gosto do meu corpo, do meu cheiro, da minha pele, da minha cara, da minha imagem. Gosto do meu Smart luxuosamente despretensioso, do meu apartamento caro, modernamente decorado com minimalismo estudado e toques cirúrgicos de barroco. Os sofás pretos de Alcântara, as mesas espelhadas, as cadeiras Luís XVI forradas a seda brocada, os castiçais de cristal, o biombo lacado, o plasma e a aparelhagem B&O. Nada está a mais, nada destoa.

Desenhei o meu mundo à minha dimensão, tal como desenho as mulheres que vão passando pela minha cama à medida do meu desejo. Gosto do meu trabalho e da minha clínica onde controlo uma equipe afinada ao pormenor, gosto de ir ao ski sempre que me apetece, de ir passar fins de semana a Londres ou a Paris como quem vai ao Algarve, e de ir fazer compras a Nova Iorque duas vezes por ano.

Sou hoje muito mais do que alguma vez sonhei ser. Tenho mais dinheiro, mais poder e mais mulheres do que alguma vez julguei ser possível e a minha vida é ótima. Mas deve-me faltar alguma coisa, uma peça fundamental e invisível que me emprestaria à existência mais qualquer coisa, uma tranquilidade nova, uma paz desconhecida. Não sei o que é nem quero procurá-la. E sobretudo não quero pensar que essa peça passa por ter uma mulher ao meu lado.

Sou completamente livre, não preciso de uma mulher, contento-me com várias. Não quero laços nem amarras, fujo da rotina porque me sufoca, não me posso permitir habituar o meu corpo a outro corpo que seja sempre o mesmo.

Quero continuar a viajar, a mudar, a experimentar. Quero ser um solteirão irresistível e continuar a colecionar mulheres como quem compra antiguidades.

Se tivesse ficado com a Verónica, provavelmente hoje estaria ainda casado com ela. Teríamos dois filhos e uma casa com jardim em Caxias, dois cães e uma empregada interna. Levaria o meu filho ao rugby duas vezes por semana e cobiçaria as pernas das mães dos outros miúdos da equipa. Talvez enganasse a minha mulher, como quase todos os homens fazem, com uma miúda qualquer, com mamas grandes e sem história. E quando regressasse a casa e me deitasse ao lado dela, talvez sentisse nos ombros e na consciência o peso da responsabilidade de ser casado e ter uma família, de não poder fazer merda, sob o risco de perder tudo o que tinha construído.

Mas também podia suceder-me o contrário. A Verónica poderia ter um caso, apaixonar-se por outro homem e eu ser trocado.

Nunca se sabe o que as mulheres pensam. Podemos saber o que sentem, porque nisso são exímias, muito melhores do que nós. Mas nunca sabemos o que pensam de nós. Nunca sabemos se as surpreendemos ou as desiludimos, se aquilo que fazemos para lhes agradar as conquista ou as afasta.

Enquanto namorava com a Verónica, assisti muitas vezes à forma como a mãe dela tratava o pai. Nunca me hei de esquecer dos olhares frios e metálicos que a tia Luísa lançava ao tio Eduardo. Eram um misto de pena e desprezo, como se ele fosse um fraco, um palerma, alguém que não merece estima nem respeito. Talvez ele sempre tenha sido tudo isso, mas a própria mulher não tinha o direito de o tratar daquela forma.

Falei várias vezes disso à Verónica, que me respondia de forma polida e evasiva. *Sempre foram assim*, dizia, *o meu pai convencido que manda e a minha mãe a controlar tudo*. E quando lhe perguntava que tipo de relação tinham os pais, no meio de tanto formalismo e tiques sociais, a Verónica encolhia os ombros, *são demasiado preconceituosos para se divorciarem e, além disso, cresceram praticamente juntos e por isso viveriam muito mal um sem o outro*.

Se eu soubesse o que era o amor, se alguma vez lhe tivesse sentido a pulsação numa relação próxima, como a dos meus pais ou dos pais da Verónica, talvez fosse menos cínico, menos cético e destrutivo no que toca a sentimentos mais profundos. Os meus pais nunca tiveram uma relação de amor; desejavam-se e odiavam-se como bichos, discutiam todos os dias, às vezes agrediam-se para logo a seguir caírem nos braços um do outro e nunca se sabia o que podia acontecer no dia seguinte. É verdade que nunca se separaram, mais por razões de dependência afetiva e econômica do que por outras.

É por essas razões, e não pelas mais válidas, que a maior

parte dos casais se mantém unida. Há contas para pagar, filhos para criar, há uma forma de estar na vida que nos é imposta pela educação e pela sociedade e que só os mais temerários rompem. Mesmo a Verónica, que é das mulheres mais independentes que conheço, tem esse estereotipo no sangue. Por isso viveu com o Gustavo, apesar dele ser uma besta, por isso a relação com o Fred acabou. Ela queria dar o *next step*, queria o que afinal todas as mulheres querem: uma casa e um filho, uma família, um ninho, um lar. Lar é uma palavra ainda mais pirosa do que amor. Que impressão.

O Fred é dos meus. Como ele costuma dizer, *só há dois tipos de gajos: os que não têm tomates e os que não têm coração*. E os tomates, graças a Deus, nunca me faltaram.

11

A gaja não para de me ligar. Deve pensar que um dia destes me farto e atendo o telefone. Não vou atender. Não vou retribuir as chamadas, por mais que me custe. Não estou para isto. Tive a aventura da minha vida com a atriz da moda, mas agora acabou-se. Tenho que recuperar a calma, senão estou fodido. Deve imaginar que lhe devo alguma coisa, que me comprou com as merdas que me ofereceu: as camisolas de gola alta do Tenente, o Cartier com pulseira em cabedal, o blusão Armani, o cinto Hermès, o gorro de lã Prada e as botas Timberland. Nunca lhe pedi nada, ela é que me afogava em presentes. É doida. Doida compulsiva.

A Julieta devia ser internada por estupidez aguda. Ou crônica. Será que ela chegou a acreditar que um puto da minha idade, com a vida toda pela frente considerasse a hipótese da mulher de trinta e sete anos ser a mulher da vida dele? Quando chegar aos quarenta e começar a ficar com barriga, arranjo uma miúda porreira e depois logo se vê. Ou então continuo o índio que sempre fui, não nasci em formato de animal doméstico.

Tenho de ser condescendente, não posso ser injusto. Enquanto andei com ela, foi o máximo. Apaixonei-me por ela e ela por mim. Dizia que eu era divertido e adorava a minha capacidade de estar nas tintas para tudo.

Não é capacidade, é idade. Assim que terminava as cenas em que participava, desaparecia do estúdio a duzentos à hora. A minha vida não é isto. Tenho um curso para acabar e não vou ser ator de novela a vida toda. É-me indiferente ganhar 3 mil ou 30 euros por mês. Daqui a uns meses posso estar a viver do ar, é-me igual ao litro.

E se algum dia for despedido a meio de uma série ou de uma novela, bato com a porta, provavelmente sem antes desperdiçar a oportunidade de mandar a equipe inteira para o caralho, diretor de produção incluído.

A juventude e a beleza são irmãs da inconsciência. Sou um puto e posso fazer o que me apetecer. Agora não me apetece levar com a minha ex-namorada em cenas de choro e dramas de telenovela venezuelana de quinta categoria.

Mas um tipo tem sempre saudades. E quanto mais faz para esquecer uma mulher, pior fica, é como um veneno que se entranha no sangue e só se manifesta semanas ou meses depois.

A primeira vez que cruzamos um olhar, pensei que se mergulhasse nos olhos dela nunca mais iria conseguir de lá sair. Ela diz que se sentiu a afogar num lago escocês, que eu devia ser mau como as cobras e que por isso se apaixonou imediatamente por mim.

Se ela tem atração pelo abismo, o problema é dela. Cada um que se aguente nas merdas em que se mete. Armou-se em moderna e depois não teve jogo de cintura. Pertence ao tipo de mulheres que gosta de sofrer, de chafurdar na tristeza e de se afogar nela. Se não sofrer, morre. Está sempre a fingir que quer morrer, mas é tudo fita, senão já se tinha baldado com uma caixa de calmantes enfiada no bucho.

Tudo e nada lhe serve de pretexto para se fazer de vítima. Com o ex-marido foi a mesma merda; bastava pensar nas sacanices que o gajo lhe fazia para ela perceber que nunca poderia ser feliz. Um louco alcoólico, um medíocre dos anos 80 viciado em subsídios e em coca. Um porco. Se sempre soube que o gajo era um nojo, por que é que se casou com ele, por que é que engravidou?

Queixava-se dele e dos outros, dizia que todos os homens com quem se envolvera só lhe fizeram mal. Mas ela adora fazer o número da desprezada, porque depois manipula até onde pode a sua imagem de desgraçadinha. Também podia ter sido fadista. Com certeza teria tido o mesmo sucesso. Ou mais.

Não tenho saudades da Julieta. Tenho saudades da pessoa que ela era quando andava comigo. Parecia uma miúda de dezoito anos com o charme das mulheres maduras. Nunca estava cansada nem preocupada com nada, tudo lhe corria sobre rodas; trabalhava com uma concentração extraordinária, filmava todas as cenas à primeira, tinha um sentido de humor fabuloso, estava sempre disponível para as outras pessoas, conseguia até, quase por milagre, entender-se com o filho, aquele adolescente gigante que vai ser mais alto do que eu antes de fazer dezoito anos.

Estive apaixonado e, como todos os homens apaixonados, enchia-a de presentes: flores, livros, discos, mimos de coração mole. Até cartões com os ursos do Forever Friends lhe dei. Cada vez que penso nessas merdas até tenho vontade de me autoflagelar. Que imbecil, estava mesmo apanhado!

Nunca tinha tido uma relação com uma mulher, só com miúdas. E a relação com a Julieta mudou a minha vida. Era intensa, descontrolada, muito boa e muito má, um chuto diário de adrenalina.

Ela era mesmo uma *sex bomb*, vinha-se comigo como nenhuma outra mulher se tinha vindo, fazia uns broches extraordinários e aguentava muito mais do que as miúdas com quem já tenho andado. Sempre adorei sexo e sempre tive miúdas giras para comer mas, ao fim de alguns meses, a maior parte não aguentava o meu ritmo.

Não era assim com a Julieta, ela era melhor do que as outras todas juntas. Nos dias de folga, passávamos o tempo todo na cama. Só nos levantávamos para ir à cozinha buscar torrradas, sumo de laranja e café. Ela era completamente doida e despertava o meu lado mais desvairado e animal. Era bruto, porco e perverso, fazia-lhe tudo o que me passava pela cabeça, sem limites, e isso fazia-me sentir livre. Chamava-lhe puta quando a fodia e era capaz de estar horas a fodê-la. Puxava-lhe os cabelos, ela arranhava-me e gritava, às vezes quase a estrangulava, só para ver o que conseguia aguentar. Fazia do sexo um campo de batalha e quase no fim, quando regressava ao meu corpo, agarrava-a como se nunca me quisesse separar dela e vinha-me sobre o seu peito, doces ondas de leite derramado, que se lhe colavam à pele de boneca como crostas de feridas eternas.

Às vezes, o turbilhão de emoções era de tal maneira forte e confuso que rebentava em ataques de choro e então tinha de cuidar dela como de uma criança assustada. Abraçava-a com cuidado e cobria-a de beijos, enquanto repetia baixinho *já passou, já passou*, até acalmar, entre gemidos e soluços, e, pouco a pouco, regressar à realidade.

Quando tudo acabou, quando me fartei das cenas dela e a despachei, enlouqueceu de vez. Chegou a perseguir-me no Bairro Alto, à noite, quando sabia por onde eu andava, tipo zumbi. Um pesadelo que não desejo nem ao meu pior inimigo. Se tivesse ficado quieta depois da nossa conversa, talvez me desse vontade de voltar para ela, estava um bocado perdido e baralhado, só precisava de respirar fundo e descansar. Mas a gaja não me deu hipótese nenhuma e foi ela que estragou tudo.

Andou a dizer mal de mim a toda a gente, armada em estúpida. A insinuar que me enchi de vaidade e de arrogância e me transformei num animal perigoso.

Sempre fui um predador e ela sabia-o. Fica passada sempre que sabe que estive com uma atriz, sobretudo se for da idade dela, como se tivesse alguma coisa a ver com isso.

Não tenho culpa que um romance inconsequente se tenha transformado numa paixão avassaladora, um tornado destruidor e implacável. Chamava-me El Niño, um furacão sazonal que deixa muitos destroços à sua passagem. Mas ela é que me pôs no patamar dos monstros. Eu só queria curtir uma relação porreira, o furacão é ela.

Quando a série chegou ao fim, estava exausto. Os horários loucos de gravação, as noites mal dormidas, a coca frequente e a tensão do fim da série, com o diretor do canal armado em prepotente, a mudar constantemente o fim da história a ponto de deixar argumentistas, atores e realizador desesperados, tudo isso tinha dado cabo de mim. Sentia-me vazio e destruído, como se um caminhão me tivesse passado vinte vezes por cima. É preciso ser maluco para aguentar aquela vida de merda. Ou ter feitio. Mas eu não sou uma coisa nem tenho a outra, sou só um puto normal que já quis ser ator e que foi apanhado na engrenagem. Não sei se aquilo é vida para mim.

Ponderei a melhor forma de fazer as coisas para não a magoar e tivemos uma conversa calma e civilizada na qual lhe expliquei que não aguentava aquele tipo de vida e precisava de me afastar. Ela entrou em paranoia: deixou de comer, de dormir, encenou um processo de autodestruição, chantagem pura e dura, a ver se eu voltava, armada em Maria Antonieta. Só que a outra subiu para o cadafalso porque a obrigaram e a Julieta quis subir por sua livre vontade.

Deve estar agora em casa, encharcada em Lexotans, como a mãe dela, na fronteira entre o estado consciente e o sono, a pensar que fui um cabrão, quando fui um gajo impecável. Nunca lhe pus os cornos nem a tratei mal. Comparado com os outros cromos com quem andou, acho que até fui um tipo decente. Quando quis acabar tudo, estava no meu direito. Ou a diva pensava que me tinha preso para sempre? Para sempre não existe no meu vocabulário. Existe agora e depois. E já não é nada mau.

Às vezes, dá-me uma vontade louca de aparecer lá na quinta e comê-la outra vez, sentir o seu corpo debaixo do meu aos soluços de prazer, o sabor sua pele, a curva perfeita da cintura e as mamas cheias e redondas, o cabelo comprido e despenteado, colado à cara com suor, a boca ávida e carnuda, boca de broche, a gemer de prazer e de dor, agarrar-lhe os cabelos pela raiz e dizer-lhe ao ouvido, vem-te, puta, vem-te... Muitas vezes ainda me venho sozinho na cama, quase sem me tocar, só de pensar nela.

Enquanto for capaz de me lembrar de todos os pormenores, enquanto enterrar o nariz na almofada e a minha memória inventar o cheiro dela, enquanto a minha pele não se esquecer da pele dela, sei que não me libertei do feitiço, do veneno, por mais gajas que coma, por mais livre que me sinta.

Mas esta merda há de me passar. As gajas não são mais fortes do que nós. Não podem ser, senão um tipo está perdido.

Recebi uma carta dela ontem pelo correio. Deve ter tentado mandá-la por e-mail, mas bloqueei o endereço dela, já estava farto de ser insultado. Uma carta longa e tortuosa, escrita a computador. A gaja é maluca, mas é organizada e deve ter passado semanas a escrever-me a missiva.

Entre uma série enfadonha de queixas e cobranças, vaticinava-me um futuro negro e dizia que um dia alguém ia sugar o meu amor como eu fiz com ela.

Um dia, vais mesmo sentir amor por alguém que te vai descartar. E vais sofrer a perda, a dor, a ausência, o silêncio e a indiferença. E vais ligar dez vezes para o telemóvel de alguém, mergulhado em raiva e sofrimento. Do outro lado, ninguém há de atender. E essa mulher desconhecida, que imagino mais nova, mais fresca, mais bela e muito mais forte do que eu, lerá as tuas mensagens desesperadas com um suspiro enfadado, para logo a seguir as apagar, sem pensar duas vezes. E encolherá os ombros perante os embrulhos de presentes que lhe deixares à porta e virar-te-á as costas, quando te avistar ao longe numa festa. Um dia, uma mulher qualquer, provavelmente uma miúda, vai fazer-te o mesmo que me fizeste. Mas enquanto esse dia não chega, agarro-me às minhas memórias e, de vez em quando, apesar de saber que não atendes os meus telefonemas, não respondes às minhas mensagens e bloqueaste o meu endereço de e-mail, ainda espero por ti...

Vai chegar o dia em que terás de atender o telefone, terás de responder às minhas mensagens, terás de me enfrentar e me explicar porque é que desapareceste da minha vida.

E continuava no mesmo tom, mais quatro páginas de seca, como se lhe tivessem arrancado os olhos ou cortado as pernas numa máquina de tortura. Está completamente desequilibrada, sofre porque quer, porque se quis entregar à loucura.

Se fosse tão inteligente como tem a mania de dizer que é, arrumava-me na cabeça dela e controlava-se. Atitudes como esta só fazem com que a odeie cada vez mais. Será que as gajas não percebem que quando um homem as deixa é por que não quer ficar com elas? É assim tão difícil de perceber? A rejeição é uma merda fodida para toda a gente, também já fui rejeitado, mas não morri. Ninguém morre. Um gajo vai ao tapete e depois levanta-se. Quando não se consegue levantar sozinho, pede ajuda.

Por que é que ela não vai a um psicólogo? É para isso que serve o guito que saca das séries, das novelas e das campanhas publicitárias. Se eu tivesse um décimo da massa dela, deixava de me preocupar com merdas que não interessam para nada, era um gajo tranquilo.

Tenho pena de tudo ter acabado da pior forma. Sei que era impossível ficarmos amigos, mas se ela não fosse tão paranoica, tão doentia, tão chata e insegura, podíamos ter uma relação quase normal.

Se ao menos se conseguisse divertir, em vez de viver mergulhada na paranoia, se gostasse de drogas, talvez fosse tudo mais fácil. Era drogada mas ao menos não era chata.

Também já tive a minha fase e fez-me mais bem que mal. Agora ando mais calmo e, quando me sinto a sufocar, cheiro três linhas, fico logo melhor. É uma fuga, mas sem fugas ninguém aguenta esta merda.

A maior parte das pessoas vive em fuga porque é infeliz, porque não suporta a realidade, ninguém aguenta a sua própria prisão. Todos somos imperfeitos e incompletos, com traumas para resolver. Mas até pegar em tudo isso e fazer um bolo de merda que serve de desculpa para as nossas loucuras vai um passo que só os malucos dão.

Ela pensa que é superior ao comum mortal só porque tem talento e beleza. Acha-se uma estátua, vive num pedestal para que ninguém possa ver os seus defeitos, porque tem medo de tudo, é uma fraca. E quando o pedestal se desfaz e ela se transforma em carne, não aceita as imperfeições e transforma-se num bicho infeliz e agressivo, convencida que o mundo conspira contra ela.

É ela que com a sua ansiedade afasta os homens. Ninguém tem paciência para aturar uma mulher que só se sabe queixar. Queixa-se do ex-marido que nunca a ajudou com o puto, mas quando se divorciou fez questão de não pedir uma pensão. Lamenta-se do gajo nunca estar com o filho, mas foi ela a convencer o miúdo de que o pai era um indigente, foi ela que estragou a relação entre eles. Está sempre a protestar com as contas da casa, mas não faz nada para as diminuir. É ótima a inventar problemas, uma nulidade a resolvê-los. Se quer poupar dinheiro, por que é que não dispensa o motorista? Porque tem pânico de guiar. E por que é que tem pânico de guiar? Ninguém sabe. Nem sequer teve um acidente grave, são só paranoias da cabeça dela.

Nunca consegue tomar decisões, vive atormentada com as que é obrigada a tomar e arrepende-se sempre a seguir. São sempre os outros que falham, nunca ela. A isto chama-se mania da perseguição e eu estou farto de me sentir perseguido.

O pior que pode acontecer a um tipo é chegar à conclusão que errou. Se me tivesse controlado em vez de me meter na cama dela à primeira oportunidade, nunca tinha ido com isto para a frente, porque a Julieta faz parte do grupo das perigosas. As perigosas são as gajas que parecem fantásticas e depois nos fazem a vida num inferno.

A Julieta foi um gigantesco erro de percurso que me vai sair caro. Por causa do meu envolvimento com ela fiquei com fama de chulo, de puto arrivista e interesseiro que sobe na vida à conta de gajas mais velhas, um nojo. Logo eu, que não preciso de ninguém, nunca precisei.

Todas as pessoas são normais até as conhecermos melhor. Ao princípio, tudo corre bem; um tipo envolve-se, entrega-se, dedica-se, pensa que encontrou uma deusa e vive a adorá-la. Só que depois vem o reverso da medalha, inevitável e perverso; as cenas de ciúmes, as perguntas estúpidas, os ataques de choro sem razão, as discussões que nascem do nada. No espaço de poucas semanas, o paraíso pode transformar-se num inferno do qual um tipo tem que ser forte para se conseguir libertar.

Nunca mais vou andar com uma atriz, são todas passadas dos cornos. Posso enrolar-me com elas, dar-lhes umas boas trancadas, mas sem me envolver, senão ainda sou apanhado por outra doida. E qualquer dia deixo esta vida de ator. É uma seca. Há droga a mais e gente porreira a menos. Acabo o meu curso de Economia com uma boa média e vou para os Estados Unidos fazer um MBA em novas tecnologias.

Não me apetece chegar aos quarenta e ser ultrapassado por putos vinte anos mais novos e com mais talento do que eu. O único ator que ficou melhor com a idade foi o Sean Connery e eu não tenho a mesma fibra, ninguém tem. É um meio estéril e violento, onde um gajo nunca consegue ir suficientemente longe, pelo menos em Portugal. Prefiro pôr os neurônios a render e regressar à minha vida de estudante, ao marasmo da faculdade, às pitas desengraçadas mas sem pregos na cabeça. É que hoje em dia há tantas pitas giras e disponíveis que só um otário é que se prende a uma caramela qualquer.

Não sou um otário. Não sou um gajo muito certo, mas estúpido e otário é que não sou.

Se me vejo livre desta merda, vou a Fátima a pé. Dizem que se engatam umas pitas porreiras pelos caminhos da fé. Deus está em toda a parte e o Diabo também.

12

Não estava à espera que a Verónica me desafiasse para jantar, mas quando ela me ligou a sugerir, nem hesitei. Tínhamos decidido dar um período de silêncio, o pós-guerra, como ela lhe chama, porque não há nada pior do que a morte lenta no fim de uma relação. Mas não passou um único dia que não tivesse pensado nela, por isso um jantar tranquilo e íntimo pareceu-me irresistível.

Gosto mesmo daquela mulher. Tenho a certeza de que gosto mesmo, porque nunca me dediquei tanto, nunca permiti a alguém que ocupasse o espaço que ela tem na minha vida e na minha cabeça, nunca conheci uma mulher tão completa, com tantas qualidades.

Adoro a Verónica, mas não vemos a vida da mesma maneira nem queremos as mesmas coisas e isso afastou-nos, talvez para sempre.

Não quero viver com ela e não quero ter filhos. Não quero viver com ela porque estava bem assim, a dormir em casa dela três vezes por semana, mas sem perder o meu espaço. E não quero ter filhos porque não me apetece. A minha relação com os meus pais é a prova de que há investimentos na vida que são a fundo perdido. Gosto deles porque são meus pais, mas sempre que os vejo parecem-me estranhos. Isso incomoda-me, porque nunca me faltou amor, atenção, carinho e todas as oportunidades que os pais podem proporcionar aos filhos: sempre fiz o que quis, sempre me deram tudo, sempre me trataram como um príncipe. Apesar de tudo isso, não consigo sentir por eles o que sentem por mim.

A Verónica dizia que era por isso que sou assim, pouco grato à minha sorte, com um desprezo generalizado pelo ser humano. Eu era a única pessoa que ela conhecia que escapara ileso à vida, sem nenhum trauma, sem nunca ter perdido ninguém importante e que, por essa razão, não dava o devido valor às coisas, às pessoas e às relações. Ela está certa. Tenho muito pouca paciência para as pessoas em geral e os meus melhores amigos estão muito acima da média. Como o Gabriel, que é um tipo genial, visionário, ambicioso e bem sucedido.

O Gabriel era dos poucos amigos da Verónica com quem gostava de me dar, o único que ficou meu amigo. Também me dou bem com o Alex e o Nuno, mas é diferente. Não tenho nada contra gays, pelo contrário, a companhia deles diverte-me imenso, mas vivem noutra dimensão e passam a vida a tentar converter os heterossexuais que eles imaginam que podem ter algum potencial. Quando um homem não é homofóbico, eles ficam logo excitados, pensam que pelo fato de não os antagonizar, está ali um gay em potencial. Como sempre fui muito seguro das minhas opções sexuais, as abordagens de gays em campanha nunca me fizeram confusão; acho que eles são uma espécie de religião e é normal que procurem angariar adeptos para a sua causa.

Nunca tive paciência para os outros amigos e amigas que gravitavam na vida da Verónica como satélites parasitas. Embora ache o André um miúdo porreiro, nunca acreditei que a aproximação dele fosse totalmente desinteresseira; para todos os efeitos, a Verónica é uma pintora consagrada e o André quer ser como ela.

No entanto, tenho que lhe reconhecer algumas qualidades, é um puto divertido e com boa onda, que sempre lhe fez companhia e a diverte imenso. O André sempre a seguiu como um irmão mais novo, sempre a idolatrou, sempre lhe prestou vassalagem. E ela, menina mimada que é, apesar de querer vender a imagem de uma pessoa normal, nunca resistiu à bajulação, porque, como todos os espíritos artísticos, é vaidosa, egocêntrica e um bocado insegura.

Mais do que isso. A Verónica é uma insatisfeita por natureza, quer sempre aquilo que não tem, embora não atingindo o grau patológico da sua "grande amiga" Julieta.

Sempre a achei uma neurótica de merda que sugava da Verónica tudo o que ela lhe podia dar: segurança, tempo, atenção e amizade, sem lhe retribuir nem pela metade. A Verónica é assim, dá tudo sem pensar, confia nas pessoas, prefere acreditar que gostam dela do que admitir que a estão a usar. E há muitas pessoas que a usam ou já a usaram, como aquele atrasado mental do Gustavo que viveu à conta dela e se apresentava às pessoas como "o namorado da pintora". Há cada imbecil que até dói.

Tenho escapado ileso pela vida, porque apesar de me ter cruzado com ele duas ou três vezes, não fomos apresentados e, como tal, nunca tive o desprazer de lhe apertar a mão. Odeio o gajo, é mesmo um idiota e fez muito mal à Verónica. Puxou o lado mais fútil e plástico da personalidade dela. Minava-lhe a confiança com comentários estúpidos e gratuitos sobre outras mulheres que eram sempre mais novas, mais bonitas, mais elegantes ou com as mamas maiores. Um palerma em férias, como ela própria admitiu, um perfeito anormal. Claro que estas e outras atitudes não o impediam de viver em casa dela, à sua custa, beneficiando do seu status e de todas as facilidades inerentes à vida que ela tem. Isto para não falar do aproveitamento mediático, fazendo-se aos flashes com uma lata e uma persistência no mínimo notáveis, só comparável ao profissionalismo das mulheres dos futebolistas.

O Gabriel, que sempre achou o gajo um grande palhaço, é que me conta estas merdas, porque a Verónica limitava-se a omitir os pormenores menos convenientes da sua relação com o Gustavo — com a habilidade genética da tia Luísa, tão habituada nas suas entrevistas a esclarecer o público com a verdade como a camuflá-la debaixo do próprio teto, como se pertencesse a uma família normal. O casamento da tia Luísa com o tio Eduardo nunca foi normal. Não há famílias normais e as únicas famílias felizes são as que se conhecem mal.

O Gustavo não foi o único parvalhão na vida da Verónica. Como tôdas as mulheres muito inteligentes, é tudo menos sensata a avaliar as pessoas com quem se envolve. Levou vários calotes sentimentais, como o daquele ator de terceira categoria.

O que mais me irritava é que, sendo ela consciente das sacanices que eles lhe tinham feito, continuava a falar-lhes quando os encontrava e a atender-lhes o telefone. Chegou mesmo a aceitar uma encomenda do Erro de Casting para um quadro, mas aí ela até esteve bem. Ele pediu-lhe um quadro inspirado na personalidade dele — outro egocêntrico de primeira, claro — e ela pintou um homem com duas cabeças, um monstro de duas caras, absolutamente disforme, com membros a mais unidos por fios e tubos e uma mancha negra no lugar do coração com um buraco no meio, a que chamou Balada do Monstro. O título era belíssimo, apesar do quadro não ser bom. O gajo deve ter odiado, mas pagou que se lixou e ela vingou-se. E foi requintada na vingança. Mesmo em cima da hora inventou que não podia entregar o quadro e mandou o Alex, que gozou o tempo todo com a cara do outro, estupefato, em choque com o resultado da encomenda.

Vou pensando nestas histórias enquanto saio de casa e guio pela cidade para a ir buscar. É a primeira vez que vamos jantar depois de termos acabado. Passei as duas últimas semanas isolado a trabalhar no novo projeto de restruturação financeira da galeria do Alex, que precisava mesmo de uma volta. Estas empresas pequenas entram em derrapagem de um dia para o outro e se uma pessoa não lhes deita a mão, instala-se o caos num instante. Mesmo assim, Alex é um tipo relativamente organizado, agora já está tudo a entrar nos eixos.

Não sei se tenho saudades dela, mas sei que ela me faz falta. Não há ninguém com quem goste tanto de estar e as poucas mulheres com quem fui para a cama desde que deixamos de andar não me souberam a nada. Foi como se me estivesse a masturbar, mas com um corpo estranho por perto. Outro dia comentei isto com o Gabriel e ele riu-se, disse-me que eu tinha feitio de gaja, que não há nada melhor para esquecer uma mulher do que aviar dezessete a seguir. Claro que o número atirado para o ar era fictício, o Gabriel podia ter dito setenta ou setecentos. No caso dele, tanto faz, pode ter as que quiser, caem-lhe ao colo como moscas no mel e quase nunca lhes resiste. E como está sempre a fazer *casting*, não contam as que ficam de fora, só contam as que se aproveitam e que, no caso dele, devem ser bastantes.

Eu sou muito mais seletivo, não tenho a urgência típica de ter que *comer uma gaja*, como a maior parte dos homens. Nunca fui ansioso e embora seja um tarado sexual, sou pela qualidade e não pela quantidade. Se vou para a cama com uma mulher por quem não sinto nada, não tenho vontade de desaparecer logo a seguir, como a maior parte dos homens. Tenho vontade de desaparecer antes. E muitas vezes é o que faço.

A Verónica defende a teoria que se pode avaliar a performance de um homem na cama na razão inversa do número de mulheres com quem ele dormiu. Ou seja, os tipos que comeram muitas gajas, mas nunca tiveram relações estáveis, não se comparam aos homens com um número muito inferior de conquistas, mas com a mesma namorada ou mulher durante vários anos. Percebo o que ela quer dizer, embora a maior parte dos homens não aceitasse tal teoria, porque na cultura latina, machista e primitiva, o que é bom é a quantidade, faz bem ao ego e ao currículo.

Chego à porta de casa dela e mando-lhe uma mensagem a avisar que já estou cá embaixo. Devia estar pronta, porque desce logo a seguir, muito bem arranjada, a cheirar maravilhosamente, de sorriso tão feliz como se fosse levantar voo... Linda. Parece mais magra, mas pode ser da roupa. Abraço-a imediatamente, um abraço longo e apertado, um bocado desajeitado porque ela não me aperta, em vez disso deixa os braços caídos ao longo do corpo, até que os levanto com os meus e os empurro para as minhas costas.

— Abraça-me — peço-lhe baixinho.

— Está bem — responde-me com um fio de voz. Estamos os dois um bocado comovidos e decididos a disfarçar o que sentimos, mas é inevitável, porque nos adoramos. Já deve ter passado quase um minuto e continuamos abraçados. Aprendi com a Verónica que a riqueza não se mede em euros mas em segundos, e cada abraço que lhe dou vale sempre mais do que o anterior. Gosto de a sentir encostada a mim, fico logo excitado, mas disfarço o melhor que posso.

— Vamos jantar? — pergunta, enquanto deixa que os braços deslizem devagar, como se não quisesse descolar-se de mim.

— Vamos. Reservei no Buenos Aires — respondo, enquanto lhe abro a porta do carro.

— Que bom! Aquelas entradas são geniais. Sabes sempre como me agradar, não é?

É. Mas é melhor não mostrar tanta segurança.

— Às vezes. Pelo menos tento.

Dentro do carro o perfume dela começa a espalhar-se por

todo o lado; cola-se aos bancos, à manette das mudanças, aos vidros, ao volante. Sinto-me envolto numa onda de prazer e bem-estar.

— E consegues — responde, pousando a mão esquerda na minha mão direita. Gosto de me sentir inundado pela presença dela, gosto de a respirar. De uma forma automática, mas nunca mecânica (entre nós nunca nada foi mecânico e era este um dos muitos segredos bem guardados do sucesso da nossa relação), seguimos o caminho de mãos dadas e eu sinto a temperatura do corpo dela a fundir-se na do meu corpo.

Se neste preciso momento nos distraíssemos e, de repente, déssemos um beijo, nunca mais nos largávamos. Em vez de ir para o restaurante, dava meia volta e acelerava em direção à minha casa, deitava-a na cama, despia-a, lambia-a de alto abaixo e fazíamos amor durante um par de horas. É tudo o que me apetece, mas não posso. Não posso dormir com ela, ia tornar tudo muito mais complicado e eu gosto de ter a minha vida simples e organizada. Se quisesse ter uma vida mais complicada, teria continuado a andar com ela. Mas para isso, teria de querer o que ela quer e isso eu não quero. Não quis na altura nem agora. E quando uma pessoa não sabe o que quer, tem pelo menos de saber o que não quer, senão está tramada.

Estacionamos num dos parques do Chiado, assim podemos andar um pouco a pé e respirar a atmosfera romântica e triste de Lisboa, quando a luz branca que a ilumina é substituída pela presença tênue e gasta dos candeeiros de rua.

A Verónica é como Lisboa, luminosa e feliz durante o dia, taciturna e nostálgica à noite, mas sempre romântica, serena e encantadora, com poderes ocultos de feitiçaria. A minha cidade e a mulher que amo são como duas fadas cansadas que ainda não se esqueceram da sua beleza, mas que estão a desistir de sonhar. Caminha em silêncio ao meu lado e desta vez enfia ostensivamente as mãos nos bolsos do casaco para não me dar a mão, mas eu finjo que não percebo e lanço-lhe o braço em volta da cintura e ela deixa-se ir assim, aconchegada por mim.

— É tão bom estar assim contigo, perto de mim... — deixo escapar. Arrependo-me logo a seguir. Se pudesse, ficava com ela para sempre. Mas não posso.

— Por que é que isto acabou? — deixa escapar em voz muito baixa, como se a pergunta fosse mais para ela do que para mim.

Não sei o que lhe responder. Tenho a certeza que já fez esta pergunta a si mesma pelo menos uma centena de vezes. Como me fez a mim quando quis acabar tudo ou por mensagens escritas e e-mails nos dias a seguir.

Já lhe expliquei por que e acho que fui muito claro, mas as mulheres só percebem o que querem, só acreditam no que lhes interessa, só ouvem o que gostam. Já percebi que vou ter que lhe explicar mais uma vez com toda a calma e paciência por que é que não podíamos continuar juntos, embora seja inútil. Ela vai continuar sem aceitar a realidade, esperando que um dia esta se altere a favor dos seus desejos. É uma mimada como eu, habituada a ser o centro das atenções e a conseguir tudo o que quer. Mas eu tenho toda a paciência do mundo, porque gosto dela e porque ela merece que a tenha.

Chegamos ao restaurante e sentamo-nos numa das mesas ao fundo. Ainda é cedo para os horários nacionais, só três mesas ocupadas, provavelmente por estrangeiros. Os três casais, dois hetero e um gay, não têm cara de portugueses e os portugueses têm invariavelmente cara de portugueses ou roupa de portugueses, sapatos de portugueses ou postura de portugueses. Não sei explicar exatamente como é que se detecta, mas depois de ter vivido seis meses em Nova Iorque, apercebi-me que os distinguia a mais de vinte metros de distância.

Ajudo a Verónica a tirar o casaco e espero que se sente antes de mim. Traz uma camisa de seda verde com um colar de pérolas branco e comprido, com um nó junto à garganta, e jeans de marca, entalados embaixo por umas botas de salto alto que lhe ficam a matar. Está muito bonita, com o cabelo bem esticado e cuidado, de certeza que foi ao cabeleireiro, já lhe conheço os truques. Tenta aparentar a fleuma da mãe, mas está inquieta, por isso enfia os dedos pelo colar como se estivesse a desembaraçar um novelo de lã sem remédio e olha-me com cara de ponto de interrogação. Bem, vou-me concentrar para isto me sair como eu quero, pois estas conversas podem tornar-se perigosas.

— Minha querida... — inicio no tom da maior tranquilidade que me é possível — sabes muito bem que não está nem nunca esteve em causa o que sinto por ti, mas como me sentia quando andávamos. E eu não me sentia feliz.

— Mas por que é que não te sentias feliz? Parecias tão bem! O nosso dia a dia era tão bom, nunca discutíamos, nunca impúnhamos nada um ao outro, sempre nos soubemos proteger e ajudar... Não consigo perceber por que é que dizes isso.

— Sei disso tudo e concordo contigo, mas acho que por isso mesmo, porque a nossa relação era tão calma e tão organizada, faltava-lhe um bocado de emoção e...

— Nunca achei que lhe faltasse emoção. Podia faltar alguma loucura no início, aquela coisa das mãos a transpirar e da garganta seca, mas isso não é emoção, é tesão, atração pelo novo, pelo desconhecido...

— Pois, mas isso nunca houve, passamos logo para o amor sem viver a paixão e...

— Querido, uma relação, por mais completa e estimulante, não pode ser uma comédia romântica às segundas, quartas e sextas, e um filme pornográfico às terças, quintas e sábados! — protesta, interrompendo-me.

Uma comédia romântica às segundas, quartas e sextas e um filme pornográfico às terças, quintas e sábados! Esta mulher tem mesmo graça. Esboço um sorriso, mas ela não desarma.

— E, além disso, não foi por não sentir colônias de borboletas no estômago que não havia emoção! Foi porque desde o início sempre confiamos muito um no outro e sempre achamos que o outro nunca nos iria falhar. Por isso a adrenalina foi substituída muito rapidamente pela cumplicidade e pelo entendimento. O entendimento e a confiança é que fazem com que as relações funcionem a longo prazo.

— No nosso caso, não chegou.

— Não chegou porque tu és um perfeccionista. Se não é tudo exatamente como queres, desistes. Já eu sou uma refugiada emocional. Passei por várias relações tempestuosas e sem condições para funcionar e dou outro valor às coisas. Sei o que funciona e não funciona numa relação. Sei que sem respeito e sem confiança, nada se faz.

Ela está a pensar no Gustavo ou no Erro de Casting, como se fosse comparável. Que parva!

— Mas não é por teres tido histórias miseráveis com gajos que eram uns idiotas que a nossa relação era perfeita — respondo, tentando controlar meticulosamente o que digo. Se disparasse agora e dissesse tudo o que penso, ela ia ofender-se com as minhas palavras e desviávamos o assunto para um campo que não me interessa. Afinal, ela tem o direito à sua cota de asneiras, como toda a gente.

— Pois não. Mas a nossa relação *era* perfeita.

— Adoro a forma como pronuncias certas palavras em itálico. Até as ouço inclinadas — contemporizo, para aliviar a tensão que se foi instalando.

— Ah sim? E estão inclinadas para a direita ou para a esquerda?

— Para a direita, querida. Sou de Gestão, mas ainda sei para que lado se inclinam.

Quem se inclina de repente é a empregada ao nosso lado, a esticar duas listas por debaixo dos nossos narizes, como se fossem réguas de um colégio interno dos anos 40. Usa óculos e um avental preto com riscas cinzentas e, no lugar do cabelo, uma amálgama de mechas torcidas seguras com ganchos de várias cores que lhe dão mau aspecto.

— Coitada — diz a Verónica —, viste aquele cabelo? Querem ser modernas e o resultado é este — conclui, trocista e ligeiramente esnobe.

Ela olhou para a miúda e reparou *exatamente* no mesmo que eu. Quando andávamos, isto estava sempre acontecer, a nossa proximidade era tanta que olhávamos o mundo da mesma maneira. E em certos momentos ainda olhamos. *Some things never change.*

— Estava a pensar nisso.

— Eu sei. É sempre assim.

— Pois é.

Mergulhamos a cabeça cada um na sua lista, tentando concentrar-nos na tarefa de escolher o que vamos jantar. Como de costume, pedimos quatro entradas que substituem o prato principal, porque nenhum de nós gosta de comer muito, preferimos saborear.

As relações são feitas de pequenos pormenores acumulados que se transformam no seu patrimônio, uma espécie de ativo que as protege e as alimenta. O primeiro toque, o primeiro beijo, a primeira noite, ela enroscada como um bicho-de-conta, eu a adormecê-la. Ela a sussurrar *nunca ninguém me adormeceu assim, nunca ninguém me adormeceu*, o nosso primeiro fim de semana em Barcelona e todos os outros nas pousadas de Portugal, as férias em Veneza. O dia a dia, jantares sossegados em casa e ver filmes, fins de semana em esplanadas a ler jornais e revistas, almoços de domingo em casa dos pais dela e cinema à noite.

— Nós tínhamos uma ótima relação. Tínhamos uma vida. Não me conformo em tê-la perdido, só porque a certa altura quisemos coisas diferentes.

— Mas não me podias obrigar a aceitar o que tu querias, pois não? Não era justo, não ia resultar.

— Pois não. Mas agora também já não quero. Isto é, há coisas com que ainda sonho, outras que já não quero.

Não me enganes, Verónica. Não me enganes, porque não consegues.

— Não acredito. És demasiado determinada para ter mudado de ideias tão depressa. Estás a querer convencer-me que já não queres viver comigo nem ter um filho?

— Não. Claro que adorava viver contigo. Mas não quero ter filhos.

— Por quê?

— Porque acho que já não tenho idade. Há idades para tudo e a minha já passou.

— Não acredito. Desculpa, mas volto a dizer que não acredito em ti.

— Por quê?

— Porque foste tu que me explicaste que todas as mulheres querem casar e ter filhos, pela simples razão que nunca tiveram.

— Isso é verdade. Mas uma pessoa pode mudar de ideias, não pode?

Das duas uma; ou ela está a tornar-se numa pessoa dissimulada, que nunca foi, ou então algo de muito grave se passou na vida dela entretanto, algo que a fez alterar a sua visão do mundo. Não, não deve ser nenhuma destas coisas. Ela está simplesmente a testar-me, a encostar-me contra a parede para ver como é que me safo. Tem azar, porque eu safo-me sempre. *Sempre.*

— Minha querida, por favor, não tentes enganar-te a ti própria nem a mim. Ambos sabemos que tu queres ser mãe. Por várias razões.

E calo-me, porque me arrependo imediatamente do que disse. Não podia ter dito isto assim, desta maneira. Falei implicitamente do aborto, o maior trauma da vida dela a seguir à morte do irmão. Que chatice, saiu-me mesmo mal. O olhar dela embacia-se. É muito controlada, mas como todas as pessoas muito controladas, tem um ou dois pontos fracos que a viram do avesso e este é um deles.

— Desculpa, querida... não queria dizer isto, pelo menos não desta maneira...

— És um idiota, Fred. Tu nunca perdeste ninguém, nunca soubeste o que é amar uma pessoa e ela morrer à tua frente, não fazes a mínima ideia do que é sonhar com um filho e não o ter, nunca sofreste uma perda, um trauma, nada que te fizesse reavaliar a tua existência, nunca foste obrigado a fazer escolhas e a crescer com elas. Há muitas coisas que desconheces na vida, que não fazes a mínima ideia do que são. Por isso é que te deste ao luxo de *dispensar* a nossa relação, como se fosse uma coisa que pudesses arrumar a um canto da tua vida. E o pior é que conseguiste mesmo arrumá-la na tua cabeça. Eu não. Não consigo, porque não quero. Porque não acredito que foi isso que nos separou. Tem de haver outra coisa qualquer, que não sei o que é, mas que vou descobrir.

— Não há nada, bolas! Já te expliquei que não há mais nada, eu apenas queria outras coisas. E *quero* outras coisas.

— Claro que queres. Queres fazer escolhas que não te obriguem a fazer escolhas, não é? Queres continuar a viver como sempre viveste. És o *freelancer* melhor pago da tua área, podias trabalhar nas empresas que quisesses, podias fazer a tua própria empresa, mas preferes não te chatear, não te comprometer com nada. És assim em tudo, por isso é que estás bem agora, porque não tens que dar nenhum passo em frente. E eu não queria nada de mais, nada que qualquer outra mulher não queira quando está feliz com um homem. Ainda por cima nem sequer tenho a obsessão do casamento, bastava-me viver contigo, porque isso significava que tínhamos uma vida, que tínhamos a *nossa* vida, percebes?

— Nós tínhamos a nossa vida!

— Não. O que tínhamos era uma colagem perfeita entre o teu e o meu dia a dia. O todo é maior que a soma das partes e nós nunca juntamos nada. Nós encaixávamos realidades diferentes, nunca nos fundimos na mesma realidade.

— Não sei se conseguirei alguma vez fazer isso com alguém. Tu foste a pessoa mais próxima de mim desde que me conheço, não sei se aguento mais proximidade do que a que tivemos.

— Então és um bicho estranho e nasceste para ficar sozinho.

— Ou sou muito exigente e não me contento com uma relação quase perfeita.

— Mas tu julgas que existem relações perfeitas? O que há é pessoas altamente compatíveis, que se amam, como nós, e que conseguem criar momentos perfeitos dentro de uma relação. A perfeição não existe e, a existir, será deliciosamente imperfeita.

Talvez ela tenha razão. Talvez não esteja preparado para uma vida a dois, nem agora nem nunca.

— Se fosses uma besta como há tantos, até aceitava que isso fosse verdade. Mas tu és um amor, Fred, tu és o homem que melhor cuidou de mim, que mais feliz me fez. O mais querido, o mais equilibrado, o mais inteligente...

Está a seduzir-me como um ladrão que anestesia a vítima

com um spray entorpecedor antes de o assaltar. O que é que eu faço com esta mulher? O que é que eu faço?

— Estás a exagerar, Verónica.

— Não estou, não — responde com um sorriso triste —, eu sei o que tu és e quanto vales. Conheço os teus defeitos e sei que és tudo menos perfeito. E sei que gosto mesmo de ti.

E agora? Como é que desço à terra e passo a conversa para assuntos triviais? Esta mulher é tramada, deixa-me a pensar como é que tenho que lidar com ela, e isso irrita-me. Gosto de ter tudo controlado e ela consegue sempre surpreender-me.

— Não dizes nada? — outra vez a adorável cara de ponto de interrogação.

— Não tenho nada para te dizer, querida. Também te amo, mas não tenho as respostas que queres ou que precisas. Nem sei quando vou ter.

— Então quando tiveres, avisa, porque eu vou gostar de ouvir.

Para meu grande alívio, a despenteada chega com as quatro entradas, empilhadas aos pares pelos braços acima e faz as manobras de aterragem com grande perícia e agilidade.

— Deve ter andado na escola de circo — deixa escapar a Verónica, olhando-a de lado, enquanto a miúda se afasta.

Começamos a jantar calmamente, como se fôssemos um casal feliz ou os melhores amigos. A Verónica não pediu vinho. Bebe água aos golinhos, como é seu hábito. Reconheço-lhe os movimentos e as sequências, sei que antes e depois passa o guardanapo ao de leve pela boca, a seguir alisa maquinalmente o guardanapo no colo, esticando e abrindo os dedos, passa a mão direita, sempre a direita, pela sobrancelha do mesmo lado do cara, alisando-a cirurgicamente, a mão vai subir em diagonal até à têmpora para depois parar na raiz do cabelo onde desenhará com a ponta do indicador e do médio dois ou três minúsculos círculos, para depois cair devagar, encostando à mesa os pulsos que deixarão as mãos levemente suspensas.

O amor é isto, a repetição, a familiaridade, a continuidade. Amamos o que conhecemos porque já conhecemos, porque foi o que aprendemos a amar. Amamos o que nos é próximo e familiar, o que tem a ver conosco, o que de alguma forma nos pertence. Amo a Verónica em todos os seus gestos, porque me habituei a ela. O meu corpo habituou-se ao seu corpo, a pele à pele, o cheiro ao cheiro, o sono ao sono. Mesmo assim não somos a mesma pessoa, não vemos o mundo com os mesmos olhos, não vivemos para realizar os mesmos sonhos.

A pouco e pouco, a conversa desanuvia-se. Ela conta-me as últimas aventuras do Pirolito entre gargalhadas, discutimos o conceito da próxima exposição que me parece um bocado clichê, mas ela consegue convencer-me que não é e explica-me que o *perfect match* éramos nós e que lhe serve de inspiração.

Pergunto-lhe onde é que vai encaixar o Salvador a andar de bicicleta, a sua imagem de marca, e ela explica-me que o vai camuflar em pequenos objetos, uma madeixa de caracóis caída debaixo de uma mesa, um par de tênis velhos abandonados num canto, algo que faça as pessoas lembrarem-se dele, mas de uma forma muito sutil, quase subliminar. Ela está a falar dela e da forma como está ainda a aprender a lidar com a morte do irmão. Talvez nunca consiga recuperar, talvez o seu sistema de sobrevivência à tristeza e à dor não vá além disto.

Há feridas que nunca se fecham. Ou que, depois de saradas, nunca deixam de provocar dores fantasma.

Pergunta-me o que vou fazer no fim de semana. Respondo-lhe que vou a Paris com uma amiga italiana, o que a deixa muito irritada, mas mais uma vez disfarça, como é seu hábito. Se não me tivesse perguntado, teria tido o cuidado de não comentar nada, mas também não tenho porquê mentir-lhe. Para aligeirar, digo-lhe que esta italiana será apenas um caso, se chegar a ser alguma coisa, porque lhe acho graça sem estar envolvido. Ela chama-me *Il uomo blindatto*, como se soubesse que estou fora do alcance dela.

Sei que com isto lhe estou a dizer implicitamente que ainda a amo, que de alguma forma a quero presa a mim, mas não posso dizer-lhe o que ainda sinto por ela, senão vai voltar tudo atrás e eu não quero.

Olho para o relógio, já passa das onze e meia. Peço a conta e saímos. No trajeto de volta ao parque, seguimos os dois com o passo acertado, de mão dada, em silêncio. A partir daqui, se continuássemos a falar seria como voltar à nossa rotina, à continuidade por mim interrompida e por ela ainda tão desejada. Em vez das palavras, escolho o silêncio, enquanto aperto a mão dela com todo o cuidado. Continua inquieta, apesar do jantar tranquilo. Será sempre uma pessoa inquieta. Nem eu nem ninguém a conseguirá sossegar um dia.

À porta de casa, com o carro estacionado e as luzes desligadas, damos um longo abraço e depois um beijo. Resistimos a noite inteira, mas agora não aguentamos mais. Logo a seguir afastamo-nos e ela abana a cabeça e sai do carro à pressa, como uma borboleta arrependida. Parece-me que estava a começar a chorar, tenho quase a certeza que sim, é típico dela. Tranca as lágrimas como tranca tudo lá dentro para depois explodir em casa, onde ninguém a vê nem ouve.

Como sempre, apetecia-me ir com ela para a cama. Apetecia-me pegar nela e levá-la um fim de semana inteiro para um hotel esquecido no meio de uma pequena vilória fortificada, com velhos sentados nas soleiras da portas e sinos de igreja a dar as horas. Ou apanhar um avião para Madrid, Paris, Praga, tanto faz. Mas não posso. Não posso dormir com ela, não posso dar-lhe a ilusão de uma realidade que já não existe.

Se um dia voltar para ela, tem de ser com a certeza do que estou a fazer, tem de ser para ficar com ela. Não sei se tenho ou não coração, mas tenho tomates. Pelo menos isso.

Um minuto depois da Verónica ter saído do carro, recebo um sms. *Eu gostava mesmo que fosses o amor da minha vida, por tudo de raro e belo que és e que representas para mim, but it takes two to tango e tu não sabes lidar com a imperfeição. Ou com a realidade. Amo-te muito, mas não te posso amar mais. Bonne chance et bon voyage.* Não sei se usou o advérbio para definir intensidade ou para me dizer *não mais, nunca mais.* Deve ter sido isto. Deve ter pensado na ambiguidade depois de reler a mensagem, antes de a enviar. E que essa ambiguidade me iria deixar incomodado e que o sms faria dentro da minha cabeça o mesmo ruído de uma porta a bater-me na cara.

E é então que percebo que tenho coração e que preferia ser como o Gabriel, que finge que tem, mas em vez disso pôs um donut atrás das costelas e tudo o que não lhe interessa passa pelo meio.

13

Os cometas têm dupla personalidade. São negros e sem cauda, mas incendeiam-se quando se aproximam do sol. Os cometas têm na sua essência todos os constituintes da vida. Quando os vemos, nunca pensamos nisso, só pensamos que, como são raros, podem dar-nos sorte, e é por isso que quando os vemos pedimos um desejo, como quando sustemos a respiração antes de soprar o bolo das velas ou quando passamos por debaixo da linha do comboio e ele se cruza com a nossa vida no mesmo momento.

Nunca acreditei em coincidências, mas sei que ter conhecido a Verónica não foi um acaso na minha vida, foi um presente do destino. Há muito tempo que a queria conhecer, mesmo antes da minha mãe ter recebido de presente o quadro dela, oferecido por um namorado qualquer.

Costumava segui-la nas entrevistas que dava à imprensa ou quando participava num programa de televisão e houve sempre qualquer coisa que me impeliu para ela. Sempre a achei bonita, elegante e o tom de voz pausado, sem ser chato, inspirava-me. Via-a como uma mulher divertida, franca, inteligente e muito segura de si. Parecida com a mãe, mais descontraída e mais bonita.

A mãe é considerada uma sumidade no jornalismo em Portugal, não porque seja assim tão brilhante mas porque desenvolveu um estilo próprio, e quando uma pessoa consegue impor o seu estilo, é como o Georgio Armani, pode aparecer sempre de jeans, bronzeado e de t-shirt azul escura: todos o admiram e não se confunde com mais ninguém.

Quando a vi na festa de lançamento de uma dessas revistas que estão na moda, nem pensei duas vezes, fui ter com ela, apresentei-me e disse-lhe na cara que era um fã. Deve ter gostado da minha atitude, a lata típica de quem tem a cabeça cheia de ideias e nada a perder, porque ao fim de alguns minutos, já estávamos os dois na risota a "morder" o ambiente e eu apercebi-me imediatamente que olhávamos para os outros da mesma maneira.

Os amigos não se fazem, reconhecem-se, mandou-me ela por sms no dia seguinte. Nessa semana fomos almoçar às Amoreiras e nunca mais nos largamos. Foi uma amizade espontânea, mas tão intensa e segura que, quando olho para a minha vida nos últimos anos, já nem a consigo imaginar sem a Verónica. Ela é um misto de irmã mais velha e melhor amiga, diva e referência e, sem qualquer dúvida, depois da minha mãe, e às vezes antes dela, quem mais me ajudou, sem nunca me ter desiludido.

Quantas pessoas podemos incluir na categoria dos imaculados, daqueles que nunca nos falharam? Quem conseguir uma ou duas dessas pessoas, já é um abençoado.

O que é engraçado entre mim e a Verónica é que, apesar dela ter quase idade para ser minha mãe, somos muito iguais. Não somos só iguais, somos iguais em muitas coisas. Por isso percebemo-nos sempre um ao outro, mesmo quando mais ninguém nos entende.

Ela é a pessoa mais próxima de mim e gosto de pensar que também não existe ninguém tão próximo dela como eu. Nada disto tem a ver com sentimento de posse, é apenas o reflexo da realidade. É provável que o fato de eu ter algumas parecenças com o Salvador tenha ajudado a fortalecer esta amizade relâmpago sobre a qual nunca pairou uma nuvem. Mas não é só isso, a Verónica tinha mesmo que fazer parte da minha vida e tenho duas certezas: a primeira é que lhe faço bem, a segunda é que ela nunca me poderá fazer mal.

Ela diz que sou muito mais velho do que a minha idade, que tenho o olhar dos adivinhos e a intuição dos grandes sábios, e como ela é, segundo as suas próprias palavras, uma refugiada emocional, talvez dê mais valor do que é habitual à estima, respeito, consideração, lealdade e atenção que tenho por ela.

A amizade é como o amor, mas sem preço nem prazo de validade e a nossa amizade faz-me crescer, dá-me segurança, equilíbrio e bem-estar. E neste momento da minha vida, dá-me quase tudo o que preciso.

Sou sonhador e otimista em relação ao futuro, reservado e desconfiado em relação ao ser humano em geral. Ela diz que na minha idade era igual, irreverente, trocista, cheia de amigos, mas nem sempre com paciência para os aturar, porque já vivia para os seus quadros, sempre foi obsessiva com o trabalho. Foi essa uma das razões que a fez ir tão longe.

O talento não tem culpa nem mérito, é um dom divino, mas, como dizia o Picasso, *que a inspiração te apanhe a trabalhar*. Ela trabalha muito, muito mais do que alguma vez conseguirei trabalhar. Sou mais preguiçoso, menos ambicioso, gosto de gastar horas na FNAC a descobrir autores novos e a ouvir discos que nunca me passaria pela cabeça comprar, de passear no Chiado, que é uma espécie de city dos gays de Lisboa, onde encontro sempre um amigo ou um ex-caso com quem bebo um café e ponho a conversa em dia. Gosto de estar em casa sossegado a ler ou a ver as séries em dvd, desde o *Sex and city*, passando pelos *Friends*, *Queer as Folk*, *Absolutely Fabulous*, o *Gato fedorento* e, claro, os filmes gay pornô da Bel Ami e da Falcon em que eles são todos umas brasas e têm uma pilas enormes.

A verdade é que não me considero um gay a *fulltime*. Não me importo de ser, mas também não alinho na onda *proud to be gay* dos clubes, sites, chats, revistas, bares e manifestações da classe. É tudo uma palhaçada.

Descobri muito cedo que ia ser assim, talvez com sete ou oito anos, e como tive sorte de nascer depois de 1980, fui muito mais poupado à inevitável segregação social que os homossexuais da geração anterior sofreram. Não admira que existam tantos gays não assumidos, porque para eles as coisas foram muito mais complicadas. Claro que fui perseguido por outros miúdos no liceu, mas metia-os na ordem com uma cabeçada, porque sou gay mas nunca fui covarde, nunca deixei de fazer o que me apetecia nem de dizer o que pensava e, com o tempo, todos aprenderam a respeitar-me.

Posso ter poucas coisas na vida, mas educação e personalidade nunca me hão de faltar. Nisso, sou igual à minha avó Matilde que me criou entre os cinco e os treze anos, quando a minha mãe esteve a viver no Brasil.

Não sei como resistiu à morte do meu pai, um ataque de coração aos dezenove anos, estava a minha mãe grávida de quatro meses, a duas semanas da data do casamento. Já o meu avô Luís morrera de ataque de coração, quando o meu pai tinha doze anos, deixando a minha avó viúva e a braços com o solar, as rendas das casas do Porto, que ainda hoje a sustentam e das quais recebo uma boa mesada. Até parece uma história manhosa de telenovela mexicana, mas não é. E como cresci com essa realidade, nunca me chocou.

Fui criado no solar frio e gigantesco com todo o cuidado e amor por ela e pelas criadas, a Palmira, redonda e generosa, e a Celeste, mais nova e muito magra, chupada como uma azeda, o típico combinado cozinheira-criada de fora que se adoram e se odeiam alternadamente, digladiando-se numa guerra fria sem tréguas para conseguirem as tarefas mais prestigiantes na complexa organização da vida doméstica, com ciúmes pelo meio na conquista das atenções do senhor Fonseca, o jardineiro façadunho e marreco promovido a motorista com acumulação de tarefas e o mesmo salário, depois da morte do meu avô.

Foi uma infância solitária com desvelos de superproteção que me tolhiam os dias, o medo das correntes de ar, das constipações e gripes que se podiam transformar em pneumonias, o pânico surdo de eu ter herdado a anomalia cardíaca responsável pela morte do meu pai e do avô Luís, a minha compleição magra e aparentemente frágil, tudo contribuía para me transformarem num boneco de porcelana.

Mas tive sorte, porque desde que aprendi a ler, passei a viver na biblioteca da casa, onde o meu avô juntara um espólio notável e variado, desde o Eça ao Júlio Verne, do Rilke ao Cesário Verde, passando pelos autores anglo-saxônicos mais emblemáticos da sua geração, o Graham Greene, o Somerset Maugham, Henry Miller, o Steinbeck, J.D. Salinger, Hemingway, a Gertrud Stein e o John dos Passos, e todos os outros, a Colette, o Camus, a Virginia Woolf. Até a Anaïs Nin lá estava, apesar de toda a polêmica que existia à volta dos seus livros. E eu, enrolado em cachecóis e mantas, habituei-me a viver para os livros e a pintar aos fins de semana. Durante as férias do verão com a avó Matilde, que tinha uma queda para o figurativo e era completamente obcecada por naturezas mortas.

Quando a minha mãe voltou do Brasil e me quis levar para Lisboa, entrou em guerra com ela; tratou-a abaixo de puta e fez tudo o que estava ao seu alcance para lhe retirar a custódia, mas acabou por desistir porque eu já tinha treze anos e escolhi ficar com a minha mãe. Por causa dessa briga, estiveram cinco anos sem trocar uma palavra. A minha avó não lhe perdoava ter-me trocado por um tipo qualquer cheio de massa com quem ela foi para o Rio de Janeiro e a minha mãe não lhe perdoou ela ter tentado ficar comigo. Hoje falam-se com uma secura cordial e nenhuma faz o menor esforço para fingir que gosta da outra.

Mesmo assim, nunca deixei de ir lá passar os verões e as férias da Páscoa e a minha avó continua a ser a referência mais importante da minha vida. Continua linda, alta, magra, o cabelo apanhado num carrapito austero e óculos, num look um bocadinho *à la* Sophia de Mello Breyner, por quem tem uma devoção extrema.

Devo quase tudo à minha avó, os bons modos e a boa educação — que, como diz a Verónica, não são a mesma coisa —, o apurado gosto estético, os hábitos espartanos de vida, o prazer em estar sozinho sem ter medo de me sentir só, a paixão pela música, a pintura e a literatura, e, sobretudo, uma visão crítica dos outros, sem contemplações por falhas de caráter ou atitudes menos corretas.

Para as pessoas da minha idade, sou muitas vezes visto como um chato, um esnobe, um puto arrogante e convencido, um menino mimado e insuportável. Mas não me importo, sempre vivi numa ilha, primeiro lá em cima, entre as discussões da Palmira e da Celeste e a ausência de neurônios do meus colegas de escola, e depois em Lisboa, a tentar redescobrir a minha mãe, que sempre vi mais como uma irmã, e no liceu, onde me chamavam panilas e outras simpatias.

Como nunca fui feio e era alto, tornei-me rapidamente o alvo da população feminina e o mascote das alunas mais velhas. Sempre tive grandes amigas entre as raparigas, que ainda conservo. Cheguei mesmo a ter uma ou duas namoradas com quem fui para a cama, mas nunca me sentia bem nesses momentos. Sempre adorei mulheres, porque cresci vidrado na minha avó, na sua postura aristocrática e nos seus modos de senhora, mas nunca senti nenhum apelo sexual por um corpo feminino. Para mim as mulheres representam o mais fino e sutil tipo de beleza, mas não têm o poder do *sex-appeal* de um homem.

Aos dezessete anos tudo mudou. Conheci o Manel Amaro e acordei para a vida. Estava numa discoteca com a minha mãe — saía muitas vezes com ela — quando se aproximou um tipo magro, cara de patife e sorriso extraordinário e meteu conversa comigo. Acho que me apaixonei imediatamente, porque nem me consigo lembrar bem do que aconteceu depois. Há um hiato na minha vida, um hiato que começa nessa noite e só acaba algumas semanas depois, quando já estou totalmente envolvido com o Manel, dominado pelo seu charme, pelo seu requinte, pelos seus modos de menino de boas famílias, as suas histórias da infância milionária numa quinta gigantesca nos arredores de Lisboa, rodeado de empregados, cavalos e a coleção de carros do pai, um Aston Martin, um Rolls, um Bentley, dois Porsches e um Jaguar.

O Manel iniciou-me na vida de adulto e acabou o trabalho de formação da minha personalidade começado pela avó Matilde e interrompido com o meu regresso a Lisboa. Cinco anos depois, olho para trás e reconheço duas influências fundamentais na minha vida: a minha avó e o Manel. E, mais recentemente, a Verónica, que combina o melhor dos dois: a elegância e o bom berço do Manel, a generosidade, a sensatez e o talento da avó Matilde.

Mostrou-me o mundo e durante quase um ano vivi nas nuvens; ele tornou-se o melhor amigo da minha mãe, que o aceitou imediatamente. Pela primeira vez tinha uma família. Mas o Manel tem tanto de encantador como de volúvel e rapidamente se fartou do seu brinquedo novo. Começou a mentir-me; combinava ir-me buscar, não aparecia e ficava uma semana sem me telefonar, dormia com outros tipos e comecei a sentir o chão a fugir-me dos pés. Entrei em paranoia. Tinha dezoito anos, o coração cheio de amor para dar e estava a viver a maior desilusão da minha vida.

Quando tudo acabou, no princípio do verão, voltei para a quinta, para o colo da única pessoa que nunca me falhara e por lá fiquei, a vegetar durante três meses, entre os caldos da Palmira, os mimos da Celeste e a companhia da minha avó, à espera que as feridas do desgosto, da rejeição e da tristeza fechassem. Quando finalmente fecharam, prometi a mim próprio que nunca mais voltaria a passar por aquilo. Transformei o meu coração num cofre de alta segurança. Nunca mais ninguém conseguiu lá entrar.

Regressei a Lisboa em outubro, quando entrei para Belas Artes, e só voltei a ver o Manel perto do Natal; encontramo-nos por acaso na pastelaria a tomar o pequeno almoço, eu estava com a minha mãe e ele com um miúdo que não devia ter mais de dezessete anos, com cara de parvo e uma franja que lhe descia pela testa, tipo esfregona Vileda.

O Manel igual a si próprio, lindo, com os seus inconfundíveis modos de menino fino e sorriso de patife, o corpo magro e perfeito naquela pose de quem se está nas tintas para tudo, que me habituei a imitar quando andava com ele. Dirigiu-se imediatamente à nossa mesa, deu um beijo caloroso à minha mãe e outro a mim e pôs-se a fazer conversa do nada, com a Vileda pendurada lá ao fundo, como um chapéu esquecido no bengaleiro de entrada. Fiquei tão enojado que me despedi à pressa, inventei uma desculpa qualquer e fui para casa vomitar. Aquele miúdo era eu um ano antes, perdido de amores pelo príncipe encantado e ia-lhe acontecer o mesmo que me aconteceu; o Manel ia brincar com ele até se fartar e depois ia despachá-lo como se fosse bagagem.

As pessoas repetem o seu comportamento, mesmo que não queiram, é mais forte do que elas. A minha avó nasceu para pintar naturezas mortas, a minha mãe para viver atrás de tipos que não gostam dela, a Verónica para o trabalho, o Manel para desviar miúdos. Daqui a vinte anos, a minha mãe continuará na mesma, a Verónica será uma pintora de referência e o Manel um velho conquistador. E, eu, vou ser o quê?

Sou demasiado exigente para levar uma existência fútil, mas também sou demasiado preguiçoso para me dedicar só ao trabalho, viver para os quadros e sacrificar o meu tempo livre, que gasto como me apetece. Talvez volte para o solar e o transforme num hotel de turismo de habitação, talvez tenha sorte como pintor e consiga vingar no meio, talvez arranje um namorado porreiro com quem alugue umas águas-furtadas em S. Bento e seja feliz para sempre.

Como toda a gente normal, tenho tido os meus casos. De vez em quando conheço alguém que acho que pode valer a pena, deixo-me ir e durante duas ou três semanas vivo um romance intenso e cheio de emoção. Depois acontece qualquer coisa que me desagrada. Dá-me o desclique, fico três dias com a neura e nunca mais penso no assunto. A maior parte das vezes nem sequer me envolvo, o meu sentido crítico não me deixa entusiasmar pelas pessoas, apanho-lhes os defeitos mais depressa do que as qualidades e mato-os sem levantar um dedo, como aquele mestre japonês de artes marciais que mata com um grito. Só existem sete no mundo inteiro e tu nem o ouves, porque morres.

Adorava ser um Golden Fish, esquecer tudo em sete segundos, por isso estão sempre a conhecer-se pela primeira vez, *olá, olá*, a cada volta ao aquário. Pelo contrário, memória de elefante, nunca me esqueço de nada, e quando me lembro dos homens com quem me envolvi, são sempre as coisas más que me vêm à memória. A Verónica diz que é da idade, com vinte e dois anos também se lembrava de tudo, agora está mais esquecida, mas eu acho que ela prefere esquecer-se das coisas para poder ter paz.

Não sei como é que mantém o estoicismo inalterável perante os desgostos de amor. Outro dia, dizia-me que, entre tantas coisas boas que tinha, não podia permitir-se que o lado sentimental ensombrasse todo o resto. *Neste momento tão bom da minha vida, não ter um homem ao meu lado só pode ser um pormenor*, concluiu depois de me contar o jantar com o Fred. Tinha-me convidado para ir ver os quadros da próxima exposição e o ateliê já estava forrado de quadros acabados, telas escuras e austeras, muito mais tristes e fortes do que as que alguma vez pintou, com pares de objetos totalmente improváveis. Uma maçã a namorar com um flûte de champanhe, uma cereja pendurada num fio a suspirar por um par de sapatos velhos de criança, um caracol loiro enrolado num guardanapo branco, um prato partido a chamar por uma roda de bicicleta abandonada debaixo da mesa, uma cereja a conversar com um envelope. Pares impossíveis e infelizes, a interpretação desencantada e descrente, a ironia da idealização de um *perfect match*, desmontada ao pormenor, mesmo sem o grito que mata. Quadros belíssimos, meticulosos, tecnicamente notáveis, de um extraordinário bom gosto. Sóbrios, tristes, serenos. Como ela. Não sei se alguma vez conseguirei pintar a este nível, mas também não sei se é isso que quero para mim. Apesar de bonita, estava desgrenhada, o cabelo sujo e apanhado com uma mola, umas calças largas e uma camisola velha que não a favoreciam, escondidas debaixo de um avental irrecuperável.

Uma semana antes de a ir visitar, fui parar a uma festa de gays numa casa perdida no meio do nada, perto da Malveira da Serra. Tinha ido jantar ao Sinal Vermelho com o Alex e o namorado, com quem às vezes saio ao fim de semana. Alguém os desafiou para aparecerem e quando chegamos já era tarde.

A casa era fabulosa, de um holandês que vive em Portugal há trinta anos, com três salas seguidas a dar para o jardim e uma vista de cortar a respiração sobre a praia do Guincho, quadros do Pomar, da Paula Rêgo e do Artur Bual por todos os lados, desenhos do Almada, esculturas do Cutileiro, biombos chineses e sofás gigantescos. A fauna era a do costume em festas gay: empresários, atores, um cirurgião plástico, alguns futebolistas, políticos, decoradores, relações públicas e artistas plásticos. Champanhe à discrição e coca na biblioteca, música lounge mais alto do que seria desejável e uma dúzia de pós-adolescentes, entre os quais a eterna Vileda, ex-caso do Manel e ex-caso de noventa por cento dos gays que conheço. Coitado, nunca mais deve ter recuperado do desgosto. Eu tentei matar-me com comprimidos, ele deve andar a matar-se com a vida que leva.

Um senhor com mais de cinquenta anos, porte aristocrático e cabelo grisalho, entabulou conversa comigo. Era muito discreto, mas não enganava ninguém nem estava ali para enganar. Quem vai a este tipo de festas sabe ao que vai, a entrada é interdita a heterossexuais, embora os bissexuais sejam aceitos, porque há ainda hoje na sociedade portuguesa muito mais bissexuais do que gays assumidos. Nunca gostei de tipos mais velhos, por isso dei-lhe pouca conversa, apesar da simpatia e da afabilidade quase familiares. Fez-me impressão, podia ser meu tio-avô, era de certeza mais velho do que o meu pai, se ainda fosse vivo.

Perguntou-me o que é que fazia e quando lhe disse que estava no terceiro ano de Belas Artes, aproveitou logo para me revelar que tinha ótimos contatos no meio, vários amigos donos de *importantes* galerias, que andavam sempre à procura de novos talentos e que tinha todo o prazer em me apresentar, isto é, depois de ver o meu trabalho, que, *seguramente*, devia ser *excelente*.

Já não sabia como me livrar dele, quando o Alex, que estava do outro lado sala há mais de uma hora a fazer-me sinais de luzes, interrompeu a conversa e cumprimentou-o com um sorriso aberto:

— Olá, tio, como está?

— Olha quem ele é! ... — respondeu o senhor, um pouco atrapalhado, tentando disfarçar. — Estás bom, rapaz?

— Estou ótimo, tio... Então, lá nos veremos no dia 7 do mês que vem, não é?

— Pois... mas escusas de mencionar que me encontraste aqui hoje, se não te importasses...

— Pois claro, tio, como é evidente. Esteja descansado.

— Gostei muito de conhecer este teu amigo... André,

não é? Ele também é pintor... Se ele tiver talento, posso ajudá-lo... O que é que achas?

— O tio é que sabe — respondeu o Alex com um sorriso quase cínico.

— Bem... então se não se importam, vou andando... até qualquer dia, gostei de os ver.

E virou as costas, afastando-se apressadamente com o rabo entre as pernas.

— Ainda bem que me vieste safar do velho — disse eu, agradecido ao Alex —, já estava sem conversa para ele. E este gênero de esquema de me querer ajudar profissionalmente para me engatar, já não se aguenta.

— Não tive outro remédio — respondeu, encolhendo os ombros.

— Mas afinal quem era? Parece-me que o conheço de qualquer lado...

— Pois conheces. É o pai da Verónica.

Cometas. Dupla personalidade. Escuros como breu. Até se incendiarem quando se aproximam do sol, espalhando fogo com a sua cauda. Para depois morrerem aos nossos pés.

14

Isto não me pode estar a acontecer, é pior do que um filme do Almodóvar: a Maria do Carmo a pedir-me o divórcio. E por causa da minha irmã. Isso mesmo, da minha irmã. A minha mulher é lésbica e anda metida com a minha irmã. Se não as matar às duas nem acabar os dias da minha vida internado no Hospital Júlio de Matos é um milagre. Bem dizia o meu pai que todas as mulheres são umas grandes putas. Cabras de merda. E francamente, não sei o que é pior: se é ser trocado por um homem, se por uma gaja.

Outro dia chego a casa estourado do laboratório e estão as duas no sofá, muito juntas, dobradas em risinhos parvos a fazerem olhinhos uma à outra. Mas um tipo acha normal, porque sempre foram assim, muito amigas, cheias de segredos e parvoíces, coisas de mulheres. Jantamos todos à mesa, um jantar de família tipicamente enfadonho com os miúdos a fazerem disparates como de costume e a Maria do Carmo com cara de caso, mas como está quase sempre de trombas, não noto nada de diferente. Para dizer a verdade, não noto nada, tenho a cabeça noutros lugares mais agradáveis, como as mamas da Vanda.

A seguir ao jantar, a Maria do Carmo manda os miúdos para a cama, acende um cigarro, prepara duas vodcas tônicas, um para ela e outro para a Kika, e um uísque para mim. Depois senta-se no sofá ao lado da outra, ambas me fixam em silêncio como quem está a tomar balanço, até que me dizem em coro, tipo siamesas:

— Precisamos de falar contigo.

Pensei: vai cair uma bomba. Um tipo pensa sempre que está preparado para qualquer bomba que lhe caia em cima, e afinal nunca está.

Será que vem aí outra criança? Só se for de geração espontânea, porque não toco na Maria do Carmo há mais de seis meses e, antes disso, se fosse uma vez por mês já não era mau, mas ela não se queixa, nunca se queixou. Será que a minha irmã finalmente arranjou um homem? Ou será que alguém está doente?

Ou talvez seja uma coisa mais prosaica, querem abrir as duas uma loja, montar um negócio, uma boutique, não, uma loja de antiguidades, tanto uma como a outra são doidas por velharias, jarras, pratos, bonecas, quinquilharia de todo o tipo. Ainda bem que ela deu à Kika aquela coleção de bonecas, senão tinha levado com aquela vitrine sinistra cá em casa, onde já não há espaço nem para uma agulha.

— Então o que se passa? — pergunto, enquanto saboreio o meu uísque. Ainda estou a pensar na Vanda e como as mamas dela são capazes de me fazer feliz durante a hora do almoço, quando o laboratório está vazio. Tento concentrar-me no que estas almas têm para me dizer. Devem querer guito para estourar, uma parvoíce qualquer, está-se mesmo a ver.

— É um assunto sério... delicado... — balbucia a minha irmã, a dar nós com os dedos. Tem mãos que parecem de porco, coitada, com a pele rosada e seca. Nunca foi bonita, mas também não era preciso deixar-se estragar a este ponto. Parece uma lontra, luzidia, com bigode e tudo. Não admira que nenhum homem lhe toque.

— Digam lá. Querem dinheiro para abrir uma loja?

— Não, não é nada disso. Só se fosse para irmos de férias juntas.

— Férias agora? No fim de janeiro? Mas vocês estão doidas ou quê?

— Se calhar estamos — respondem em coro, um bocado atrapalhadas.

Aqui há gato. Passa-se qualquer coisa muito estranha, não estou a aperceber nada.

— Mas afinal o que é que se passa? Estão com uma cara tão séria, vá lá, não morreu ninguém, pois não?

— Marcelo, nós sabemos que tu vais achar isto um bocado estranho mas... nós andamos uma com a outra.

Assim, tal e qual, como quem diz, vou lá abaixo comprar o jornal e já venho. *Andamos uma com a outra.* Mas onde é que já se viu duas mulheres andarem uma com a outra?

— O quê?... O que é que vocês querem dizer com isso?

— Nós... nós estamos apaixonadas uma pela outra. E vamos viver juntas — diz a Maria do Carmo.

— Em minha casa — continua a Kika.

— E os miúdos? — pergunto. Não sei por que é que perguntei isto, neste momento nem acredito no que me está a acontecer, só me apetece mergulhar dentro do copo de uísque e dissolver-me em partículas aquáticas.

— É como tu quiseres — responde a Maria do Carmo, impávida.

— Como eu quiser? Como eu quiser?!

— Sim... podem vir comigo ou ficar aqui contigo.

— E eu fico sozinho com eles?

— Não, ficas com a empregada, ela ajuda-te.

— Estás-me a dizer que vais sair de casa porque te apaixonaste pelo minha irmã e que os miúdos ficam cá em casa comigo e com a empregada??? Tu enlouqueceste, Maria do Carmo? E tu também, Kika?

As duas não desarmam. A união faz a força.

— Não, Marcelo, nós não enlouquecemos, nós só estamos a dizer-te a verdade.

— E há quanto tempo é que dura esta palhaçada? — pergunto, já a espumar de raiva, com vontade de lhes partir a tromba. Às duas, claro.

— Bem, isso agora também não tem muita importância, pois não? O importante é que a decisão está tomada e...

Será que eu ouvi bem? Será que esta vaca com quem me casei por inércia, e que toda a vida sustentei, tem a lata de me dizer na cara que toma decisões à minha revelia e que eu tenho de as aceitar como se nada fosse?

— Com que então a decisão está tomada, não é? — pergunto, à espera que se encolham. Tenho de fazer qualquer coisa, porra, não posso permitir que isto avance mais.

As duas olham-me de frente e não desviam o olhar.

De repente percebo tudo, os segredinhos, a grande amizade desde o tempo da faculdade, as férias em agosto no Algarve, quando eu alugava a casa e só ia aos fins de semana para me ver livre deles, a Kika sempre muito prestável a dizer *não te preocupes, eu faço companhia à Carminho*, o fato da Kika nunca se ter casado, o desinteresse sexual da Maria do Carmo, a sua dedicação à Kika, sempre a falar nela, sempre a protegê-la, sempre a dar-lhe presentes com o meu dinheiro... que duas grandes putas me saíram! Traído pela minha mulher e pela minha própria irmã, isto é absurdo, não posso permitir isto, não posso.

— Olha, Kika... eu acho melhor tu ires-te embora já, porque isto é um assunto entre mim e a Maria do Carmo.

A Kika levanta-se imediatamente. Sempre teve medo de mim e ainda tem. Ela sabe que se eu me descontrolar, lhe dou cabo da cara. Mas a Maria do Carmo puxa-a pelo braço e ela volta a sentar-se no sofá.

— Ela não tem nada que se ir embora — responde, em tom de desafio —, e tu não mandas nela nem em mim.

— Mas mando nesta casa e, que eu saiba, sou eu que pago as contas, por isso, Kika, se fazes favor, põe-te a andar, antes que eu faça alguma coisa da qual me arrependa. Rua!

— É melhor eu ir-me embora, querida — balbucia a Kika, já muito nervosa, largando a mão da Maria do Carmo. Ela conhece-me, sabe do que sou capaz. E quando perco a cabeça, sou capaz de quase tudo. Quando era miúdo, estrangulei-lhe o cão quando ela foi dizer ao meu pai que eu andava a fumar charros. Se ela não sai porta fora neste momento, estrangulo-a também.

— Não queres que te aconteça o mesmo que aconteceu ao Pinóquio, pois não? — ameaço ainda, de pé, antes dela bater com a porta.

— Controla-te, Marcelo, sempre foste um animal — diz a Maria do Carmo depois da outra ter saído —, nunca me devia ter casado contigo. És um ser odioso e prepotente.

— E tu és o quê? Uma *top model* cheia de qualidades? Tem paciência, Maria do Carmo! Tu é que não devias ter casado. Nem comigo nem com ninguém. Sempre foste uma parvalhona, uma invejosa, nem sequer tens amor pelos miúdos, só os enches de porcarias e jogos de PlayStation para não te chatearem!

— E tu? Alguma vez lhes deste atenção? Nem olhas para a cara deles, é como se nem existissem!

— Isso não é verdade! Eu sou um bom pai. Eles andam num bom colégio, sempre lhes dei tudo. Tu é que és uma parasita, uma inútil, que não sabes fazer nada a não ser comer e gastar dinheiro, e ainda por cima enlouqueceste de vez com esta palhaçada de estares apaixonada pela Kika.

— Eu estou mesmo apaixonada por ela, ok? E não tenho culpa que seja tua irmã, percebes? Podia ser outra pessoa qualquer — defende-se o bicho, em tom revoltado.

— Não podia ser outra mulher qualquer, minha fufa de merda — respondo-lhe. Cheio de raiva. Era o que me faltava, este bule de chá a responder-me torto.

— Tu não me insultes, ouviste? — grita o paquiderme, avançando na minha direção. Levanta o braço direito como se me quisesse dar um estalo. Agarro-lhe os pulsos com força.

— Queres que eu te dê uma tareia, minha puta?

— Experimenta! Vá, faz o que o meu pai fazia à minha mãe, tenta lá bater-me a ver o que te acontece, meu cobardolas de merda!

Ficamos os dois a olhar fixamente um para o outro. Se o olhar matasse, tínhamos os dois morte imediata. Mas a vaca morria primeiro.

Alguns segundos depois, segundos que parecem horas, solto-lhe os pulsos e peço-lhe que se volte a sentar. Deixo-me cair no sofá e respiro fundo antes de falar. Tenho que resolver isto de uma forma ou de outra, por mais absurdo que me pareça.

— Bem... vamos tentar entender-nos, está bem?

— Tu é que começaste a discussão.

— Não, Maria do Carmo, tu é que me disseste que me ias deixar pela minha irmã.

— E vou. Quer queiras, quer não. A minha decisão está tomada.

— E vais viver de quê?

— Da tua pensão.

— E se eu não te quiser dar nenhuma pensão?

— Estás disposto a ir a tribunal dizer ao juiz que não me dás pensão porque sou lésbica?

Ela tem razão. Nenhum juiz me vai dispensar de lhe dar uma pensão com os rendimentos que tenho. Como já dava algum dinheiro à minha irmã todos os meses, assim fico a sustentar um casal de fufas. Não consigo imaginar nada mais degradante para um quarentão que pode comer todas as secretárias e strippers que lhe apetecer.

— Está bem. Mas prefiro ser eu a sair de casa e tu ficas cá com os miúdos.

— Então a Kika vem para cá viver.

— Isso é que não! O que é que as crianças iam pensar?

— As crianças já devem ter visto mulheres na cama nos canais pornográficos, ou achas que tens dois anjinhos em casa?

— Com onze anos? Não acredito.

— Mas acredito eu, porque já os apanhei com revistas no quarto.

— E não me disseste nada?

— Por que é que havia de dizer? São rapazes, mais cedo ou mais tarde vão-se tornar uns porcos como tu e como todos os homens.

Já percebi. Ela deu em fufa por defeito. Acha que todos os homens são uma merda.

— Como é que consegues falar assim dos teus filhos? — pergunto, chocado.

— Também são teus filhos — responde. — Ou são só teus filhos para as idas ao futebol uma vez por mês?

— Nunca me devia ter casado contigo.

— Não, Marcelo, eu é que nunca me devia ter casado contigo. Mas agora temos de resolver isto da melhor maneira. Ou a Kika vem cá para casa, ou vou eu para casa dela. E se for preciso, levo os miúdos.

— E se eu não aceitar nada desta merda?

— Não tens outro remédio.

— Posso fazer-te a vida numa inferno — ainda resmungo, em tom ameaçador.

— E o que é que ganhavas com isso? O mundo mudou, Marcelo, já não me podes bater, já não me podes dar como louca e fechar-me num convento ou numa instituição de doentes mentais. As mulheres hoje em dia são livres, percebes? Não têm de aguentar tudo como antigamente, como a minha mãe aguentou as tareias do meu pai. As mulheres podem fazer o que quiserem, ser quem elas quiserem. E eu quero ser assim.

— Mesmo que isso implique destruir uma família.

— Qual família? Não sejas cínico, Marcelo, não me venhas com falsos moralismos, por favor. Nós somos dois adultos que se casaram por engano e que por acaso tiveram dois filhos. Tu nunca gostaste de mim nem eu de ti. Casamos porque toda a gente esperava que o fizéssemos e habituamo-nos a esta vida porque nunca tivemos outra. Mas esta vida não é uma vida a sério, é apenas igual à de muitos casais que se juntaram pelas razões erradas e continuam juntos porque têm medo de mudar de vida. Mas eu quero ter uma vida, quero ter a *minha* vida, percebes? Mesmo que me dês uma mesada miserável, eu troco o conforto desta casa, as férias no Brasil, as roupas de marca e os jantares nos restaurantes da moda pela Kika. Gosto da tua irmã há muitos anos, sempre gostei.

Ela está a ser sincera. Talvez pela primeira vez na nossa vida de casal, ela me esteja a dizer a verdade e isso, por estranho que pareça, retira-me força para a combater, para a tentar destruir. É como se a sinceridade dela me anestesiasse.

— Não sei como é que escondeste isto durante tantos anos. É uma coisa que nunca te vou perdoar.

— Eu também não sei — responde, encolhendo os ombros —, é uma cruz que carrego desde miúda e que sempre escondi de toda a gente, até da tua irmã. Mas um dia ela revelou-se e eu não resisti, tenho isto cá dentro, Marcelo, faz parte da minha natureza.

— Tu odeias os homens, não odeias?

— Não sei. Só sei que não gosto de homens, que prefiro as mulheres. Sempre preferi, só que nunca tive coragem de assumir isso, porque achava que era impossível ser aceita pelos outros por causa desta minha faceta. Mas os tempos mudaram.

Pois mudaram. A minha mulher é lésbica e eu não sei o que hei de fazer.

— Acredita que se soubesse o que sei hoje, nunca me teria casado, nem contigo nem com ninguém.

— E agora? O que é que vai ser da minha vida?

— Não sei, mas acho que assim ficamos melhor. Tu já podes fazer o que te apetece com as tuas amantes lá do laboratório, podes viajar com elas, divertires-te um bocado... Com um bocado de sorte até arranjas uma de jeito, não acredito que sejam todas umas cabras.

A minha mulher trocou-me pela minha irmã e, não contente com isso, está a tentar arranjar soluções para a minha vida sentimental. E eu estou sentado no sofá a ouvi-la, impotente perante a realidade. Estou sentado a ouvi-la porque não consigo vencê-la, falta-me força e não tenho armas, porque o que ela me está a dizer é verdade e ninguém pode mudar a verdade, nem Deus nem o Diabo.

O que fiz eu para merecer isto? Será Deus a castigar-me por ter herdado o negócio que tinha a meias com o Henrique? Não tive culpa nenhuma do gajo se ter espetado de carro.. Será que uma pessoa não pode ter direito a tudo na vida, e eu, que tenho sucesso e dinheiro, não posso ter uma mulher que goste de homens?

O melhor é sair de casa e ir para um hotel durante duas ou três semanas, arrefecer a cabeça, consultar o meu advogado e depois tomar uma decisão.

As mulheres são mesmo umas putas, estão sempre a ver como é que hão de tramar um tipo. Se eu soubesse que ela sempre foi fufa, nunca me tinha casado. Podia ter casado com outra gaja qualquer do curso, tanto fazia, nunca gostei de nenhuma. Mas podia ter escolhido uma que não fosse lésbica. Isto é pior do que levar um par de cornos de um futebolista. O Xavier passou a faculdade inteira a dizer-me que ela era do pior que havia, mas como eu sabia que ele se tinha metido com ela e levado uma tampa, julguei que estava só ressabiado. O gajo é que tinha razão. Era um grande cabrão, mas não era estúpido de todo.

São todas iguais, todas. Se um gajo as trata mal, andam atrás de nós como cães, se um gajo as trata bem, enganam-nos como podem. E a Kika é a pior delas todas. Bem, a essa não tenho de dar dinheiro. Elas que se amanhem.

Assim que sair de casa, mesmo que não queira, a outra parasita muda-se logo, está-se mesmo a ver. E eu não tenho nenhum poder para evitar que isso aconteça.

— Bem, amanhã voltamos a falar, para decidir melhor o que vamos fazer. Tens a certeza que não vais mudar de ideias?

— Tenho. Deixa-te estar, eu vou-me deitar primeiro, para não te incomodar.

— Não incomodas nada. Aliás, mudei de ideias, vou dormir fora de casa hoje.

— Faz como entenderes. Boa noite.

E desaparece pelo corredor, como se nada tivesse importância. Ainda pensei que o fato de anunciar bombasticamente que ia dormir fora de casa lhe provocasse algum pânico, ou pelo menos uma certa apreensão, mas afinal parece que surtiu o efeito contrário. Quero recusar-me a acreditar que ela se está nas tintas, mas não posso. Foi-se mesmo deitar sem mais uma palavra, deve estar aliviada depois de me ter revelado a verdade. Porque é que as pessoas se sentem tão bem depois de revelar a verdade, por mais assustadora e arrepiante que seja? É como os assassinos, ficam sempre com ar angélico depois do crime confessado, como se tivesse descido sobre eles um manto de santidade.

A vida é uma sucessão de acontecimentos absurdos que nos escapam misteriosamente. Eu pensava que tinha uma vida normal, uma empresa saudável, mulher e filhos em casa, umas quantas miúdas por fora e uns amigos porreiros com quem podia ir para a farra e ao futebol ao fim de semana. Afinal não tenho ninguém. Não posso telefonar à meia-noite a um gajo qualquer do meu grupo da faculdade a contar-lhe que vou dormir fora de casa porque a minha mulher me disse que está apaixonada pela minha irmã e quer ir viver com ela. Não posso contar esta merda a ninguém, ou a minha reputação acaba já aqui e não passo de um cornudo frouxo a fazer a maior figura de estúpido que já vi em toda a minha vida.

O melhor é inverter a história, dizer às pessoas que saí de casa porque me apaixonei por uma gaja. Mas qual? As mamas da Vanda são boas, mas não chegam para um gajo se apaixonar. E depois, como é que um tipo no seu juízo perfeito consegue aguentar uma gaja que lhe chama *boneco e fofinho*?

Odeio as mulheres, odeio-as a todas. Odeio a minha irmã que é uma falsa, odeio a Maria do Carmo, odeio aquela irmã dela, armada em bomba sexual com a mania que é uma grande atriz. Odeio a minha sogra que parece uma alforreca, odeio as gajas todas que se fazem a mim no laboratório e só as papo para as poder enxotar a seguir.

E agora, para onde é que vou? Nunca dormi fora de casa sem ser no estrangeiro, nunca dormi num hotel em Lisboa, por isso vagueio pela cidade e acabo por ir parar ao Chiado. Posso ficar num hotel por aqui mesmo, daqueles de três estrelas para turistas. Faço o *check in* no primeiro que encontro e vou até ao Nina Bar. O cartaz do lado direito da porta anuncia que hoje há show lésbico. Sempre é um consolo.

Entro, sento-me numa mesa discreta, peço um uísque duplo e acendo um cigarro. Cheira a fumo e a bafio. À minha volta só vejo homens de meia idade, todos com barriga, alguns com charuto, mas nenhum é meu conhecido, pelo menos por enquanto. O show começa pouco tempo depois. Duas loiras bem cheias, com cara de couve, iniciam o espectáculo, beijando-se e lambendo-se uma à outra, enquanto vão despindo as poucas peças de roupa que trazem vestidas. São muito semelhantes, como duas gotas de chuva: o cabelo é do mesmo loiro, as mamas iguais, provavelmente operadas pelo mesmo carniceiro. Lançam olhares lânguidos à assistência enquanto se roçam uma na outra. Um formigueiro persistente instala-se entre as minhas pernas e começa a tomar-me os sentidos. Acendo outro cigarro e acabo o meu uísque. Assim que o show termina, faço um telefonema e olho para o relógio para me certificar das horas. Daqui a vinte minutos tenho uma puta no hotel e vou comê-la como me apetecer, vou-lhe pagar em dinheiro — são as regras da minha fornecedora de miúdas — e mandá-la embora. É para isso que as gajas servem. Para as comermos e depois as despacharmos. Mandei vir uma eslava, porque as brasileiras falam muito, estão sempre a chamar-nos *meu bem* e outras merdas do gênero, não tenho paciência nenhuma para essas impostoras. Pedi uma que falasse mal português, loira verdadeira e com mamas grandes. Se não me apetecer fodê-la, sempre tenho alternativa.

15

Mais um dia sem fazer nada, a não ser atender telefonemas idiotas de jornalistas acéfalos a fazerem perguntas ainda mais idiotas e acéfalas. Que corja! E, como todas as pragas, parecem multiplicar-se à velocidade da luz. Qualquer dia tenho que mudar outra vez de número de telemóvel, ou então atiro-o para a piscina e fica o caso arrumado.

O meu agente ligou-me. Parece que a produtora que fez a série da professora cega tem uma telenovela aprovada e querem-me para o papel de uma divorciada rica e frustrada que gostava de ser cantora mas não tem voz nenhuma e passa a vida a fazer a vida num inferno ao ex-marido, que anda com uma estrela pop. A história é muito fraca, mas o meu agente disse-me que os outros atores eram todos de primeira e que a produtora pagava bem e a horas, e não deixou de me lembrar que estou há quase três meses parada. Como se fosse um crime não estar a trabalhar. Não sou obrigada a estar sempre a filmar e, além disso, foi muito útil não ter trabalhado, porque fiquei com mais tempo para tratar da casa, do jardim e do Duarte, que, a pouco e pouco, está outra vez a deixar que me aproxime dele. Tenho que ser muito cuidadosa, nada de beijos e abraços. Ele já é um adolescente e está naquela fase que faz alergias de pele ao contato físico com os progenitores, mas estou a fazer progressos e para isso vale a pena estar parada, pelo menos por enquanto.

Enquanto me dizia os nomes dos atores, estive quase a perguntar se o Gonçalo também tinha feito *casting*, mas não tive coragem. Vou ter de descobrir de outra forma, porque se ele estiver na novela, eu entro, quanto mais não seja para ver como é que se porta comigo.

Não me apetece nada começar outra novela e levar com horários malucos, conflitos de *plateau*, maquiadoras intriguistas, novas atrizes que só entraram numa novela e se julgam donas do mundo, e todas as merdas que acontecem sempre que há uma nova produção, com os jornalistas à porta dos locais de filmagem, tipo totens, parece que nunca comem nem dormem, esses vampiros de merda. Mas vou ter de aceitar. As contas mensais são astronômicas: o jardim, a Asunción, o senhor Abel, o colégio do Duarte, o aquecimento, a manutenção da piscina, para não falar do seguro de saúde, do empréstimo ao banco, das contas de telefones e de eletricidade, etc, etc. Armei-me em rica, mas quem paga tudo sou eu. Às vezes apetece-me vender isto tudo e ir viver para um T3 em Alcântara.

A Asunción trouxe-me a pilha de cartas do correio, com o lixo do costume, folhetos de hipermercados, cartões de empresas de janelas, estores e afins, serviços de pequenos arranjos e canalizações, convites para coquetéis de abertura de bares, restaurantes, sapatarias, joalharias, festas com temas parvos nas discotecas da moda, estreias de peças de teatro ou antestreias de cinema, contas para pagar etc.

Nem abro a maior parte dos convites, seleciono pelo envelope, basta-me saber a proveniência para os mandar diretamente para o lixo. Irritam-me particularmente aqueles que trazem lá dentro um cartão assinado pelo relações públicas da empresa que organiza o "evento", como eles tanto gostam de dizer, com a frase gasta da praxe, esperamos contar com a sua presença, ou, no caso de me conhecerem pessoalmente, adorava que viesses. Pois, mas eu adoro não ir e só vou quando é mesmo obrigatório. Por exemplo, se for uma peça de teatro em que entram amigos meus, é chato não ir. Mas escapo-me a tudo o que posso, a não ser a secas organizadas pelas marcas que me patrocinam, como das joias, do carro e das roupas. Mesmo assim, vou a ferros, porque chateia-me ir sozinha. Não posso levar um caramelo qualquer, senão a imprensa inventa logo uma história mirabolante, mesmo que seja bicha, careca, gordo, coxo, ou tudo junto.

Antigamente era a Verónica quem acabava por ir comigo a maior parte das vezes. Como odeio guiar, vinha-me buscar a Sintra e às vezes vinha-me trazer, se não encontrasse lá ninguém que me desse boleia para casa. Nunca mais vou ter uma amiga assim. A confiança é como a virgindade, só se perde uma vez.

O que eu precisava era de um gajo versátil, o chamado pau-para-toda-a-obra. Um que desse para tudo, desde *valet de chambre* a motorista, passando por advogado e contabilista, para me ajudar a fazer as contas do fim do mês e a ver se o meu agente não mete massa ao bolso cada vez que me arranja um contrato. Mas não há homens desses.

Uma das poucas coisas boas destes acontecimentos é que aparecem quase sempre homens mais velhos, sozinhos, à procura de companhia para ir jantar a seguir. São quarentões bem colocados, administradores ou empresários, de fatos Dunhill e gravatas Hermès, já meio carecas e com barriga, bem educados e cheios de vontade de agradar. Já tentei fazer alguns amigos entre eles, mas acabam sempre por querer ir para a cama comigo, ou pior ainda, por se apaixonar por mim. Se caio na asneira de aceitar aquilo que me parece um inocente e circunstancial convite para jantar, cai-me no prato, tipo *Jack in the box*, uma declaração de amor à segunda garrafa de um tinto de nome sonante, escolhido para impressionar. E a seguir vem o clássico rol das manobras conquistadoras: flores no dia seguinte e todo o tipo de presentes com que os homens de estatuto e dinheiro pensam que compram as mulheres. Como sou muito má a dizer a palavra *não* e acho horrível rejeitar as pessoas, vou-me escapando como posso. Demoro meses a ver-me livre deles, é uma seca.

O Duarte entra em casa com uma t-shirt genial que lhe trouxe da minha última escapadela com o Gonçalo, já não sei se a Londres ou a Amsterdão, porque tentei esquecer esse periodo da minha vida, como fiz com outros períodos ainda mais negros. Diz em letras grafitti, de tamanho quase proibitivo, *Masturbating is not a crime*.

Fez-me uma cena quando a ofereci, chamou-me doida e disse que tinha vergonha de usar aquilo. Agora faz o maior sucesso no colégio americano, embora tenha que a disfarçar com uma camisa aberta, que mantém fechada durante as aulas.

— Olá, mãe — diz com a mesma cara de sempre, a franja a enfeitar-lhe a testa. Parece que cresce todos os dias, as costas estão a alargar e, a pouco e pouco, o acne vai desaparecendo. Ainda nem fez dezesseis anos, mas por causa do surfe já tem corpo de dezessete. Não sei a quem saiu atlético, porque eu sou um espeto e o pai um espectro. Talvez tenha saído ao meu pai, que tinha uma bela figura quando era novo. Qualquer dia tem dezoito anos, acaba o 12º ano, nunca mais o vejo: faz os testes de entrada para a universidade diretamente na escola americana, e lá vai ele para Massachusetts ou qualquer outro estado embebedar-se num *campus* e fingir que estuda pelo meio. Enquanto beber cerveja e não se meter noutros disparates, é uma sorte. Graças a Deus, saiu a mim: é tão hipocondríaco e tem tanto medo que lhe aconteça alguma que não experimenta nada, ou, se já experimentou e não me disse, não deve ter gostado. Claro que fuma charros, mas eu também fumava na idade dele, não tenho qualquer autoridade para me chatear com ele ou proibi-lo de enrolar uma broca de vez em quando. É um mal menor, entre pastilhas, poppers, Md's, cogumelos, coca e outras merdas que andam por aí.

Se entretanto não mudar de ideias e persistir em tirar cinema e ser realizador como o pai, o mais provável é que fique lá fora. Neste país de brincar só sobrevive quem está metido no esquema e qualquer dia o esquema acaba, porque isto do contribuinte andar a pagar as masturbações intelectuais dos realizadores portugueses que se dão ao luxo de fazer filmes com vinte minutos de imagem a negro, isso sim, é um crime, um insulto ao cidadão.

O Zé Pedro nunca estudou cinema, é um *autodidata*, uma merda muito na moda nos anos 60 e que agora é inadmissível. Coitado do Zé Pedro, está tão velho e decadente que o miúdo se recusa a ir para casa dele. Também não o forço, deve ser horrível ver o pai desdentado, malvestido e com a barba por fazer, sempre atrelado a uma ranhosa qualquer que apanhou do lixo num bar ordinário durante a bebedeira da noite anterior. Quando percebi o estado em que ele andava, pensei em meter uma petição em tribunal para impedir o pai de estar com o miúdo, mas o meu advogado aconselhou-me a não fazer ondas porque ia ser um petisco para a imprensa, sem nenhum efeito prático.

Ele tinha razão. Não valia a pena e o miúdo começou a rejeitar instintivamente o pai. Hoje prefere ir almoçar com ele ao domingo e voltar para casa.

— A mãe nem imagina o estado de nojice em que o pai tem a casa — disse-me há dois anos, a última vez que lá passou um fim de semana. — Não me obrigue a ir lá dormir outra vez, por favor.

Não faço a mínima ideia de que é que vive, nem como se sustenta. Nunca contei com ele para a educação do Duarte e às vezes ainda tenho pesadelos em que me aparece desdentado com uma faca na mão a reclamar uma pensão de alimentos.

Espero que nunca tal lhe passe pela cabeça, já me chega ter que dar dinheiro à minha mãe, porque a Maria do Carmo nunca lhe deu nada, apesar de ter mais dinheiro do que eu.

Uma das cartas que estive quase para deitar ao lixo antes de abrir é da inauguração da nova exposição da Verónica. O convite é lindo, com o título da exposição, *Perfect Match*, a dourado sobre um quadro belíssimo: fundo preto onde se destacam duas maçãs enroladas num guardanapo, como se estivessem a dormir ou a fazer outras coisas, e uma terceira, pendurada por um fio. Tudo sóbrio, bem ao estilo da Verónica e do Alex, que é quem lhe organiza as exposições e lhe faz as cobranças difíceis aos clientes chiques que gostam de atrasar os pagamentos. No canto inferior direito, parece-me ver um bocado de uma roda de bicicleta. As bicicletas sempre foram a imagem de marca dela.

Tenho tantas saudades da minha Vêzinha, tantas, tantas... mas não sei como quebrar o gelo. Sou muito má nestas coisas, como aliás em tudo o que faço. Tenho saudades dela e do Gonçalo, mas o Gonçalo é um caso perdido, nunca mais o vou recuperar, e quanto mais tempo passar mais se vai notar a diferença de idades. Qualquer dia terá vergonha de ter andado comigo, quanto mais voltar a deitar-se na minha cama...

— Já viste isto? — pergunto ao Duarte, estendendo-lhe o convite.

— Que fixe!... É da tia Verónica?

— É. Gostas?

— Não sei, acho um bocado deprimente. A mãe não acha?

— Sim, mas é bonito.

— Claro, a mãe acha sempre bonito tudo o que é deprimente — responde em tom de velada provocação.

— Não sejas assim.

— Eu não sou *assim*, como a mãe diz. A mãe é que é.

Tenta começar uma discussão comigo. Não vai conseguir, hoje estou anormalmente calma. Tenho a estreia de uma peça com o Erro de Casting à noite, preciso de poupar energias para me aguentar. Não me apetece nada ir, mas o encenador é o mesmo com quem fiz a minha primeira peça, o meu padrinho de palco, seria uma grande falta de educação não ir. Posso ter fama de doida, de mal educada é que não. Como me ensinou a tia Luísa quando era miúda, *podem tirar-nos tudo, querida, mas a educação é que não.*

— Vou à estreia de uma peça hoje à noite, queres vir comigo?

— Não, mãe, deixe estar. Obrigada, mas não me apetece.

Ao menos este também ficou bem educado. Diz que não, mas agradece.

— Por que é que não telefona à tia Verónica e vai com ela?

Porque me enrolei com o ex-namorado dela, não lhe contei nada e ela ficou fodida comigo, percebes? Não, tu não percebes porque já tens um metro e setenta, mas vais fazer dezesseis anos, pareces um homem mas ainda és uma criança e se dependesse de mim não crescias, nunca crescias, ficavas para sempre o meu bebê, porque me fazias companhia e não tinhas de aprender a enfrentar o lixo do mundo.

— Não sei se é muito boa ideia.

— Por quê?

— Porque um ator principal foi namorado dela e eles ficaram zangados...

— Ou será por que ela e a mãe estão chateadas?

— Não estamos nada! Onde é que foste buscar essa ideia absurda?

O Duarte levanta-se do sofá visivelmente irritado.

— Está bem, mãe, é como a mãe quiser. Mas eu não sou surdo, nem cego, nem autista, ok?

Sai da sala e vai à cozinha bisbilhotar o frigorífico e perguntar à Asunción o que é o jantar. Ele sabe que a Verónica e eu estamos chateadas. Se calhar até sabe por quê.

Não vale a pena esconder a verdade aos filhos. Eles acabam sempre por perceber tudo, sobretudo aquilo que não queremos. Quando andei com o Gonçalo, foi horrível. O Duarte provocava-o ostensivamente, mesmo antes de eu lhe dizer que o Gonçalo não era só mais um amigo, que costumava ir lá a casa a seguir ao jantar. Provavelmente considerava ofensivo ele ser tão novo. Um dia disse-me: *o Gonçalo faz menos anos de diferença de mim do que da mãe*. Acho que esse dia foi o princípio do fim da minha louca, intensa e disparatada relação com o Gonçalo. Eu adorava-o, mas fazia-lhe a vida num inferno, tinha ciúmes de todas as atrizes que trabalhavam com ele na novela, o que é uma loucura, porque nunca são menos de uma dúzia. Aparecia-lhe no estúdio sem o avisar, perseguia-o por Lisboa quando me dizia que ia jantar fora com outros atores, fiz tudo o que uma mulher deve fazer para que um homem a trate como um verme e a despreze para sempre. Na altura não percebi a gravidade dos meus atos, estava de tal maneira louca por ele que tinha perdido a noção da realidade.

O Gonçalo era a minha coca, as minhas pastilhas, a minha heroína. E foi tudo tão violento que, passados seis meses, ainda me sinto de ressaca.

A exposição é daqui a uma semana. O 7 é o número de sorte da Verónica. Nasceu a 7 de dezembro, daí a fleuma inabalável das mulheres Sagitário. É como a minha mãe, pode-lhe cair este mundo e o outro em cima que estão sempre com a mesma cara, impassíveis. Até irrita. De certeza que ela escolheu este dia porque acha que lhe vai dar sorte. Como se precisasse! A Verónica tem tudo, tudo. Até tem um namorado que a adora e a trata como uma princesa, o Fred. Daqueles há poucos.

É um tipo decente, um bocado pretensioso. Tem a mania de dissertar sobre arte, num gênero a puxar para o conceitual que me enerva imenso. Cada vez que converso com ele, tenho a sensação de que me está a pôr à prova. No fundo é um esnobe de merda e como sabe que não tenho as mesmas origens da Verónica, a ideia de me apanhar em falso deve diverti-lo. Como tenho algumas luzes de pintura moderna e sempre gostei de arquitetura, lá me vou safando. Ainda por cima agora, com o novo canal da cabo, o Biography Channel, tenho aprendido imensas coisas sobre gente, atores, pintores, estadistas, inventores, ditadores e outros, o que se tem revelado precioso em conversas de circunstância. Pelo menos não faço figura de parva em frente a estranhos, porque se falar das desgraças da Elizabeth Taylor, não conto as minhas desgraças, o que era um péssimo hábito que fui aprendendo a controlar.

A divina providência chega via telemóvel com uma mensagem escrita da Lina, uma das minha amigas de pedra e cal, a chefe do bando das fufas de 1,47m, daquelas baixinhas poderosas que, quando levantam o sobrolho, são capazes de silenciar uma sala repleta de homens.

A Lina foi minha maquiadora nos primeiros filmes, nessa altura não sei se já era fufa. Era uma miúda muito magra, com o cabelo espetado, pintado de cor de laranja ou acaju, consoante os dias da semana, botas da tropa com calças cáqui enfiadas e umas camisolas de lã às riscas muito modernas da Ana Salazar. Depois *emigrou* para o guarda-roupa e revelou-se um talento nato nessa área. Além de trabalhar para todos os realizadores de longas metragens, meteu-se na publicidade onde ganhou uma data de massa nos anos gordos do mercado e comprou um apartamento gigante na Expo, que hoje vale uma fortuna. Deixou crescer o cabelo e engordou um bocado com a idade, mas isso não parece ter-lhe tirado o charme, porque saca sempre umas miúdas giríssimas, todas modelos, com quem mantém relações mais ou menos duradouras.

Como todas as fufas inteligentes, nunca se pôs a jeito para levar uma tampa, mas também nunca deixou de se insinuar. *Hás de morrer estúpida*, costuma dizer-me, quando me queixo dos homens e de precisar tanto deles.

A Lina chateou-se com a última namorada há menos de uma semana e não quer ir à peça sozinha, por isso, depois de me ter prometido trazer a Sintra a seguir à peça, vou ter com ela ao teatro.

Telefono ao senhor Abel a pedir que me leve. Tenho sempre imensa vergonha de lhe pedir estas coisas, contratei-o para me ajudar com o Duarte, sinto que é um abuso tirar o homem de casa à hora em que a família se reúne, mas o pobre diabo desfaz-se em zelos e diz logo que sim, que me vai buscar às oito e meia em ponto.

Chamo a Asunción para pôr o jantar na mesa às oito, o que a faz entrar em órbita, porque pensava que era às oito e meia, e pedir a uma sul-americana que se apresse é o mesmo que pedir a um chinês que não coma arroz.

Subo ao quarto e em meia hora tomo um duche, seco o cabelo, pinto-me e ponho um vestido preto com um casaco comprido cor de laranja, botas pretas e uns colares às cores, para disfarçar a má cara. Devia ter ido ao cabeleireiro arranjar o cabelo e contratado uma maquiadora, mas cada saída de Sintra já é uma crônica de viagem, quando não redunda numa aventura trágico-marítima à qual não tenho a certeza de sobreviver.

Às oito em ponto, chamo o Duarte, que está pregado ao computador com a merda do *messenger*, mas acaba por descer logo a seguir.

— Então, mãe, já arranjou companhia?

— Já. Vou com a Lina.

— Com esse bicho? — pergunta, horrorizado. O Duarte odeia todas as minhas amigas do meio profissional, sobretudo as fufas. — Não consegue arranjar uma companhia decente?

— Não. Mas também não procurei.

— Ó mãe...

Eu conheço muito bem este *ó mãe*, entremeado de reticências. É quase sempre seguido de um pedido mirabolante ou do anúncio de uma desgraça.

— A mãe não se importava que eu fosse sair hoje à noite?

— É quinta-feira, Duarte. Combinamos que saías aos fins de semana, uma noite por semana, não foi? Além disso tens aulas amanhã cedo.

— Mas é uma ocasião especial…

— É o quê?

— O Martim, sabe, aquele meu amigo do surfe da Praia Grande, faz uma festa em casa dele…

— Mas ele faz anos?

— Mais ou menos.

Mau, isto cheira-me a disparate.

— Mais ou menos? Filho, ninguém faz anos mais ou menos, ele faz anos ou não?

— Só para a semana, mas decidiu festejar hoje porque lhe dá mais jeito.

— E por que é que lhe dá mais jeito?

— Porque os pais foram fazer uma viagem às Caraíbas, eu acho…

— … e, portanto, presumo que não há adultos nessa festa, pois não?

— Tirando a empregada, acho que não. Por quê? A mãe não me deixa ir se não houver adultos? Tenho quinze anos, mãe, francamente, já não sou o seu bebê.

Pois não, mas tenho pena.

— Mas também não és adulto.

— Já sei, já sei, a conversa da adolescência, da idade do armário, mas deixe-me ir, mãe, eu porto-me bem, não bebo mais de duas cervejas e não faço asneiras.

Isto é extraordinário. O meu filho com quinze anos diz-me que não vai beber mais de duas cervejas, quando nem sequer devia beber álcool.

— Ok, mas com uma condição, vou-te buscar a seguir.

— Com quem?

— Com a Lina, que disse que me dava boleia para casa.

— Não posso vir com os pais de alguém?

— Não, porque não sabemos quem é esse alguém, pois não?

— Ó mãe...

Lá vem outro disparate.

— A mãe não se importa de me dar um toque antes de chegar? É que assim não precisava de entrar, percebe? Eu vinha ter cá fora.

Não percebo se ele tem vergonha que eu apareça, tem vergonha que apareça com a Lina, ou se não quer que eu entre na casa onde é a festa. O melhor é não perguntar.

— Então, mãe, posso ir?

Não adianta dizer-lhe que não, vou ter de o deixar ir. Além disso, ele está com boas notas e é um ótimo miúdo. Apesar de tudo, pelo menos com ele, estou a fazer um bom trabalho.

— Está bem, mas este fim de semana não sais.

— Não me importo. Vai entrar um *grande swell*.

— E o que é que isso quer dizer? Importas-te de traduzir?

— Vão estar boas ondas, por isso vou passar os dias dentro de água.

— Então vamos embora. Anda, eu levo-te a casa do Martim.

— Como?

— O senhor Abel vem-me cá buscar.

— A que horas?

— Agora, às oito e meia.

A Asunción levanta os pratos de sopa e regressa logo a seguir, sem a travessa do jantar.

— Dona Julieta, é a sua irmã ao telefone — diz-me, estendendo-me o telefone sem fios.

Que estranho, a Maria do Carmo a ligar-me. Nunca o faz, só para se queixar ou para me pedir favores.

— Estou, Maria do Carmo?

— Julieta, tens de vir ter a casa dos pais, depressa, depressa.

Está completamente transtornada, de repente percebo que aconteceu uma desgraça. Lá se vai a estreia da peça.

— O que se passa? Foi a mãe?

— Não, foi o pai. Teve um ataque de coração e está a chegar a ambulância. Despacha-te, por favor!

— Mas como? Quando? E vou ter aonde?

— Vem andando para cá, já te ligo para o telemóvel a dizer para onde é que o levam, mas despacha-te.

Desligo o telefone e pouso-o em cima da mesa. As cores à minha volta começam a mudar. Os pratos, os copos, os guardanapos, a toalha, as flores no centro da mesa, tudo muda de cor e de forma.

— O que se passou, mãe? Está a sentir-se mal?

— Foi o avô. Teve um ataque de coração.

— E... e ele...?

— Não sei, querido, tenho de ir para lá agora.

— E a minha festa?

— Qual festa?

— A do Martim.

— Mas tu estás doido? O avô está a morrer e tu queres ir a uma festa?

— O que é que a mãe quer que eu faça? Quer que eu vá consigo?

— Nem pensar. Mas não acho bem ires para uma festa hoje. Além disso, o senhor Abel tem que me levar a Lisboa agora mesmo, não há tempo de ir à Praia Grande.

— Eu posso apanhar um táxi...

— Está calado e obedece-me!

É evidente que estou fora de mim, é muita coisa ao mesmo tempo, não sei o que fazer.

— Está bem, mãe, desculpe. Tem a certeza que não quer que eu vá consigo?

— Não, não são coisas para a tua idade.

— Está bem. Mas ligue-me quando lá chegar. Posso levantar-me?

— Podes.

Levanta-se da mesa e senta-se a ver televisão na sala, como se nada fosse. Também deve estar assustado, mas como é miúdo, entrou em mecanismo de negação. Ou então, está-se mesmo nas tintas. Nunca gostou do avô nem nunca permiti que os dois convivessem de uma forma próxima. Entretanto, a Asunción deve ter percebido que aconteceu alguma coisa, porque me foi buscar a carteira e o casaco sem eu lhe pedir. Pelo menos, demonstra algum poder de iniciativa em momentos de crise.

O senhor Abel conduz devagar e com prudência pelo IC19, demasiado devagar para o meu estado de espírito, mas é melhor não lhe dizer nada, não vá o homem transtornar-se com a notícia e bater com o carro no separador da estrada.

A Maria do Carmo liga-me a dizer que já chegaram às urgências do Hospital S. Francisco Xavier. Digo-lhe que vou a caminho.

Está uma noite escura, sem lua, e o céu enevoado esconde o brilho possível das estrelas. Na minha cabeça dançam imagens desconexas e extemporâneas da minha infância e adolescência; o sorriso sedutor do meu pai, as entradas operáticas em casa, ao cair da tarde, as suas mãos enormes que me apertavam contra ele enquanto me chamava *a minha princesa*, as mesmas mãos que batiam na minha mãe e no dia seguinte vinham carregadas de flores, as mãos falsas e assassinas, as mãos perversas e lábeis como as de um monstro de dez cabeças. Arrepio-me toda outra vez, como quando tinha sete anos e ele me mexia onde não devia ao mesmo tempo que me tapava a boca e me segredava *não vais contar a ninguém o nosso segredo, pois não, princesa?*

É por causa dele que odeio todos os homens, é por causa dele que destruo tudo o que amo, é por causa dele que não resisto a tratar bem quem me despreza e trato mal quem quer cuidar de mim. É por causa de tudo o que ele me fez que tenho remorsos e dou dinheiro à minha mãe, engulo todos os insultos velados da Maria do Carmo e aguentei as tareias do Zé Pedro.

É por causa dele que tenho nojo do meu corpo, e quando me toco quase nunca sinto prazer, é por causa dele que fiquei para sempre mutilada pelo medo e pela tristeza. É por causa dele que aprendi a esconder o que sinto e a encenar outros sentimentos, outras existências, uma infância que nunca tive, que imagino protegida, feliz e segura, um passado limpo. É por causa dele que fabrico um presente falso, meticulosamente ordenado e controlado no qual me refugio a fazer outros papéis para me esquecer de quem sou.

Não acredito em nada nem em ninguém, o mundo é um lugar em permanente estado de sítio e eu sou uma sobrevivente que não tem onde se esconder, que não consegue esquecer, que nunca vai conseguir recuperar.

E de repente, tudo o que estava recalcado, tudo o que guardei para mim própria durante tantos anos, se torna claro e inevitável: o meu pai não foi só uma besta por bater na minha mãe, ter amantes e dormir com a empregada. O meu pai fez coisas muito piores, coisas que não posso contar, mas cuja memória cresce cá dentro como um vulcão, uma cheia, um furacão que vai rebentar.

Choro convulsivamente, enquanto a paisagem industrial dos arredores da cidade parece mexer-se e crescer como um monstro que quer esmagar o carro. O senhor Abel espreita-me pelo retrovisor, não se atreve a fazer perguntas. Estende-me uma caixa de kleenex que uso para esfregar os olhos e a cara, como se pudesse acordar deste pesadelo, enquanto as lágrimas correm em fio contínuo pela cara, fugindo para o pescoço e para o peito. Sou uma chorona profissional, choro quase todos os dias por tudo e por nada, mas nunca chorei estas lágrimas de raiva e de dor. Nunca quis aceitar o que me tinha acontecido, nunca acreditei que tivesse sido verdade, apesar de ter sentido tudo na pele, na carne, nas entranhas. Estala-me a cabeça e estou enjoada, enojada, cheia de vontade de vomitar.

Cabrão, filho da puta, pedófilo de merda, monstro abjeto, assassino, Deus queira que morras, Deus queira que quando chegar ao hospital já estejas morto e que não tenha que olhar para a tua cara. Deus vai fazer-te justiça, meu filho da puta. Quando chegares lá acima, manda-te para baixo num voo picado e hás de arder no inferno, numa perpétua agonia, como mereces. Deus é grande e vai vingar-se por mim para sempre.

16

Na vida, durante semanas ou meses não acontece nada. E depois acontece tudo, como a queda de um dominó. Exatamente uma semana antes da minha exposição, o pai da Julieta morreu. Foi de repente, com um ataque de coração. Quando ela chegou ao hospital, já estava morto.

Só soube no dia seguinte. O agente dela ligou-me a pedir que fosse ao enterro, porque ela estava desesperada, praticamente em estado de choque.

Não fui. Quis ir. Não consegui. Não aguento capelas mortuárias, velórios, coroas de flores, missas e cortejos fúnebres. Entendo-os como ritual, mas preferia que a morte fosse tratada com silêncio e discrição. Desde a morte do Salvador que nunca mais fui a nenhum velório, e provavelmente só irei ao dos meus pais. E ao meu.

Mesmo assim, porque não consigo deixar de responder a um pedido de socorro, fui ter com ela depois do enterro a casa dos pais, em Telheiras, onde nunca tinha entrado, e isso ajudou-me a perceber muitos dos seus traumas e inseguranças. É um primeiro andar escuro numa rua de prédios altos e impessoais a cheirar a bafio e a lixívia, com *napperons* de renda sobre móveis escuros e quadros manhosos com molduras pesadas.

Já viste isto? Tirei-os da Ajuda para ver se melhoravam e está tudo na mesma, os mesmos napperons nojentos, o mesmo cheiro a comida. Só não há pombos na varanda, o resto é igual, comentou Julieta, num misto de sarcasmo e vergonha. Sempre teve vergonha das suas origens e nunca percebeu que, por isso mesmo, ainda tem mais valor.

A mãe dela estava um caco, mais do que nunca encharcada em calmantes, quase não falava e mexia-se com dificuldade, por causa dos remédios e porque está tão inchada que mal pode mover-se. A Maria do Carmo, gorda, feia e antipática como sempre, tentava organizar tudo o melhor que podia com a ajuda da cunhada, uma tal Kika, que eu nunca tinha visto mais gorda e que se parece estranhamente com ela.

A Julieta estava com a cara num bolo, os olhos inchados e as rugas marcadas pela tristeza, apática e um pouco lenta, completamente drunfada com Lexotans. Abraçou-me com força, enquanto murmurava em soluços, *desculpa, fui uma puta, desculpa, desculpa*, mas eu nem quis falar sobre o assunto, tão ridículo comparado com as verdadeiras tragédias da condição humana. E quando perguntou pelo Fred, disfarcei. Não valia a pena contar-lhe a verdade.

Falamos pouco. Limitei-me a ficar ao lado dela, de mão dada, enquanto lhe limpava as lágrimas com a outra mão. Não havia nada para dizer porque a morte é mesmo assim, faz parte da vida e apanha-nos sempre desprevenidos. Estava à espera de encontrar o Duarte, mas o motorista já o tinha levado para Sintra. Perguntei se ela queria que eu o fosse buscar para ficar alguns dias comigo. Disse-me que não era preciso, ele estava bem em casa e ao fim do dia o motorista vinha buscá-la. Disse-me também que a morte do pai tinha caído como uma bomba, que era o fim de uma longa e silenciosa agonia na vida dela, a libertação de um peso inimaginável. Mais uma vez gastei o meu tempo e o meu latim a tentar convencê-la a fazer terapia. Respondeu-me que agora, sim, ia mesmo começar a fazer, que tinha que ser senão dava em doida, mas eu conheço-a demasiado bem para saber que me disse aquilo só para me agradar e para eu me preocupar menos com ela.

Contou-me em voz baixa que a Maria do Carmo tinha finalmente assumido que era lésbica, algo de que ambas há muito supeitávamos. Também me contou que a Guilhermina apareceu no enterro irreconhecível, coberta de ouro e com uma fotocópia do pai pendurada no braço, a Soraia, uma filha secreta. A mãe dela fingiu que nem as viu e a Maria do Carmo caiu nos braços da antiga empregada que estava mergulhada num pranto. *Tenho uma irmã ilegítima, mesmo depois de morto, o cabrão do meu pai ainda nos vai dar trabalho, era só o que me faltava, desabafou entre lágrimas*, no seu melhor estilo operático.

Fiquei umas duas horas por lá, depois comecei a sentir-me sufocada com o ambiente e despedi-me dela com carinho e disse-lhe que podia contar comigo. *O Gonçalo não apareceu, nem disse nada, não achas uma falta de atenção horrível?*, queixou-se entre longos suspiros. Respondi-lhe que sim, só para a consolar.

Não me surpreendeu nada, o Gonçalo é uma besta, um puto egoísta que só pensa nele e no que lhe pode ser útil e a última coisa que lhe interessava era aparecer fotografado ao lado da diva trintona, a meio caminho entre a bomba sexual e a idade madura. *Telefona-lhe, por favor*, pediu-me com aquele sorriso suplicante de namorada do Charlot que conquista audiências como ninguém.

Não lhe respondi. Nem sequer considerei a hipótese de aceder ao pedido dela. Telefonar-lhe para quê? Não se pede carinho, nem amor, nem atenção, nem tempo a ninguém. Se as pessoas gostarem mesmo de nós, acabam por nos dar tudo.

Isto é algo que a Julieta nunca poderá entender. A Julieta sofre de vários males, entre os quais o da distorção da realidade. Quando lhe digo que as coisas não são bem assim, ela responde que os gatos veem tudo verde e os cães a preto e branco e não são mais ou menos felizes por causa disso. Está convencida que, se chorar e pedir muito, as pessoas cedem, acabando por fazer o que ela quer. Acha que se o país se prostra a seus pés cada vez que faz uma novela ou uma série, também nenhum homem lhe pode resistir. Nunca conseguirá perceber que as coisas funcionam exatamente ao contrário; quanto mais conhecida e adorada for pelo público, mais sozinha e isolada irá ficar. Os homens têm medo de mulheres que lhes façam sombra, mesmo que elas os amem profundamente e se esforcem por serem iguais a qualquer outra mulher.

O mais irônico é que o sucesso, a beleza e o talento são grandes atrativos e para muitos resultam num estímulo descontrolado. E depois do troféu conquistado, as mesmas coisas que os seduziram são as que eles mais rejeitam.

Enquanto estivemos juntas, recordamos grandes momentos da nossa antiga amizade e ela agradeceu-me a paciência infinita para os seus dramas. Ambas sabíamos que as coisas tinham mudado e eu senti-me longe de tudo isso. Percebi que, por mais que a tentasse ajudar, não valia a pena perder tempo com ela.

Não sei se vamos conseguir ficar amigas depois de tudo o que aconteceu, mas agora também já não me interessa. Talvez os amigos não existam, apenas momentos de amizade. Pelo menos não falhei, mais uma vez não lhe falhei, fui ter com ela e dei-lhe o meu tempo e a minha atenção. Depois regressei ao ateliê e continuei a trabalhar, como se tivesse saído meia hora para ir beber um café.

Mais uma vez, cumpri os prazos que o Alex me pediu e tivemos tempo de sobra para montar a exposição. Ainda consegui dar duas entrevistas com a sala toda montada dois dias antes da inauguração. Deram-me imenso jeito, porque uma delas saiu no jornal no dia da abertura e acabou por me trazer muito mais gente do que estávamos à espera. Vendi todos os quadros em menos de uma hora e mais uma vez me senti feliz por ter tanta sorte. O Alex estava transbordante, ele é o melhor *marchand* do mundo e também um grande relações públicas. Completamo-nos na perfeição.

Nunca sabemos como vai correr a próxima exposição, costumo dizer-lhe para lhe refrear o otimismo. Ele encolhe os ombros e diz, *tu és uma máquina de vender quadros, se um dia deixares de vender, vou ter de te matar*, que é como quem diz, isso nunca vai acontecer. Todos os quadros foram cirurgicamente executados depois de encontrar o conceito, um título, o caminho possível entre a minha imaginação e o espaço de uma tela. Fiquei muito contente com o resultado, porque foram meses de esforço e de solidão. O caos interior é um inferno. Ainda bem que uns pintam, outros escrevem, outros fazem música, senão existiam muito mais doidos espalhados pelo mundo. Nenhum trabalho criativo é feliz se não for concebido na solidão, nenhum é consistente se não obrigar a esforço e persistência.

Estava bastante apreensiva porque os quadros são muito diferentes das séries anteriores, muito mais pesados e tristes, muito menos irreverentes e figurativos, mas as pessoas gostaram porque encontraram os elementos que lhes eram familiares e também gostaram da mudança, aceitaram-na como processo natural da evolução do meu trabalho.

Mais uma vez a galeria encheu-se com os amigos de sempre, os conhecidos do costume, tios e tias por todos os lados, alguns estranhos que se fizeram convidados, pessoas que não via há anos e outras que só vejo nas inaugurações, jornalistas e fotógrafos, a brigada infernal das amigas da minha mãe, alguns atores entre os quais o Erro de Casting, que nem sequer teve coragem de se aproximar e se limitou a levantar o copo de longe como quem brinda, o Pirolito e a pandilha gay que orbita em volta dele e que parece saída de uma *boys band*, o palerma do Gustavo com o seu grupo de amigos betos, ricos e parvos, algumas atrizes minhas amigas, os relações públicas que estão na moda, dois ou três escritores, vários amigos do Alex que são pintores ou têm aspirações a ser, os amigos chatos do meu pai, e claro, o Gabriel e o Fred, que vieram juntos.

No final, quando já quase toda a gente se tinha ido embora, o Fred aproximou-se, deu-me o braço com um ar conspirativo e levou-me para o armazém onde guarda o acervo.

— Estás preparada para uma notícia bombástica?

— O que se passa?

A noite estava a correr tão bem que não conseguia imaginar o que poderia ser ainda melhor.

— Foste aceite numa galeria em Nova Iorque.

— Como? Que galeria?

— Mandei os teus quadros por e-mail para algumas galerias que expõem autores europeus e uma das melhores respondeu a mostrar-se interessada. Vais entrar numa exposição coletiva com dois dos quadros que tens aqui hoje.

Comecei a chorar como uma criança. O Fred tinha feito tudo sem me contar nada para não defraudar as minhas expectativas. Não só tinha conseguido mais um sucesso em Lisboa, como em breve iria expor em Nova Iorque.

— E quando é isso?

— Agora, na última semana de junho.

— Há quanto tempo é que andas a tentar isto?

— Há algum — respondeu, enigmático.

— E quando é que soubeste que fui aceite?

— Há duas semanas.

— E por que é que não me contaste?

— Não te queria desconcentrar desta exposição. Cada coisa a seu tempo.

Respirei fundo e contei baixinho até dez.

— Quer dizer que vamos a Nova Iorque?

— Tu vais. E eu também, se me levares.

— Claro que te levo, parvalhão — respondi-lhe já com a cara enterrada no ombro dele.

— Por que é que choras? — perguntava-me ele, abraçado a mim, também emocionado, mas a fingir que estava normal.

— Porque é bom demais para ser verdade.

— Cada um tem o que merece — respondeu com um sorriso. — E tu mereces, porque trabalhas muito e és muito talentosa.

Voltamos para a sala de braço dado. Estava tão excitada que bebi três flûtes de champanhe seguidas e, ao contrário do que é meu hábito, contei a toda a gente a novidade.

A Julieta não foi, tal como seria de esperar. Não ia aguentar a exposição pública depois do enterro do pai, explorado até à exaustão pela imprensa cor-de-rosa, e não só. Até o *Expresso*, no seu caderno mais rosado, não resistiu a dar a notícia que é afinal uma não-notícia. Apesar disso, pediu ao Alex que lhe reservasse o quadro que aparecia impresso no convite mesmo antes da exposição abrir, mas o Alex, que me conhece bem, decidiu só me contar alguns dias depois, quando me mostrou a lista de quem fez as reservas.

Foi mais uma noite em que tudo correu bem, mas cheguei ao fim exausta e com um amargo de boca. Depois da exposição fomos jantar à Bica do Sapato. O Pirolito, o Alex, o Nuno, o Fred, o Gabriel e eu. Fiquei sentada ao lado de um e de frente para o outro. Já tinha estado com eles em várias ocasiões. Desta vez senti-me estranha. São demasiado importantes na minha vida para me conseguir afastar deles e, no entanto, se tivesse força suficiente para o fazer, talvez isso me servisse de alguma coisa. Talvez conseguisse esquecê-los. Ou conquistá-los para sempre. Gosto que sejam amigos, embora tenha alguns ciúmes, porque sei que saem juntos e partilham segredos de outras mulheres que nunca hei de saber. São os homens mais importantes da minha vida; de uma forma peculiar acabam por ser bastante parecidos.

Em relação ao Gabriel é tudo mais fácil; amei-o muito e sei que falhei, mas também sei que ele terá mudado para sempre e perdido a capacidade de amar. Há um momento em que as pessoas se estragam, em que perdem a sua pureza e nunca mais voltam a ser as mesmas. Não sei em que momento da vida do Gabriel se deu essa transformação, mas tenho a certeza que é irreversível e por isso não ficaria espantada se até ao fim da sua vida continuasse com relações efêmeras, que têm tanto de intenso quanto de inconsistente. O Gabriel já é a pessoa que tanto fingiu ser. Mas em tudo o que se ganha, há sempre algo que se perde. Pelo caminho, perdeu a candura, a inocência, a capacidade de amar a sério. Quando olha para as mulheres, a primeira coisa em que pensa é no que elas lhe podem dar e depois afoga-as em presentes e mimos para se convencer a si próprio que é generoso e bom amante. Pouco tempo depois, acaba por trocá-las como quem troca de roupa ou de perfume.

Com o Fred é diferente; apesar de já ter passado algum tempo, ainda olhamos um para o outro da mesma forma, ainda nos desejamos e ainda nos amamos. A nossa relação não acabou por falta de amor, acabou por falta de estímulo. Eu queria mais, queria o que todas as mulheres querem, uma casa, um filho, a concretização do sonho de uma vida em comum. Queria que ele fosse o último homem da minha vida, queria poder ficar para sempre com ele, como a minha mãe ficou ao lado do meu pai, apesar de todas as diferenças e de todos os segredos entre eles. E se sonho ainda com a estabilidade e o sossego de uma vida a dois, talvez sonhe contra a minha vontade, porque não há nada na minha personalidade que revele esse meu lado misteriosamente dedicado aos homens. Sou ambiciosa e determinada, sempre corri atrás dos meus objetivos como um executivo bem treinado para chegar ao topo antes dos trinta e reformar-se aos quarenta e cinco.

A memória das minhas células guarda vidas de outras mulheres, mulheres gregárias e de família, que casaram e tiveram filhos e viveram para eles. A minha avó Mariana, mãe da minha mãe, sempre viveu para o marido e para as três filhas. A minha avó Carlota, do lado do meu pai, viveu sempre em função dele e nunca voltou a casar, apesar de ter enviuvado muito nova, com trinta e oito anos. Nunca, nem de um lado nem do outro, houve histórias de divórcios ou separações, simplesmente foram coisas que nunca aconteceram. Talvez essa herança gregária e familiar me esteja colada às células, um cunho, uma marca, um património irrecusável. Quando descodificarem a gigantesca cadeia do DNA e conseguirem identificar todos os genes, talvez apareça o gene das mulheres gregárias. Os estudos mais recentes dos neurotransmissores revelam-nos dados surpreendentes: as emoções passam todas pela química, os chamados *estados de alma* não são mais do que células voadoras que fazem ligações entre neurônios; a dopamina aumenta quando nos apaixonamos e faz-nos sorrir perante estranhos, a adrenalina vicia-nos em comportamentos de risco, a oxitocina que invade as mães durante a gravidez, atingindo níveis máximos no período de aleitamento, é responsável pelos laços permanentes, com pais, irmãos, amigos ou pessoas amadas. Chamam-lhe a substância do carinho e existe em todos os corpos, em maiores ou menores doses, consoante o sexo e a idade, tanto nos homens como nos animais. Os ratos da pradaria acasalam para toda a vida, os ratos da montanha são promíscuos.

O apego é o preço do afeto, um preço que se paga sempre alto quando aqueles que amamos escolhem outro caminho, e eu, que nasci com vocação para criar laços para toda a vida, não me sobra nenhum talento para os saber cortar.

Na noite da inauguração, podia ter dormido com o Fred. Pensei nisso a noite toda e desejei-o mais do que nunca, apesar de ser uma noite em que deveria estar concentrada apenas na exposição. Mas a mente feminina busca incessantemente a harmonia de todos os mundos. Quero sempre tudo, sou uma eterna insatisfeita e por isso é que pinto tanto e por isso é que tenho a certeza que passarei o resto da minha vida a trabalhar. Mas sobretudo trabalho para me alienar da realidade que, a cada ano que passa, me entristece mais.

Aprendi muito cedo que, sempre que dependo de alguém para ser feliz, acabo por me dar mal. Demorei mais de dez anos a perceber que tinha aprendido essa lição quando o Salvador morreu e levou com ele uma parte de mim que se perdeu para sempre. Mas o tempo que nos rouba tudo e nos fecha tantas portas, que nos estreita o caminho e nos vai tirando esperança e vontade, também nos traz segurança, sabedoria e tranquilidade.

Se tivesse dormido com o Fred nada teria mudado. Tínhamos tido uma noite extraordinária, mas isso não o faria voltar e eu não quis correr o risco de ser outra vez rejeitada. Era um erro que me iria sair caro e não posso ser uma mulher competente, organizada e adulta na minha vida profissional e uma eterna adolescente na minha vida sentimental, senão qualquer dia quem precisa de terapia sou eu.

Aprendi a ser forte com a minha mãe e reservada com o meu pai. A minha intuição desenvolveu-se desde muito cedo, quando em casa, sob o manto de uma aparente e imaculada perfeição, me via obrigada a adivinhar intenções e pensamentos ocultos por meias verdades. A eloquência e versatilidade, a *coquetterie* e o sentido crítico, a energia e a determinação, bebi-as do sangue materno. O recolhimento, o espírito artístico, o requinte e algum formalismo involuntário vieram do meu sangue paterno. Há ainda a outra mistura de sangue perdida para sempre, que tento recriar dentro de mim; a do meu irmão, como ele teria sido se não tivesse morrido estupidamente.

Quando comecei com o Fred, a nossa relação não era a chama olímpica. Mas o tempo, a confiança, a proximidade e a entrega transformaram-na numa relação intensa, tórrida e libertadora.

É das brasas e não do fogo que o calor mais forte se liberta e invade o ar. Ao contrário das chamas, demora muito mais tempo a extinguir-se e continua vivo, mesmo sem vestígios aparentes. E reacende do nada, sem se dar por isso. Com o tempo, tornou-se a relação mais sensual e com mais pulsão sexual que alguma vez tive, uma relação completa, libertadora em tudo, quase perfeita. Mesmo assim não chegou. Parece que nunca chega, não é?

Enquanto não perceber porque é que a nossa relação se esfumou sem ressuscitar das cinzas, acho que não conseguirei ter descanso; talvez a grande lição a tirar seja a de aceitar que aquilo que tomei como certo e permanente na minha vida, é muito raro e, mesmo quando existe, é apenas temporário.

A mudança das estações é a mudança do planeta, tão inevitável como a rotação da Terra. Tudo muda e a mudança é alheia à nossa vontade, e nós também temos que mudar. Porque se isso não acontecer, não nos conseguiremos adaptar e o sofrimento será ainda maior.

A Greta Garbo disse que não tinha medo de nada na vida, a não ser de ficar chata. Mas eu começo a ter medo de mais coisas: tenho medo de ficar vazia por não amar ninguém, tenho medo de nunca sentir a aventura da maternidade, tenho medo de envelhecer sozinha, mas, antes e acima de tudo, tenho medo de passar os melhores anos da minha vida sem uma pessoa ao lado com quem os possa partilhar.

Acredito profundamente que há uma lei misteriosa que rege o universo, a lei do desperdício, que faz com que tudo se perca por acontecer no momento errado, com as pessoas erradas ou sob circunstâncias adversas.

Conheci o Gabriel cedo demais, talvez tenha conhecido o Fred tarde demais, quando ambos já vivíamos demasiado bem instalados, cada um no seu conforto, no seu mundo. Perdi muito tempo e desperdicei o meu afeto com seres idiotas como o Gustavo ou o Erro de Casting. Dediquei anos da minha vida a uma amizade que se perdeu.

Enquanto seres humanos, vivemos encerrados atrás dos nossos medos e só a vontade os pode vencer. Nunca tive medo de nada, a não ser da morte. Ou da falta de sorte, porque foi o infeliz acaso que me levou o meu irmão; um aneurisma pode acontecer a qualquer momento a qualquer pessoa em qualquer idade, sem aviso nem apelo. Podia ter-me acontecido a mim, ou à minha mãe. O medo nunca me venceu, mas agora está a ganhar terreno, segue-me como um fantasma.

Nunca encontrarei a paz de espírito enquanto não perceber o que se passou. Não tenho outra ambição além do entendimento, porque acredito que nele está a base da harmonia. Tentei várias vezes explicar ao Fred que o futuro me alimentava o presente, mas acho que ele nunca percebeu por quê. Nunca percebeu o medo que tenho da morte, do acaso, da curva inesperada e perigosa que pode aparecer no caminho mais simples e inofensivo. Édipo perdeu tudo no caminho, quando matou o pai. Se tivesse seguido por outra estrada não teria havido tragédia. Mas sem tragédia não há história e sem história não há referências.

Os homens nem sempre avançam, nem sempre atacam. Alguns preferem esperar, deixar que o tempo lhes traga o que mais precisam, para nunca terem de tomar decisões. O Fred é assim, como um lobo, e os lobos preferem morrer de fome a cometer um erro. Ele nunca dará um passo em frente.

Não sei se tenho vocação para ser mãe porque vivo demasiado virada para dentro, em função do meu trabalho e do meu sucesso, mas a Julieta, que é doida varrida, está a fazer um bom trabalho com o Duarte. Se não tiver filhos, nunca saberei.

Talvez a minha mãe tenha razão quando diz que as únicas famílias felizes são as que se conhecem mal; não é por acaso que escolheu de livre vontade passar longos períodos longe do meu pai.

Quando o Pirolito me contou o que se tinha passado na festa em que encontrou o meu pai, fiquei quase dois dias sem conseguir falar. Foi há pouco tempo, menos de uma semana, num dos nossos habituais jantares de comida japonesa.

Sentou-se com ar de quem foi apanhado a roubar fruta numa mercearia de bairro e contou-me tudo, sem rodeios. Depois pediu-me desculpa, aflito por ser precisamente ele, o meu melhor amigo, a ter de me revelar que o meu pai era um homossexual de armário. Estava muito atrapalhado e envergonhado por mim. Só não me falou antes por causa da inauguração da minha exposição. Coitado, tinha mesmo de me contar, senão explodia.

Tentei disfarçar o choque o melhor que soube para que ele não se sentisse ainda pior, mas quando cheguei a casa senti-me desorientada, como se de repente tivesse perdido o meu ponto de apoio, a segurança que sempre bebi das minhas referências.

O meu pai é gay. Sempre tive amigos gays e nunca percebi. Provavelmente, toda a gente já sabia, menos eu. E nunca ninguém teve coragem de me contar. Por quê? O Alex e o Nuno sabiam, talvez o Fred e o Gabriel também soubessem, no entanto, nunca nenhum deles tocou no assunto.

O que pensaria o Salvador de tudo isto se fosse vivo?

Já passava da uma da manhã quando telefonei ao Fred e lhe pedi que viesse ter comigo. Estava transtornada, chocada com tudo o que o Pirolito me tinha contado. O meu pai, o imaculado modelo de conduta e educação escondeu sempre o seu lado sórdido e clandestino.

Sentia-me atordoada como uma mosca apanhada por um para-brisas de um carro a cem à hora. Nem conseguia chorar. Assim que o Fred chegou, abri-lhe mais uma vez o meu coração, como fizera nas primeiras noites e ele voltou a abraçar-me como quem protege, como sempre fez, como sempre fará, mesmo que nunca mais nada volte a ser como era.

Ele já sabia, o Alex tinha-lhe contado e ambos tinham discutido se deviam revelar-me a verdade, mas decidiram calar-se.

Nessa noite dormimos agarrados um ao outro e fizemos amor com todo o amor que sempre tivemos um pelo outro. Não foi um erro, foi uma forma de me sentir querida e protegida por um dos poucos homens que me amou. Sei que não foi um recomeço e que pode nunca mais voltar a acontecer, mas também sei que ele ainda me ama, e se isso for mais forte do que o tempo, ele pode voltar. Não quero pensar nisso agora, quero aproveitar a oportunidade de Nova Iorque e passar lá um ou dois meses. O Fred prometeu ir visitar-me. Quem sabe se, longe de Portugal, os dois outra vez entregues um ao outro, as coisas tomarão um novo rumo? Não quero sonhar com isso, mas também não quero deixar de pensar que pode acontecer. Não posso desistir, desistir é como perder e nem tudo está perdido. O futuro continua em aberto como sempre esteve. Eu é que quis fechar tudo numa caixa, como se isso fosse possível.

Ele limpou-me as lágrimas, a tristeza, o desencanto, ajudou-me a encarar a nova realidade e a tomar a decisão de falar ou não com a minha mãe sobre o que sabia. Decidi não tocar no assunto. Tenho a certeza que ela sabe. Sempre soube.

As peças do enorme *puzzle* que foram os últimos anos da minha vida juntaram-se como um ímã. Percebi porque é que a minha mãe se virou para o trabalho como uma condenada e me educou para fazer o mesmo. E porque é que não se importava de viver longe do meu pai durante longos períodos. E porque é que sempre me disse o mesmo acerca dos homens.

Fiquei a admirá-la ainda mais e compreendo que nunca se tenha querido separar oficialmente dele. Para quê? São hoje o que sempre foram, grandes amigos que se admiram e respeitam. Ao manter o casamento, a minha mãe terá poupado o meu pai a graves problemas sociais, protegendo-o profissionalmente, porque sempre foi suficientemente sábia para perceber que a proteção dele era a proteção dela e dos filhos.

Se os meus pais tivessem nascido na minha geração, provavelmente nunca se teriam casado, seriam os melhores amigos, como eu sou do Pirolito. Mas eram outros tempos, em que a verdade só sobrevivia camuflada. Os homens aprendiam a escondê-la e as mulheres a fingir que não a viam.

Talvez as mudanças que a sociedade está a sofrer de uma forma tão rápida, violenta e irreversível, conduzam a um novo equilíbrio, onde haverá menos formalismo e mais sinceridade, menos preconceitos e melhores princípios. Mas quando conseguirá o mundo reorganizar-se? Quando conseguirei realizar aquilo que tanto quero e sonho? Talvez um dia, talvez nunca.

Resta-me acreditar que a vida me vai trazer aquilo de que mais preciso e que saberei aceitar cada dia como uma dádiva eterna.

Somos todos iguais.Temos todos os mesmos medos e os mesmos sonhos. E nunca chegamos ao fundo da nossa solidão: o que nos separa são os diferentes caminhos que escolhemos para nos protegermos.

Cruz Quebrada, 10 de março de 2005

Glossário

Abaixo de cão — Abaixo de qualquer critério
Alforreca — Molusco gelatinoso
Amigas de pedra e cal — Amigas para a vida
Bafio — Cheiro a mofo
Bandalho — Bandido
Beber copos — Tomar drinques
Beto/a — Mauricinho/ Patricinha
Bicha tunning — Bicha louca por automóveis com extras
Bota-de-elástico — Cafona
Cabrão — Filho da mãe, safado
Calhau — Burro, pouco inteligente
Caramelo/a — Brega convencido/a
Carrapito — Cabelo apanhado

Carrinha — Carro utilitário/Sportwagon
Carraça — Sentido figurado para alguém que não desgruda
Casa de banho — Banheiro
Catadupa — Em seguida
Charros — Baseados
Comboio — Trem
Cotas — Velhos
Cromos — Uma figura, no sentido de esse cara é uma figura
Deixar alguém pendurada — Deixar alguém esperando e não aparecer
Descapotável — Conversível
Drunfada — Ficar alto sob o efeito de calmantes
Duche — Banho
Enrolar uma broca — Enrolar um baseado
Estar tramada — Estar ferrada
Falta de tomates — Falta de coragem
Fazer a folha — Destruir a vida ou a reputação de alguém
Fazer ricochete contra as paredes — Tabelar
Fífia em fífia — Desafino em desafino
Fixe — Legal
Fufa — Lésbica
Gelado — sorvete
Giro — Legal, bom
Grosso — Bêbado
Guito — Dinheiro
Levar/dar uma tampa — Levar/dar o fora
Massa — Dinheiro
Matar muitos patinhos — Ter comido muito caras
Md's — Ecstasy

Parvo/a — Tolo/a
Passar a ferro — Transar
Pastillas — Ecstasy
Pequeno-almoço — Café da manhã
Picar — Irritar, provocar
PIDE — Polícia Internacional e de Defesa do Estado
Pila — Pênis
Pimba — Muito brega
Piroso — Brega
Pita — Jovem mocinha
Poppers — Pó que faz rir
Porreiro — Muito legal
Pregos na cabeça — Com complexos e manias
Queca — Transar
Raio da catraia — Mocinha difícil
Retrete — Privada
Secas — Aborrecer os outros com assuntos sem importância
Ser uma couve — Pessoa pouco inteligente ou sem interesse
Sónia — Moça classe média, um pouco brega e desinibida
Tareias — Surras
Tareões — Surras bem pesadas. No sentido sexual, pode ser uma transa bem intensa
Telemóvel — Celular
Ter tomate nos ovários — Metáfora para mulheres com mais força interior que os homens
Tintas (estar nas tintas) — Não ligar a mínima
Tomates — Coragem
Trancadas — Transar
Trapos — Roupas

Tripeça — Tripé. Cair da tripeça significa cair para o lado de cansaço
Trotinete — Veículo de duas rodas e guiador que se desloca colocando um pé entre as duas rodas e danado balanço com o outro
Trunfa — Cabeleira
Tusa — Tesão
Tusa de borla — Sem pagar
Vodca marada — Vodca misturada com outros líquidos

Agradecimentos

Ao Hugo, Patrícia, Cristina e António pelo precioso trabalho invisível.

Ao João Figueiredo, a quem pedi emprestado o conceito e algumas imagens para o tema da exposição da Verónica.

À minha mãe, que ficou com o meu filho Lourenço nos dias em que não conseguia fazer mais nada senão escrever, ou rever, ou reescrever.

Ao meu pai, por me ter dado boas frases.

Ao meu filho Lourenço, por conseguir perceber, apesar de só ter nove anos, que nenhum escritor trabalha sem silêncio.

Este livro foi composto na tipologia
Goudy Old Style, em corpo 11,5/16, e impresso
em papel off-white 80g/m² no Sistema Cameron
da Divisão Gráfica da Distribuidora Record.